LES CHEMINS
DE LA BÊTE

DU MÊME AUTEUR

aux Éditions du Masque

La Femelle de l'espèce, 1996
(Masque de l'année 1996)
La Parabole du tueur, 1996
Le Sacrifice du papillon, 1997
Dans l'œil de l'ange, 1998
La Raison des femmes, 1999
Le Silence des survivants, 2000
De l'autre, le chasseur, 2001
Un violent désir de paix, 2003

aux Éditions Flammarion

Et le désert..., 2000
Le Ventre des lucioles, 2001
Le Denier de chair, 2002
Enfin un long voyage paisible, 2005

aux Éditions Calmann-Lévy

Sang premier, 2005

Andrea H. Japp

La Dame sans terre, I

LES CHEMINS DE LA BÊTE

roman

calmann-lévy

ISBN 2-7021-3419-X

Mr Feng,
Tender and serious little soul,
Friendly wind,
This tale from far ago is for you.

Nota

Les noms et mots suivis d'un astérisque sont expliqués dans le glossaire et l'annexe historique en fin de volume.

Manoir de Souarcy-en-Perche, hiver 1294

Immobile devant la cheminée de sa chambre, Agnès, dame de Souarcy, contempla sans inquiétude l'étouffement des dernières braises. Un froid mortifère s'acharnait sur hommes et bêtes depuis des semaines, comme s'il voulait éradiquer toute vie. Il y avait déjà eu tant de morts que le bois de cercueil faisait défaut : on préférait le conserver pour chauffer les vivants qui résistaient encore. On grelottait, le ventre ravagé d'alcool de paille et trompé quelques minutes par les boulettes de sciure collées de suif ou les dernières tranches de pain de famine fait de paille, d'argile, d'écorce d'arbre et de farine de gland. On se tassait au soir dans les pièces communes, couché contre les bêtes, roulé en boule sous leur haleine qui filait en buée épaisse.

Agnès avait autorisé à ses gens la chasse sur ses terres – et cela jusqu'à la nouvelle lune prévue dix-sept jours plus tard –, à charge que la moitié du gibier abattu revînt à la communauté, en commençant la distribution par les veuves, les femmes enceintes, les enfants et les vieillards, un quart à elle et à sa mesnie[1] du manoir, et le dernier quart au chasseur et à

1. Maisonnée au sens large, du seigneur aux serviteurs logés.

sa famille. Deux serfs avaient contourné cette ordonnance. À la demande d'Agnès de Souarcy, les hommes du bailli les avaient roués de coups sur la place du village. Si tous avaient loué l'indulgence de la dame, certains l'avaient critiquée en secret. Après tout, un crime de cette scélératesse méritait la mort, ou l'ablation des mains ou encore du nez, punitions habituelles réservées aux voleurs et aux braconniers. Le gibier demeurait leur dernière chance de survivre.

Souarcy-en-Perche avait enterré un tiers de ses paysans dans une fosse commune creusée à la hâte à l'extérieur du hameau de peur que l'épidémie de colique purulente ne se propage aux fantômes encore debout. On les avait recouverts de chaux vive comme des bestiaux ou des pestiférés.

Les survivants avaient prié jour et nuit dans la chapelle glaciale attenante au manoir, espérant un improbable miracle, associant leur malheur au décès récent de leur maître, Hugues seigneur de Souarcy, qu'un cerf blessé avait éventré de ses andouillers à l'automne dernier, laissant Agnès veuve, sans descendant mâle qui puisse hériter du titre et des terres qui s'y attachaient.

Ils avaient supplié le Ciel, jusqu'au soir où une femme s'était écroulée, renversant l'autel auquel elle s'accrochait, emportant sous elle l'antependium qui ornait le devant de la table de messe. Morte. Achevée par la faim, la fièvre et le froid. Depuis, la chapelle était désertée.

Agnès explora du regard les cendres de l'âtre. Un duvet argenté recouvrait par endroits le bois carbonisé. Rien d'autre, aucun scintillement rubis qui lui permette de retarder davantage l'ultimatum qu'elle s'était imposé le matin même. Le dernier bois, la dernière nuit. Elle soupira d'exaspération contre l'espèce d'apitoiement qu'elle éprouvait vis-à-vis d'elle-même. Agnès de Souarcy, âgée de seize années depuis trois jours, depuis la Noël.

Étrange, elle avait eu si peur avant la visite à cette vieille folle, au point qu'elle avait failli gifler Sybille, sa demoiselle, pour la contraindre à l'accompagner. La cabane qui servait d'antre à cette mauvaise fée puait le suint rance. L'odeur de crasse et de transpiration qui imprégnait ses hardes avait fouetté Agnès au visage lorsque la diseuse s'était approchée d'elle pour lui arracher des mains le panier de maigres offrandes que la jeune fille avait apporté. Un pain, une bouteille de petit cidre, un bout de lard et une poule.

– Et que veux-tu que je fasse de ça, ma belle ? avait sifflé la femme. La moindre manante[1] est capable de m'offrir mieux. C'est de l'argent que je veux, ou un bijou... Tu dois bien en avoir quelques-uns. Ou encore, tiens... Ce joli manteau doublé, avait-elle ajouté en tendant la main vers la longue cape fourrée de loutre qui protégeait Agnès.

La jeune fille avait lutté contre son instinct pour ne pas reculer, pour tenir le regard de celle que l'on prétendait sorcière et redoutable.

Elle avait eu si peur, jusqu'à ce que la femme pose la main sur elle, et la détaille. D'abord, durant quelques infimes instants, le regard de la diseuse s'était allumé d'une joie mauvaise, et elle avait craché sa sentence comme un venin.

Hugues de Souarcy n'aurait pas d'hoir[2] posthume. Plus rien ne pourrait la sauver.

Agnès était demeurée immobile, incrédule. Incrédule parce que la terreur qui la tenaillait depuis des mois venait de se retirer au loin. Tout était dit, tout était achevé.

Un événement incompréhensible s'était alors produit, au

1. Assujettie à la justice seigneuriale. Le terme dérive de « manoir » et n'a aucune connotation péjorative au Moyen Âge.

2. Héritier.

moment où la jeune fille avait rabattu l'aumusse[1] de sa cape sur ses cheveux avant de sortir de la masure.

Un rictus avait déformé les lèvres de la diseuse, et elle avait détourné le visage en glapissant :

– Pars d'ici, pars aussitôt ! Rembarque ton panier, je veux rien de toi. Allez, pars, que je te dis !

La hargne triomphale de la mauvaise avait laissé place à une déroutante panique, dont Agnès ignorait la raison. Elle avait argumenté :

– J'ai marché longtemps, sorcière, et...

L'autre avait hurlé comme une furie, rabattant son tablier crasseux sur son bonnet pour se voiler les yeux :

– Pars... T'as rien à faire ici. Hors de ma vue ! Hors de ma cabane ! Et reviens pas, reviens jamais, tu m'entends ?

Si un désespoir infini n'avait pas remplacé la peur qui rongeait Agnès depuis des lunes, sans doute aurait-elle exigé que la femme se calme et s'explique. Sans doute sa stupéfiante crise nerveuse l'aurait-elle intriguée, voire inquiétée. Il n'en avait rien été. Elle était sortie, une soudaine et immense fatigue alourdissant sa démarche. Elle avait lutté contre l'envie de s'effondrer là, juste dehors, dans cette boue souillée d'excréments de porcs, de s'endormir enfin, de mourir peut-être.

Le froid glacial, que le feu de l'immense cheminée était parvenu à repousser vers les murs de pierre nue, dévala sur elle, réclamant sa revanche. Elle serra contre elle son manteau doublé de fourrure et quitta ses chaussons de laine bouillie. Mathilde, sa fille âgée d'un an et demi, les porterait dans quelques années, si Dieu lui prêtait vie.

Pieds nus, Agnès descendit l'escalier en colimaçon qui

1. Capuche doublée de fourrure.

menait du vestibule précédant ses appartements de nuit à la grande salle commune. Elle foula les dalles de pierre noire. Seul l'écho creux de ses pieds semblait exister encore, le reste de l'univers s'était estompé, l'abandonnant sans autre projet, sans autre but que les quelques minutes qui allaient suivre. Elle sourit de la peau pâle de ses mains qui bleuissait, de ses talons que le gel collait au granit du sol. Bientôt, la morsure cesserait. Bientôt, autre chose remplacerait cette attente qui n'avait plus lieu d'être. Bientôt.

La chapelle. Une onde gelée semblait avoir immobilisé le temps entre ces murs sombres. Une ombre mince se détacha d'un des murs. Sybille. Elle s'avança vers Agnès, les joues décolorées de froid, de privations, de peur aussi. Une mince chemise la couvrait jusqu'aux chevilles, tirant sur son ventre, révélant la vie qui s'était arrondie en elle, qui bientôt réclamerait la lumière. Elle tendit des mains décharnées vers la dame de Souarcy, un sourire extatique étirant ses lèvres :

– La mort sera douce, madame. Nous pénétrons dans la lumière. Ce corps est lourd, si sale. Il puait déjà avant que je ne le souille davantage.

– Tais-toi, ordonna Agnès.

L'autre obéit, baissant la tête. Une paix parfaite, comme une langueur, l'avait envahie. Plus rien ne comptait à ses yeux, que cette infinie gratitude qu'elle ressentait vis-à-vis d'Agnès, son ange. Elle allait quitter cette chair immonde en sa compagnie, se sauvant du pire et sauvant également cette femme si belle, si douce, qui avait cru juste et bon de l'accueillir, de la protéger des hordes impies. Ceux-là souffriraient mille morts et verseraient des larmes de sang en comprenant leur monstrueuse erreur, mais du moins aurait-elle sauvé l'âme de colombe d'Agnès, du moins se serait-elle sauvée, elle-même et cet enfant qui remuait si fort sous ses seins. Grâce à elle, sa dame pénétrerait dans l'infinie et éternelle joie du Christ.

Grâce à elle, cet enfant dont elle ne voulait pas ne naîtrait pas. Il serait éclat de lumière avant d'avoir eu à souffrir l'insupportable fardeau de la chair.

– Allons, reprit Agnès dans un souffle.

– Avez-vous peur, madame ?

– Tais-toi, Sybille.

Elles avancèrent vers l'autel relevé à la hâte. Agnès se défit de son manteau, qui la suivit un instant d'une traîne éphémère puis sombra au sol. Elle dénoua la mince ceinture de cuir qui retenait sa robe et enjamba le vêtement sans ralentir sa progression. Sur le coup, elle ne sentit presque rien. Puis sa peau nue se hérissa, la brûlant presque. Le froid implacable lui fit monter les larmes aux yeux. Elle serra les mâchoires et fixa le crucifix de bois peint, sans trop savoir où se perdaient ses pensées, puis tomba à genoux. Elle suivit, comme dans un rêve, les tremblements qui agitaient le petit corps maigre et livide de Sybille. La très jeune femme se roula en boule sous l'autel, répétant à l'infini la même litanie : *Adoramus te, Christe*[1]. *Adoramus te, Christe. Adoramus te, Christe.*

Une tétanie crispa le corps de Sybille, elle buta sur les mots de sa prière, sembla suffoquer mais se reprit une dernière fois :

– *Ado... ramus te... Christe.*

Un hoquet, un sanglot, un interminable soupir, les jambes osseuses de sa demoiselle se détendirent.

Était-ce déjà la mort ? Était-ce si simple ?

Il sembla à Agnès qu'une éternité s'était écoulée avant que son corps ne fléchisse vers l'avant. La pierre gelée l'accueillit sans compassion. D'abord la chair de son ventre se rebella, mais elle la fit taire. Elle étendit ses bras en croix et demeura là. Il n'existait aucun autre endroit où se rendre.

1. « Nous T'adorons, Jésus. »

Combien de temps pria-t-elle pour le futur de Mathilde, combien de temps admit-elle qu'elle péchait contre son corps et son esprit, et ne méritait nulle grâce ? Pourtant, il lui en fut accordé une : elle sentit peu à peu sa conscience l'abandonner. Le froid impitoyable des pierres ne la mordait plus. Elle le percevait à peine. Le sang qui s'affolait dans les veines de son cou s'apaisait. Bientôt, elle dormirait, sans plus craindre de se réveiller jamais.

– Lève-toi ! Lève-toi à l'instant.

Agnès sourit à la voix dont les mots lui étaient incompréhensibles. Une main sans aménité s'abattit sur ses cheveux qui formaient comme une vague soyeuse sur les pierres sombres.

– Lève-toi, c'est un crime ! Tu seras maudite et la faute retombera sur ta fille.

Agnès tourna la tête de l'autre côté, peut-être ainsi la voix se tairait-elle.

Une lourde nappe de chaleur écrasa son dos. Un souffle brûlant malmena sa nuque, deux mains se faufilèrent sous son ventre afin de la retourner. Ce poids, c'était celui d'un corps qui s'allongeait sur son dos pour la réchauffer.

La nourrice Gisèle bagarra contre la rigidité de la jeune fille. Elle l'enveloppa dans son manteau, tentant de la relever. Agnès était fine mais tous ses muscles rechignaient à ce sauvetage. Des larmes de rage et d'effort trempaient les joues de la femme, couvrant de givre ses lèvres.

Agnès murmura :

– Sybille ?

– Elle est bientôt morte. C'est le mieux qu'elle a à faire. Même si je dois te battre, tu vas te lever. C'est un péché, et c'est indigne de ton sang.

– L'enfant ?

– Plus tard.

Manoir de Souarcy-en-Perche, mai 1304

Mathilde, onze ans, tournait autour du gâteau de miel et d'épices que Mabile venait de sortir du four de pierre. Elle piaffait d'impatience en guettant l'arrivée de cet oncle qui la séduisait tant. Clément, bientôt dix ans, enfant maudit de Sybille, qu'elle avait poussé hors d'elle avant de s'éteindre tout à fait, demeurait muet à son habitude, son grand regard pers posé sur Agnès. Gisèle avait récupéré le nouveau-né après avoir tranché le cordon, l'enveloppant de son manteau afin qu'il ne mourût pas de froid. Agnès et la nourrice avaient redouté qu'il ne survive pas à cette effroyable naissance, mais la vie s'accrochait déjà en lui. En revanche, celle-ci avait abandonné Gisèle l'hiver dernier, en dépit des soins que lui avait prodigués Agnès, qui avait supplié son demi-frère Eudes de Larnay de lui envoyer son mire[1] afin qu'il l'examinât. Les décoctions d'ache et les sangsues du praticien avaient été insuffisantes à guérir la fluxion de poitrine qui enfiévrait la

1. Le mire exerçait la médecine, le plus souvent sans diplôme, après quelques brèves années d'études et il pouvait se marier. Le médecin était docteur en médecine, considéré comme un clerc jusqu'au XVe siècle ; il était de ce fait contraint au célibat.

vieille femme. Elle était morte au petit matin, sa tête enfouie dans le ventre de sa maîtresse, qui s'était allongée à ses côtés pour la réchauffer davantage.

La disparition de l'autoritaire pilier qui avait surveillé et ordonné sa vie si longtemps avait d'abord affecté Agnès au point de lui ravir l'appétit. Pourtant, assez vite, une sorte de soulagement avait remplacé le chagrin, si rapidement même que la jeune femme en avait conçu une honte diffuse. Elle demeurait seule, menacée, mais, pour la première fois, nul lien ne la tenait à son passé, hormis sa fille, encore si jeune. Gisèle emportait dans la tombe le dernier témoignage de cette nuit d'effroi, des années auparavant, dans cette chapelle glaciale.

Assise, le dos raide, devant la longue table de la cuisine, Agnès tentait de juguler l'appréhension qui l'assiégeait depuis l'annonce de la visite d'Eudes. Mabile, don de son demi-frère à la mort de Gisèle, lui jetait parfois des regards de biais. La dame de Souarcy n'aimait pas cette fille, pourtant docile et travailleuse, mais dont la présence à ses côtés lui rappelait Eudes avec une fâcheuse permanence. Il lui semblait que le doux Clément, pourtant encore bien jeune, partageait sa défiance. Ne lui avait-il pas dit un jour, d'un ton léger que démentait son regard sérieux :

– Mabile se trouve dans votre chambre, madame. Elle y ordonne vos effets... à nouveau, les sortant pour les examiner avec grand soin avant de les ranger. Mais... comment pourrait-elle classer vos registres... elle ne sait pas lire... Enfin, du moins est-ce ce qu'elle prétend.

Il n'en avait pas fallu davantage à Agnès pour comprendre le sous-entendu de l'enfant. Mabile avait été chargée d'une mission d'espionnage par son ancien maître, non que cette révélation la surprît, puisqu'elle expliquait, bien mieux que la compassion, l'insistante générosité de son frère.

L'étrange précocité de Clément étonnait Agnès. Son intelligence aiguë, son implacable sens de l'observation, sa déroutante facilité à apprendre, à mémoriser, faisait souvent oublier son jeune âge. Agnès lui avait à peine enseigné les rudiments de l'alphabet qu'il savait déjà lire et écrire. Ce privilège du savoir laissait sa fille Mathilde si indifférente qu'elle peinait pour ânonner la moindre prière. Mathilde avait la grâce et la légèreté d'un joli papillon et les lourdeurs de la vie l'agaçaient vite. Peut-être l'étrange naissance de Clément en était-elle la cause ? Mathilde n'était toujours qu'une fillette, alors qu'il semblait parfois à Agnès que Clément devenait chaque jour davantage un compagnon sur lequel s'appuyer. Qu'avait compris l'enfant de l'ignoble entreprise d'Eudes ? Que sentait-il au juste de ce qui les menaçait tous les trois ? Savait-il que son sort serait le plus cruel si l'on découvrait sa véritable identité et son origine ? Bâtard d'une servante violée, rejeton d'une suicidée que les fables de l'hérésie avaient séduite et qui n'avait échappé à la torture et au bûcher que grâce à l'involontaire complicité d'Agnès. Et si l'on venait à soupçonner ce que l'enfant savait devoir dissimuler ? Elle frissonna. Comment avait-elle pu ignorer l'ascétisme de Sybille, au point de mettre le comportement exalté de la très jeune fille au compte de sa grossesse infligée par un soudard quelconque ? Fallait-il être aveugle. Mais au fond, qu'eut-elle fait si elle l'avait deviné ? Rien, sans doute. Elle n'aurait certes pas jeté dehors cette pauvre fille déjà si éprouvée. Quant à une dénonciation, c'était là une infamie et un déshonneur auxquels Agnès ne s'abaisserait jamais.

– Madame, le baron de Larnay, mon bon maître, nuitera-t-il chez vous ? Il faudrait, en ce cas, que j'envoie Adeline préparer son appartement, s'enquit Mabile en baissant le regard.

– J'ignore s'il nous honorera de sa présence cette nuit.

– Le chemin est bien long, pas loin de sept ou huit

lieues*. Sans doute lui et sa monture seront-ils fourbus. Oh, il ne nous arrivera pas avant none*, peut-être même vêpres*, regretta-t-elle.

S'il pouvait se perdre dans la forêt des Clairets et n'en plus reparaître, ce serait un soulagement, songea Agnès en commentant :

– En effet, quel voyage harassant pour lui, et comme il est aimable de le subir pour nous visiter.

Mabile approuva la remarque de sa nouvelle maîtresse d'un petit mouvement de tête en déclarant :

– Voilà qui est bien vrai. Quel valeureux frère vous avez là, madame.

Le regard d'Agnès rencontra celui de Clément, qui détourna aussitôt le visage, s'absorbant dans la contemplation des braises qui rougeoyaient dans l'âtre de l'immense cheminée. On y faisait rôtir des cerfs entiers lorsque Hugues était encore de ce monde.

Agnès n'avait jamais aimé son mari, au demeurant, la notion d'un attachement sentimental à cet homme vers qui on la conduisait ne l'avait pas effleurée. Âgée d'à peine treize ans, elle était majeure[1]. Elle devait épouser cet homme pieux et courtois. Il l'avait traitée avec les égards qu'il lui eut réservés si sa mère avait été la baronne de Larnay plutôt que sa dame d'entourage. En tout cas, il avait été assez homme d'honneur pour ne lui faire jamais sentir qu'elle n'était que la dernière bâtarde noble semée par feu le baron Robert, le père d'Eudes. Ce dernier, pris d'un remords en même temps que le frappait une bien tardive dévotion, avait exigé que l'on reconnût sa fille, et même Eudes, que cette parenté officielle n'arrangeait pas, s'était incliné. Le vieux baron Robert de Larnay avait

1. La majorité des filles était fixée à douze ans, celle des garçons à quatorze.

donc marié à la hâte l'adolescente à Hugues de Souarcy, ancien compagnon de beuverie, de ripaille et de guerre, veuf sans enfant et surtout plus fidèle vassal. Il l'avait dotée petitement, mais l'étonnante beauté d'Agnès et son extrême jeunesse avaient achevé de conquérir son futur époux. Elle avait donc accepté de bonne grâce ces épousailles qui lui concédaient une reconnaissance et qui, surtout, la mettaient hors de portée de son demi-frère. Mais Hugues était mort sans avoir produit de fils et, à vingt-cinq ans, elle se retrouvait dans une situation guère plus enviable que lorsqu'elle vivait encore sous le toit de son père. Certes, le douaire[1] hérité de son mari lui permettait de survivre et de faire survivre ses gens, à peine. Il ne représentait que le tiers des rares biens immeubles qu'Hugues n'avait pas dilapidés, rien d'autre que le manoir de Souarcy, les terres avoisinantes, sans oublier la Haute-Gravière, une étendue de terre aride et grise où seuls poussaient chardons et orties. Et encore, il ne s'agissait là que d'un usufruit bien volatil. Si Eudes parvenait, comme elle le redoutait, à faire croire à une mauvaise conduite de la veuve, elle serait dépossédée en vertu d'une coutume inspirée de Normandie qui stipulait : « Au mal-coucher, femme perd son douaire. » La province normande, bien que rattachée au royaume depuis cent ans au prix d'incessantes guerres, conservait ses us et réclamait à corps et à cris une « charte aux Normands » rappelant ses privilèges traditionnels. Ils n'étaient pas en faveur des femmes. Si son demi-frère parvenait à ses fins, il ne lui resterait pour échapper au dénuement que trois solutions : le couvent, mais il lui faudrait abandonner sa fille aux mains prédatrices d'Eudes, ou un remariage

1. Usufruit attribué par coutume à la veuve sur les biens de son défunt mari. De moitié des biens possédés par le mari avant le mariage dans la région de Paris, du tiers sous la coutume normande.

pour peu qu'il l'accepte, c'est-à-dire qu'il ne puisse le refuser. La mort, aussi. Car il était exclu qu'elle lui cède.

Mabile la ramena à la réalité en soupirant :

– Quel dommage que nous soyons mercredi, jour maigre[1]. Enfin, si mon maître restait demain, nous avons quelques beaux faisans qui feront son délice. Ce soir, il lui faudra se contenter d'une porée verte aux blettes mais sans porc, de champignons sautés aux épices et d'un taillis aux fruits.

– Ce genre de regret n'a nulle place dans ma maison, Mabile. Quant à mon frère, je suis bien certaine qu'il trouve grand réconfort dans la pénitence, comme nous tous, rétorqua Agnès, l'esprit ailleurs.

– Oh, comme nous tous, madame, approuva l'autre, inquiète que sa remarque soit interprétée comme sacrilège.

Le remue-ménage qui s'éleva soudain de la grande cour carrée mit terme à l'embarras de Mabile. Eudes venait d'arriver. Elle se rua vers le fouet accroché derrière la porte pour calmer les chiens et se précipita en couinant de bonheur. L'espace d'un instant, Agnès se demanda si son demi-frère ne possédait pas en la suivante davantage qu'une fidèle exécutante. Après tout, peut-être cette pauvre fille avait-elle l'espoir d'être engrossée par Eudes, peut-être se leurrait-elle en imaginant que son fruit bâtard serait reconnu et jouirait de la même fortune qu'Agnès. Elle se trompait. Eudes n'était pas Robert, son père. Loin s'en fallait et pourtant, le baron Robert n'avait été ni saint ni même homme d'honneur. Mais le fils la jetterait dehors, sans le sou, pour éviter le moindre désagrément. Elle rejoindrait la légion sans fin des filles déshonorées qui échouaient dans les maisons de plaisir ou se louaient à la

1. Les mercredis, vendredis, samedis et veilles de fêtes ainsi que les quarante jours du Carême.

journée dans les fermes contre un repas et une piécette afin d'y exécuter les travaux pénibles.

Mathilde bondit sur ses pieds et courut derrière Mabile pour accueillir son oncle, qui arrivait le plus souvent les bras chargés de présents rares et précieux. La richesse des Larnay était une des plus enviables du Perche. Ils avaient eu l'heur faste de découvrir sur leurs terres une mine de fer, exploitable à ciel ouvert. Le royaume en prisait le minerai, qui alimentait également les convoitises anglaises. Cette manne valait au baron ordinaire[1] quelques égards de la part du roi Philippe IV le Bel*, qui ne tenait certes pas à ce que la famille des Larnay se laisse tenter par une alliance avec l'ancien ennemi de toujours. Le royaume de France était parvenu à se lier tant bien que mal à l'anglais, mais cette amitié était volage, de part et d'autre, en dépit des projets de mariage d'Isabelle, fille de Philippe, avec Édouard II Plante-Genest[2].

Eudes, en dépit de son peu de tête, n'était pas stupide au point de se laisser berner. Les incessants besoins d'argent de Philippe le Bel en faisaient un souverain difficile, voire imprévisible. La tactique du baron était simple et avait porté ses fruits : courber l'échine, assurer le roi de sa fidélité, tout en évoquant à mi-mots consternés les pressions ou les offres anglaises, bref faire allégeance, le rassurer, tout en l'encourageant à se montrer plus généreux. Il convenait cependant de ne pas s'abuser. Philippe et ses conseillers n'avaient pas hésité à faire emprisonner Gui de Dampierre pour lui ravir la

1. Par opposition aux grands barons du royaume.

2. Origine du nom de la dynastie des Plantagenêt. Surnom donné à l'un de ses ancêtres, Geoffroy comte d'Anjou, qui transforma ses terres en landes en y plantant, entre autres, des genêts afin d'y pouvoir chasser.

Flandre, à confisquer les biens marchands des Lombards et des Juifs, et même à ordonner en septembre de l'année passée l'enlèvement du pape Boniface VIII* alors qu'il séjournait à Anagni*. Eudes n'ignorait pas que s'il s'opposait au roi, ou s'il le contrariait de la plus infime manière, il finirait bien vite au fond d'un cul de basse-fosse ou lardé de coups de couteau par un providentiel vagabond.

Agnès se leva en soupirant, rajustant la ceinture de sa robe et son voile. Une petite voix la fit sursauter :

– Courage, madame. Vous êtes de l'esprit qu'il faut.

Clément. Elle avait presque oublié sa présence tant il savait se faire discret, presque invisible.

– Crois-tu ?

– Je le sais. Après tout... ce n'est qu'un benêt dangereux.

– Dangereux, en effet. Dangereux et puissant.

– Plus puissant que vous, mais moins que d'autres.

Il disparut sur ces mots par une porte basse qui menait au restrait[1] des serviteurs.

Étrange enfant, songea-t-elle en se dirigeant vers le vacarme qui provenait de l'extérieur. Lisait-il dans ses pensées ?

La voix d'Eudes claquait. Il ordonnait, rudoyant les uns, invectivant les autres. Lorsqu'Agnès fit son apparition dans la cour, un sourire remplaça aussitôt la moue écœurée et exaspérée de son frère. Il s'exclama en se dirigeant vers elle, bras larges ouverts :

– Vous êtes chaque jour plus radieuse, madame ! Vos chiens de Beauce sont de vrais fauves. Il faudra m'en garder deux mâles à la prochaine portée.

1. Lieu d'aisance.

– Mon frère, quelle joie de vous voir. En effet, ces molosses sont féroces avec les étrangers mais fiables et prévenants avec leurs maîtres et les troupeaux. Votre mesnie vous apporte-t-elle toujours grande satisfaction ? Et comment se porte madame Apolline, votre épouse, ma sœur ?

– Elle est grosse à son habitude. Si au moins elle parvenait à accoucher d'un fils ! Et elle pue l'ail, doux Jésus, elle empuantit l'air du matin au soir. Son mire affirme que les décoctions et les bains de ce révoltant bulbe produisent des mâles. Elle soufflote, elle souffrotte, elle crachote, bref, elle me gâche les jours, quant aux nuits...

– Prions donc qu'elle vous donne un vaillant fils, et à moi un beau neveu, biaisa Agnès.

Elle ouvrit à son tour les bras, afin de saisir les mains qui menaçaient de se refermer sur son corps. Puis elle s'écarta brusquement sous prétexte de donner des ordres au valet de ferme qui tentait de maîtriser la monture fourbue et énervée d'Eudes.

– Qu'attends-tu pour mettre pied à terre ? lança ce dernier au page qui s'endormait sur son hongre au large poitrail.

Le jeune garçon, guère plus âgé que douze ans, sauta de selle comme si on l'avait mordu.

– Eh bien, mais... réveille-toi ! La peste soit de la lenteur, ragea Eudes.

Le garçon affolé s'activa autour du chargement qui alourdissait sa monture de bât.

En suzerain, Eudes précéda sa sœur dans la vaste salle à manger, si fraîche que la pire canicule parvenait à peine à la réchauffer. Mabile avait dressé la table et attendait les ordres, le dos appuyé contre un mur, les mains jointes sur son tablier, la tête baissée. Agnès remarqua qu'elle avait eu le temps de changer de bonnet.

– Va donc me chercher une aiguière, que je me rince les doigts, lui ordonna Eudes sans même lui jeter un regard.

Dès que la fille fut partie, il demanda à Agnès :

– En êtes-vous satisfaite, mon agnelle ?

– Oh, elle est docile et bien courageuse, mon frère. Cependant, je crois que le service de votre maison lui manque.

– Bah... Nul ne requiert sa préférence. Bon Dieu, je meurs de faim ! Allons, ma radieuse, apprenez-moi les nouvelles de votre coin de terre.

– Bien peu de choses en vérité, mon frère. Nous avons quatre nouveaux cochons, nés ce printemps, et l'épeautre et le seigle ont jusque-là bonne figure. On peut en espérer le mieux, si les incessantes pluies que nous avons connues ces dernières années nous épargnent. Quand je pense qu'il y a moins de quinze ans, l'Alsace récoltait ses fraises en janvier ! Mais je vous ennuie avec mes récriminations de fermière. Votre nièce (elle désigna Mathilde d'un geste) bouillait d'impatience de vous revoir enfin.

Il tourna la tête vers la fillette qui tentait sans grand succès d'attirer son attention par des sourires et de petits soupirs.

– Mais qu'elle est donc jolie, avec son petit minois et ses beaux cheveux couleur de miel fin ! Et ces grands yeux de rêveuse. Que d'émois vous provoquerez sous peu, ma mie.

La fillette ravie se plia en une gracieuse révérence. Son oncle poursuivit :

– C'est tout votre portrait, Agnès.

– Je trouve au contraire qu'elle vous ressemble enfant... pour mon plus grand plaisir. Il est vrai que l'on aurait pu nous prendre pour des jumeaux, n'eut été votre force.

Elle mentait effrontément. Ils n'avaient jamais eu de commun que la couleur cuivre doré des cheveux. Eudes était un homme trapu, aux traits lourds, au menton carré, au nez trop saillant et à la grande bouche mince qui semblait un coup de serpette lorsqu'elle ne béait pas sur une insulte ou une grivoiserie.

Il devint soudain si sérieux qu'elle se demanda si elle n'avait pas manqué de subtilité. Les yeux toujours rivés sur sa demi-sœur, il demanda d'un ton doux à la fillette :

– Voulez-vous m'octroyer grande faveur, ma mignonne ?

– Rien ne me plairait davantage, mon oncle.

– Courez donc voir ce que devient ce paresseux de page. Il met bien longtemps à débâter son cheval et à m'apporter ce que j'attends.

Mathilde virevolta et fonça vers la cour. Eudes reprit d'un ton douloureux :

– N'eut été votre amabilité, Agnès, je vous en aurais voulu pour le chagrin que causa votre naissance à ma mère. Quel désaveu, quel camouflet pour cette femme si pieuse et si parfaite.

La sortie rassura Agnès, qui redoutait qu'il ait détecté sa rouerie. Il se débrouillait toujours, lorsqu'il la visitait, pour lui rappeler de façon bien grossière sa magnanimité de garçonnet, oubliant comme il l'avait rabrouée, malmenée, tant que le baron Robert n'avait ordonné qu'on la traitât en demoiselle. Étrangement, la baronne Mathilde s'était prise d'une grande affection pour la fillette adultérine, dès la mort de sa mère, survenue après ses trois ans. Elle lui avait enseigné par amusement à lire et à écrire, le latin, quelques rudiments d'arithmétique et de philosophie, sans oublier ses deux grandes passions : la couture et l'astronomie.

– Votre mère est mon ange, Eudes. Je ne la remercierai jamais assez dans mes prières de toutes ses bontés à mon égard. Son souvenir toujours vivace auprès de moi m'est d'un constant réconfort.

Les larmes lui montèrent aux yeux, des larmes qui, pour

une fois, n'étaient pas de stratégie, mais de douceur et de chagrin.

– Quel butor je fais, mon agnelle ! Pardonnez-moi. Je sais tout de votre sincère attachement à ma mère. Allons, ma belle, pardonnez au rustre que je suis parfois.

Elle força un sourire :

– Jamais, mon frère. Vous êtes si bon.

Convaincu de sa gratitude et de son obéissance, il changea de sujet :

– Et ce petit vaurien toujours fourré dans vos jupes... Comment s'appelle-t-il ? Je ne l'ai point vu.

Agnès comprit immédiatement qu'il faisait référence à Clément mais prétendit chercher pour se donner le temps de réfléchir à l'attitude qu'elle devait adopter :

– Un petit vaurien, dites-vous ?

– Mais oui, cet orphelin que votre générosité vous a conduite à garder auprès de vous.

– Clément ?

– C'est cela... Dommage que ce ne soit pas une fille. L'abbaye de femmes des Clairets* n'est pas loin. Nous en aurions fait une donnée à Dieu[1], vous déchargeant ainsi d'une bouche supplémentaire.

En suzerain, Eudes en aurait eu le pouvoir s'il l'avait décidé. Agnès aurait dû se plier à sa volonté.

– Oh... Clément n'est pas une charge, mon frère. Il se contente de peu et est fort doux et silencieux. On le voit à peine mais il me distrait parfois. (Certaine qu'il voudrait lui faire plaisir à peu de frais, elle ajouta :) J'avoue qu'il me manquerait. Il m'accompagne lors des tournées de mes terres et de mes communs.

1. Enfants que l'on offrait aux abbayes.

– Certes, trop doux et chétif pour en faire un soldat. Un moine, peut-être, dans quelques années…

Elle ne devait surtout pas contrer Eudes ouvertement. Il faisait partie de ces imbéciles qui se butaient à la moindre opposition et voulaient aussitôt contraindre les autres à la défaite. Un moyen bien commun de se persuader de leur pouvoir. De la même voix mesurée, teintée de fausse incertitude, Agnès persista :

– S'il est assez doué, je compte en faire mon apothicaire, ou mon mire. J'en aurais fort besoin. L'étude le captive et les simples n'ont déjà plus de secrets pour lui. Cependant, il est encore jeune… nous en discuterons le moment venu, mon frère, car je vous sais habile en jugement des êtres.

On prête aux enfants un infaillible instinct. Mathilde était une inquiétante démonstration du contraire. Après le premier goûter de fruits et de gâteaux, elle s'installa aux pieds de son oncle, babillant, ravie des petits baisers qu'il déposait sur ses cheveux, de ses doigts qui se faufilaient par l'encolure de son chainse[1] pour lui flatter le bas de la nuque. Les avantageuses anecdotes de chasse ou de voyages de son oncle la fascinaient. Elle le dévorait du regard, un sourire séduit étirant sa mignonne bouche. Agnès songeait qu'elle devrait bientôt renseigner la fillette sur l'inavouable nature de son oncle. Mais comment s'y prendre ? Mathilde adorait Eudes. Il lui paraissait si puissant, si rayonnant, si merveilleux en somme. Il apportait entre les épais murs tristes et froids du manoir de Souarcy la promesse d'un monde faste et facile qui grisait sa fille au point de lui faire perdre la lucidité. Agnès ne pouvait lui en tenir rigueur. Que savait-elle au juste

1. Longue chemise de corps que l'on portait sous la robe.

du monde, cette encore petite fille qui dans moins d'un an deviendrait une femme ? Elle n'avait connu que les contraintes d'une vie de ferme, la boue des étables et des porcheries, l'angoisse des récoltes, les vêtements grossiers, la terreur des famines et des maladies.

Une insupportable révélation frappa Agnès de plein fouet. Ce qu'Eudes avait tenté avec sa demi-sœur, dès ses huit ans, il le reproduirait avec sa nièce s'il en avait l'occasion. Que ce désir incestueux le tienne à ce point terrorisait Agnès. Il ne manquait pas de paysannes ou de soubrettes à trousser, certaines flattées de l'intérêt du seigneur pour leurs charmes, d'autres, la plupart, résignées. Après tout, elles avaient déjà subi le père et le grand-père avant lui.

Prétextant l'heure déjà tardive, Agnès ordonna que l'on couche sa fille. Où donc était passé Clément ? Elle ne l'avait pas revu depuis l'arrivée d'Eudes de Larnay.

Forêt des Clairets, mai 1304

Le large poitrail fonça vers lui. Un mur de fureur. Il sembla au jeune moine qu'il demeurait planté là durant une éternité, à contempler les muscles parfaits sous la robe noire collée de sueur. Pourtant, le cheval n'avait fait que quelques pas. La voix résonna à nouveau :

– La lettre, où se trouve la lettre ? Donne-la-moi ! Je te laisserai la vie sauve.

La main qui serrait les rênes était terminée de longues serres de métal luisant. Le jeune moine distingua les deux tiges latérales qui maintenaient ce gantelet meurtrier au poignet. Il crut apercevoir le sang qui tachait les pointes acérées.

L'écho de son souffle précipité s'engouffrait dans ses oreilles, l'assourdissant. La main griffue se leva, peut-être en signe d'apaisement. Le jeune moine pouvait observer chacun de ses plus infimes mouvements, comme décomposés par un prisme. Le geste avait été rapide, toutefois, la main semblait le reproduire, encore et encore. Il ferma les yeux quelques fractions de secondes dans l'espoir de se débarrasser de ce mirage. Des vertiges le déséquilibraient, et une soif terrible lui collait la langue au palais.

– Donne-moi la lettre. Tu vivras.

D'où sortait cette voix de ténèbres ? Pas d'un être humain.

Le jeune moine tourna la tête, évaluant ses chances de fuite. Là-bas, un peu plus loin, un épais rideau d'arbres et d'arbustes ondulait dans le soleil couchant. Leurs troncs mouvants étaient si serrés que le cheval ne pourrait s'y faufiler. Il fonça. Il courut comme un fou, manquant s'affaler à deux reprises, se cramponnant aux branches basses afin de se rétablir. Un halètement de plus en plus difficile montait de sa gorge en ouragan. Il lutta contre l'envie de s'effondrer sur l'humus, de fondre en larmes et d'attendre que son poursuivant le rejoigne. Une pie dérangée jacassa un peu plus loin sur sa droite, et son cri désagréable cascada, heurtant avec violence les tympans du jeune homme. Il courut. Encore quelques mètres. Plus loin, un désordre de hautes ronces avait envahi une clairière, colonisant la moindre parcelle d'espace libre. S'il parvenait à s'y cacher, peut-être l'autre perdrait-il sa trace. Un bond le propulsa au milieu de cet enfer végétal.

Il plaqua la main sur sa bouche pour étouffer le sanglot qui l'étouffait. Son sang cognait contre sa gorge, dans ses oreilles, jusque sous ses tempes.

Là, ne plus bouger, ne faire aucun bruit, respirer à peine. Les ronces lui meurtrissaient les bras et les jambes, s'accrochaient à son visage. Il voyait leurs griffes recourbées ramper vers lui. Elles frissonnaient, s'étiraient, se détendaient pour s'abattre avec férocité sur sa chair. Elles s'enfonçaient, se retournaient sous sa peau afin d'assurer leur prise.

Il avait beau se répéter que les ronces ne sont pas animées, de fait, elles bougeaient.

La nuit tombait, une nuit pourpre. Même les arbres devenaient pourpres. L'herbe, la mousse plus loin, les ronces, la brume qui se levait, tout se teintait de pourpre.

Une douleur effroyable lui vrillait les membres, un brasier qui l'aurait consumé sans flammes.

Un bruit imperceptible. Un bruit comme un maelström. Si seulement il pouvait plaquer les mains sur les oreilles pour atténuer la clameur qui s'engouffrait dans son cerveau. Mais non, les ronces le cramponnaient avec une méchanceté renouvelée. Un bruit de sabot qui approchait.

La lettre. Il ne fallait pas qu'elle soit découverte. Il avait juré de la protéger de sa vie.

Il voulut prier mais buta sur les mots de sa supplique. Ils revenaient, toujours les mêmes, comme une incompréhensible litanie. Il crispa les mâchoires et tira d'un coup sec son bras droit, le libérant des épines qui le crucifiaient. Il sentit distinctement sa peau céder sous l'obstination des griffes végétales. Sa main avait noirci jusqu'au poignet. Ses doigts renâclaient, si gourds soudain qu'il avait peine à leur ordonner de se faufiler sous son manteau, de saisir la feuille.

La missive était brève. Les sabots se rapprochaient. Les sabots seraient sur lui dans quelques secondes. Il déchira le court morceau de papier et fourra ses lambeaux dans sa bouche, mâchant avec l'énergie du désespoir afin d'avaler les mots tracés avant que les sabots n'apparaissent. Il sembla au jeune moine que les quelques phrases magnifiques lui déchiraient l'œsophage, lorsqu'il parvint enfin à déglutir, lorsque la boule de papier trempée de salive disparut à l'intérieur de lui-même.

Plaqué contre l'humus dévoré de mûriers sauvages, il ne vit d'abord que les antérieurs du cheval noir. Il lui sembla pourtant qu'ils se dédoublaient. Il y avait soudain quatre, six, huit jambes animales.

Il tenta de bloquer sa respiration si bruyante que l'on devait l'entendre dans toute la forêt.

– La lettre. Donne-moi la lettre.

La voix était caverneuse, déformée comme si elle remontait des entrailles de la terre. Le diable, peut-être ?

La douleur provoquée par les impitoyables ronces disparut comme par magie. Dieu lui portait secours, enfin. Le jeune homme se redressa, émergeant de cet enchevêtrement malfaisant, insensible aux entailles, aux balafres qui hachaient sa peau. Le sang dégoulinait de son visage, de ses mains. Il les étendit devant lui, rouges sur le pourpre de la nuit. Des cloques se formaient en chapelet le long de ses veines, cheminant jusque vers ses coudes. Et puis elles s'évanouissaient comme elles étaient venues.

– La lettre ! ordonna la clameur qui cognait dans son cerveau.

Son regard tomba vers ses pieds chaussés de sandales. Ils étaient enflés au point que le cuir des lanières disparaissait dans les boursouflures de chair noirâtre.

Il avait juré de protéger la lettre de sa vie. N'était-ce pas un crime que de la manger ? Il avait juré. Il devait donc offrir sa vie. Il tourna la tête, tentant d'évaluer la hauteur de l'océan de ronces au milieu duquel il avait cru trouver refuge. Quelle bêtise. Une sorte de respiration semblait l'agiter. Les branches de mûriers s'élevaient pour s'affaisser, puis inspiraient à nouveau. Il profita d'une longue expiration du magma hostile pour sauter et fonça droit devant lui.

Il lui sembla qu'il courait depuis des heures ou quelques secondes lorsque l'écho du galop le rattrapa. Il ouvrit grand la bouche pour avaler une gorgée d'air. Son sang lui dévala dans la gorge et il éclata de rire. Il riait tant qu'il dut s'arrêter pour reprendre haleine. Il se pencha vers l'avant. Ce n'est qu'à ce moment-là qu'il découvrit la longue pointe qui dépassait de sa poitrine.

Comment cette pointe épaisse était-elle arrivée là ? Qui l'avait placée dans sa cage thoracique ?

Le jeune homme s'écroula à genoux. Du rouge coulait en torrent sur son ventre, le long de ses cuisses, pour être aspiré aussitôt par l'herbe pourpre.

Le cheval s'immobilisa à un mètre du jeune moine et son cavalier, spectre emmitouflé dans une large cape à capuche, démonta. Le spectre tira d'un coup sec l'épieu et essuya la hampe ensanglantée sur l'herbe. Il s'agenouilla et fouilla le moine, son déplaisir lui arrachant un juron.

Où était passée la missive ?

La fureur releva la silhouette, qui asséna un coup de pied violent à l'agonisant. Une envie de meurtre la secoua, lorsque les lèvres desséchées et racornies du jeune homme s'entrouvrirent une dernière fois pour soupirer :

– Amen.

Sa tête retomba.

Cinq longues serres de métal brillant s'approchèrent de son visage, et le spectre ne regretta qu'une chose : que sa victime ne puisse plus sentir les impitoyables ravages qu'elles allaient abandonner dans sa chair.

Manoir de Souarcy-en-Perche, mai 1304

Le souper traîna en longueur. Les manières de table de son demi-frère donnaient la nausée à Agnès. N'avait-il jamais entendu évoquer cet éminent théologien parisien, Hugues de Saint-Victor, qui, plus d'un siècle auparavant, avait décrit la façon de se tenir à table ? Il était pourtant indiqué dans son ouvrage que l'on ne devait pas « manger avec les doigts mais avec sa cuiller, s'essuyer les mains à ses vêtements, remettre dans les plats les morceaux mangés à demi ou les débris coincés entre les dents ». Eudes bâfrait à grand bruit, mâchait bouche large ouverte, recueillait la soupe qui lui montait jusqu'aux sourcils d'un revers de sa manche. Il rota d'abondance en engloutissant la dernière miette de taillis aux fruits. Alourdi par un repas que Mabile avait su rendre appétissant en dépit des nécessaires aménagements exigés par cette journée maigre, Eudes lança soudain :

– Et maintenant... Les cadeaux pour mon agnelle et sa petite mignonne. Que l'on fasse quérir Mathilde.

– Sans doute dort-elle, mon frère.

– Eh bien, qu'on l'éveille aussitôt. Je veux constater sa joie.

Agnès s'exécuta, jugulant sa mauvaise humeur.

Quelques instants plus tard, la fillette rhabillée à la hâte pénétra dans la vaste salle les yeux brillants de sommeil et de convoitise.

Eudes se dirigea vers la grosse caisse de bois recouverte de toile de jute que le page avait déchargée plus tôt. Il prit un luxe de précautions pour en défaire les cordages, faisant monter l'impatience de sa nièce. Enfin, il extirpa une bouteille de terre cuite en annonçant d'un ton gourmand :

– Je vous ai rapporté... bien sûr, du vin aigre de Modène pour votre toilette, mesdames. On prétend que sa noirceur rend la peau laiteuse et douce comme un pétale de rose sous la rosée. Les élégantes italiennes en font grand usage.

– Vous nous gâtez trop, mon frère.

– Bah, une babiole, rien de plus. Passons aux choses sérieuses. Ah, ah, que vois-je dessus ma caisse... cinq aunes* de soie de Gènes...

Le cadeau était digne d'une princesse. Agnès dut se souvenir de ce que dissimulait l'extrême prodigalité de son demi-frère pour ne pas se ruer sur l'étoffe jaune safran afin de la tâter. Pourtant, elle ne put retenir son exclamation :

– Quelle magnificence ! Mon Dieu, à quoi l'employer ? Je vais craindre de l'abîmer par une maladresse.

– Songez alors, madame, que le rêve de toute soie est de frôler votre peau.

Le regard intense qu'il lui jeta lui fit baisser les yeux. Il continua cependant du même ton enjoué :

– Qu'est-ce donc que cette épaisse bourse de velours cramoisi ? Qu'est-ce donc ? Il en monte des effluves grisants. Savez-vous de quoi il s'agit, mademoiselle, plaisanta-t-il en se penchant vers sa nièce bouche bée.

– Certes non, mon oncle.

– Eh bien alors, ouvrons-la.

Il se dirigea vers la table et étala le mélange d'anis, de coriandre, de fenouil, de gingembre, de genièvre, d'amande, de noix et de noisette que les nantis aimaient à déguster avant le coucher afin de se parfumer l'haleine et de faciliter la digestion.

– Des épices de chambre, murmura la fillette d'un ton admiratif et conquis.

– Tout juste. Et pour ma mignonne, qu'avons-nous dans notre sac à trésors ? Car je crois bien que votre anniversaire approche à grands pas, n'est-ce pas, jolie demoiselle ?

Mathilde sautillait d'impatience autour de son oncle. Elle gazouilla, la gorge serrée par l'émotion :

– Dans quelques semaines, mon oncle.

– Voilà qui est parfait. Ainsi serai-je le premier à vous le souhaiter et vous ne m'en voudrez pas de ma hâte, n'est-il pas vrai ?

– Oh, certes non, mon oncle !

– Or donc, qu'avons-nous qui soit digne d'un anniversaire de jeune princesse ? Ah ah... Une broche de cheveux d'argent et de turquoise, réalisée par des orfèvres flamands, et un peigne de nacre de Constantinople qui la rendra encore plus jolie et fera pâlir la lune de jalousie...

La fillette bouleversée osait à peine toucher le bijou en forme de longue épingle. Sa lèvre inférieure tremblait comme si elle allait fondre en larmes devant de telles beautés, et Agnès songea à nouveau que leur vie fruste lui pèserait sous peu. Mais comment expliquer à ce qui n'était encore qu'une enfante que dans quelques années, son oncle si charmeur ne verrait en nièce de demi-sang qu'une nouvelle source de plaisir ? Agnès se savait prête à tout pour l'éviter. Jamais il ne frotterait ses lourdes pattes contre la peau tendre de sa fille. Heureusement, la masculinité de Clément le protégeait de tels désirs et de bien d'autres choses. Si la rumeur des insolites penchants de certains seigneurs était bien parvenue jusqu'à Souarcy, Eudes n'aimait que les filles... à peine pubères.

– Et enfin, ceci ! lança-t-il théâtralement en sortant de la sacoche une sorte d'épais doigt de peau dont il tira la cordelette avant d'en extraire un tube grisâtre.

Une exclamation joyeuse échappa à Mathilde :

– Madame ! Oh, madame ma mère... du sel indien. Oh, c'est merveilleux, je n'en avais jamais vu. Puis-je le goûter ?

– Plus tard. Allons, Mathilde, un peu de retenue ! Mabile ? Conduis ma fille à sa chambre. Il est tard, elle n'a déjà que trop veillé.

La petite fille salua avec grâce son oncle, qui déposa un baiser sur ses cheveux, puis sa mère, avant de suivre à contrecœur la servante.

– Ah ça, mon frère, j'avoue que je suis aussi impressionnée que ma fille. On prétend que la comtesse de Bourgogne, Mahaut d'Artois, en est si friande qu'elle en a fait récemment acheter quinze pains à la foire de Lagny.

– Si fait.

– Mais je la croyais pauvre, et ce sel indien est, dit-on, plus onéreux que l'or.

– C'est que la bougresse geint beaucoup alors qu'elle est fort riche. À deux sols d'or et cinq deniers la livre, quinze pains de vingt livres font une véritable fortune. Avez-vous déjà goûté de ce sel indien, Agnès ? Les Arabes le nomment saccharon[1].

– Non. Je sais tout juste qu'il s'agit du suc que l'on recueille d'une canne de bambou.

– Alors, remédions à ce manque aussitôt. Tenez, léchez, ma chère. Cette épice va vous surprendre. Elle est si suave

1. Dont nous avons tiré saccharose, le nom chimique du sucre de table, ainsi que saccharine.

qu'elle se marie admirablement aux pâtisseries et aux boissons.

Il tendit le doigt d'un gris blanc vers ses lèvres et une répulsion difficile à contrôler fit fermer les paupières à la jeune femme.

La soirée s'étirait en longueur. Le maintien guindé, propre à n'encourager aucune familiarité, qu'Agnès s'imposait depuis l'arrivée de son frère lui meurtrissait les épaules. Eudes la saoulait d'intarissables histoires, toutes destinées à le mettre en valeur. Soudain, il pouffa :

– Que me raconte-t-on, madame ? Vous auriez fait construire des hostelleries pour les mouches à miel[1] en bordure de vos terres, à l'orée du bois de Souarcy ?

Elle ne l'écoutait que d'une oreille distraite depuis un moment, aussi cette question, faussement légère, faillit-elle la désarçonner :

– On vous aura bien renseigné, mon frère. Nous avons creusé de vieilles souches d'arbres au fer rouge avant d'y installer des ébauches de rayons et d'y déverser des essaims sauvages, ainsi que cela se pratique communément.

– Allons, l'élevage de ces mouches et la récolte du miel sont affaire d'homme !

– Je m'y fais aider.

Une lueur de curiosité brilla dans le regard d'Eudes.

– Avez-vous déjà aperçu le roi de la colonie[2] ?

– Non, je l'avoue. Les autres abeilles le protègent avec fougue et férocité. C'est du reste ainsi que l'idée de produire

1. Noms couramment donnés aux ruches et aux abeilles.

2. On a cru jusqu'à la fin du XVIIe siècle que les essaims entouraient un roi et non pas une reine.

du miel m'est venue... De l'attaque en règle d'un de mes valets qui voulait se rassasier à peu de frais dans la forêt.

– Ce larcin est considéré comme du braconnage et passible de mort. Vous êtes âme sensible, je ne l'ignore pas, et il s'agit là d'une charmante disposition chez les dames. Cela étant, vous auriez pu, à tout le moins, exiger qu'on lui coupât les mains.

– Que ferais-je d'un valet de ferme dépourvu de mains ?

Il accueillit cette sortie d'un rire qui sonna creux, et elle sentit qu'il tentait de la piéger. Tout vassal devait à son suzerain les deux tiers de sa récolte de miel et un tiers de sa récolte de cire, redevance qu'Agnès omettait d'acquitter depuis l'installation de ses ruches, deux ans auparavant.

– Eh bien, faites-moi goûter ce nectar, ma belle.

– Malheureusement, mon frère, nous n'en sommes qu'aux prémisses. Notre première récolte, l'année dernière, était bien décevante. Les incessantes pluies avaient fait tourner le miel, le rendant impropre. Aussi ne vous l'ai-je pas envoyé de peur de vous rendre malade, vous et votre mesnie. Il a nourri nos porcs, qui s'en sont accommodés. Ajoutez à cela que j'avais gâché un des deux seaux par maladresse... Cette année, la première collecte de printemps ne nous a offert que trois livres, d'une qualité plus que médiocre, tout juste bonne à parfumer les restes de vin. Gageons que la grande récolte d'été sera plus généreuse, et que j'aurai le bonheur de la partager avec votre maison. (Elle imita un soupir catastrophé.) Ah, Eudes, mon doux frère... Je ne sais comment nous survivrions sans vos bontés continuelles. La terre de Souarcy est bien pauvre. Pensez donc, je n'ai pu remplacer que la moitié de nos trains de labour par des chevaux perches quand les bœufs sont si lents et maladroits à traîner le soc. Ces hostelleries à abeilles devraient nous permettre d'améliorer un peu le triste ordinaire qui est le nôtre. Hugues, mon regretté époux, ne... Enfin, il n'avait pas...

– N'était qu'un vieillard sénile.

– Comme vous y allez, murmura-t-elle en baissant le front de feinte confusion.

– Si une décision de mon père manqua de sagacité, c'est bien celle-ci. Comment ! Vous marier à un vieillard de cinquante ans dont les seuls titres de gloire étaient les innombrables cicatrices récoltées à la bataille ! La guerre révèle un homme, elle ne le fait pas, asséna le couard qui avait toujours su déployer un luxe de ruse afin de s'épargner la moindre blessure.

– Notre père croyait faire pour mon bien, Eudes.

Elle s'acharnait depuis le début de leur conversation à rectifier chacune de ses phrases, à rétablir leur lien de sang, qu'il apportait un soin maniaque à exclure de son discours, ne la nommant que « ma belle », « ma radieuse », « mon Agnès », « mon agnelle », parfois « madame ».

L'hésitation d'Eudes était perceptible. Agnès l'entretenait du mieux qu'elle le pouvait, consciente qu'avec cette ultime retenue s'effondrerait sa dernière sauvegarde. Tant qu'il se questionnerait sur la lucidité de sa demi-sœur, il piafferait d'impatience sans oser le dernier pas coupable. En revanche, lorsqu'il ne douterait plus qu'elle avait décelé son impardonnable lubricité, elle... eh bien, elle ignorait ce qu'elle pourrait alors tenter afin de le contrer.

Elle se leva du banc et lui tendit la main en souriant :

– Allons prier ensemble la Sainte Vierge, mon frère. Rien ne saurait me plaire davantage, hormis votre présence ce soir. Frère Bernard, mon nouveau chapelain, serait si heureux de nous voir agenouillés côte à côte. Il faudra ensuite que vous alliez prendre quelque repos. Votre route est longue et je m'en veux tant d'être la raison pour laquelle vous vous l'infligeâtes.

Il ne perçut pas le congé et fut contraint de s'exécuter, sans grand enthousiasme.

Lorsque, enfin, elle vit disparaître Eudes et son page au détour d'un champ, le lendemain après tierce*, Agnès était exténuée et la tête lui tournait. Elle décida de faire le tour des communs, plus pour permettre au malaise qui ne la quittait pas de se dissiper que par réelle envie d'inspection. Mabile, qui scrutait d'un air dépité le chemin désert, se méprit sur son humeur et commenta d'un ton triste :

– Quelle trop courte visite.

Elle avait la mine pâle et les traits tirés, et Agnès songea que la nuit avait dû être encore plus courte pour Eudes et pour sa servante.

– En effet, Mabile. Mais quel bonheur tant qu'elle a duré, mentit-elle avec un tel aplomb qu'une sorte de crainte superstitieuse l'envahit.

Était-il si aisé de mentir et de tricher, en dépit de tout ce qu'enseignaient les Évangiles ? Sans doute, du moins lorsqu'il n'existait pas d'autres parades.

– Comme c'est vrai, madame.

Alors seulement Agnès remarqua le carré d'étamine de laine violine qui couvrait ses épaules. Elle ne lui avait jamais vu auparavant. Rétribution pour services rendus ou pour charmes concédés ?

– Laisse dormir un peu Mathilde. Elle a veillé fort tard. Clément m'accompagnera... s'il reparaît.

Elle n'avait pas aperçu l'enfant depuis la veille, hasard ou sagacité ? Toujours était-il qu'il avait bien fait d'éviter et le regard et la curiosité d'Eudes.

– Je me tiens derrière vous, madame.

Elle se tourna vers la petite voix, amusée, intriguée aussi.

Elle ne l'avait pas entendu arriver. Clément allait, venait, disparaissait parfois des journées entières sans qu'on sût où il se trouvait, pour réapparaître comme par enchantement. Sans doute aurait-elle dû exiger qu'il demeurât près d'elle, les bois alentour étaient peu sûrs, surtout pour un enfant encore jeune, d'autant qu'Agnès craignait toujours qu'il ne soit surpris se baignant dans un étang ou une rivière. D'un autre côté, Clément était prudent et sa liberté grisait Agnès, peut-être parce qu'elle se sentait épiée, entravée.

Il la suivit sans bruit à quelques pas derrière, encadré par les deux molosses, et ne se rapprocha que lorsqu'Agnès, se sachant hors de portée des oreilles indiscrètes de Mabile, demanda d'un ton doux :

– Où t'en vas-tu rôder ainsi ?

– Je ne rôde pas, madame. Je surveille, j'apprends.

– Que surveilles-tu ? Qu'apprends-tu ?

– Vous. Tant de choses... Grâce aux sœurs écolâtres de l'abbaye des Clairets, grâce à vous, se reprit-il.

Elle baissa les yeux vers lui. L'étrange regard pers allongé en amande la considérait avec sérieux, une certaine méfiance aussi. Elle murmura :

– C'est loin, l'abbaye des Clairets. Oh... je ne sais pas si j'ai eu raison de requérir que tu assistes à l'enseignement qu'on y dispense. Près d'une lieue... Bien loin pour un enfant.

– Moitié moins en coupant par bois.

– Je n'aime pas te savoir dans ces bois.

– La forêt est propice. On y découvre tant de choses.

– Le bois des Clairets est... enfin, on prétend qu'il serait parfois visité par des créatures... malfaisantes.

– Des fées et des loups-garous ? Sornettes que tout cela, madame.

– Tu ne crois pas à l'existence des loups-garous ?

– Non, et pas davantage à celle des fées.

– Comment se peut-il ?

– Parce que, madame, s'ils existaient et qu'ils disposent d'une telle puissance, au pire ils nous auraient déjà exterminés ou dévorés, au mieux, notre vie serait un calvaire quotidien.

Il sourit et elle se fit l'étrange réflexion qu'il ne se laissait aller à ces manifestations de bonheur ou d'amusement qu'en sa seule présence. Les relations de Clément avec Mathilde se cantonnaient à une affabilité serviable de la part du premier et à une arrogance agacée de la part de la seconde. Il est vrai que sa fille le considérait un peu comme un domestique privilégié et qu'elle n'eut, pour rien au monde, condescendu à le traiter comme un égal.

Elle rit en déclarant :

– Ma foi, tu es assez convaincant. Voilà qui me soulage d'un grand poids. J'aurais détesté me retrouver nez à nez avec un loup-garou. (Redevenant grave, elle s'inquiéta :) Prends-tu bien garde à ce dont nous avons discuté ? Personne ne doit l'apprendre, Clément. Il y va de ta sécurité... de la mienne aussi.

– Je le sais madame, et depuis longtemps. Vous auriez tort de vous tourmenter à ce sujet.

Ils poursuivirent leur inspection en silence.

Le village de Souarcy était juché en haut d'une motte. Des ruelles bordées de maisons montaient à l'assaut du manoir en serpentant de façon bien mal aisée, au point que les charrettes de foin devaient faire preuve d'une grande habileté pour ne pas écorner le toit des bâtisses au détour d'un nouveau méandre. Nulle imagination particulière n'avait présidé à ce semis d'habitations, pourtant, on eut dit qu'elles s'étaient tassées les unes contre les autres en bord de rues comme pour se rassurer. Souarcy, à l'instar des autres manoirs, n'avait pas droit d'armement. À l'époque de sa construction, lorsque la menace anglaise pesait lourdement sur la région, le seul recours avait été la défense, expliquant cette situation surélevée et enchâssée dans la forêt. De fait, les épaisses murailles d'enceinte au creux desquelles s'était nichée une population de paysans, de serfs et de petits artisans, avaient résisté avec une calme insolence à bien des assauts.

Agnès répondit d'un sourire mécanique aux saluts et aux révérences de ceux qu'elle croisait, remontant en direction du manoir les sentes boueuses d'une argile jaune détrempée par les récentes pluies. Elle visita le pigeonnier, n'y trouvant pas le petit bonheur qu'il lui procurait d'habitude. Eudes, ses probables machinations, ne lui quittaient pas l'esprit. Ses magnifiques oiseaux l'accueillirent pourtant d'une cascade de roucoulements tendres et énervés. Elle frôla du regard ce grand mâle insolent dont la parade conquérante la faisait toujours rire. Pas aujourd'hui. Elle l'avait baptisé Vigil, l'Éveillé, car il aimait à se percher dès l'aube à l'aplomb de la poutre faîtière du toit du manoir pour y roucouler en surveillant l'installation du jour. C'était le seul des volatiles qui eut un nom. Encore un cadeau de son demi-frère, qui lui avait rapporté l'animal de Normandie l'année passée afin qu'il régénère son pigeonnier. Il tendit vers elle un cou musclé, d'un rose sombre nuancé de mauve. Elle le flatta d'une caresse rapide puis repartit.

Ce n'est qu'une fois de retour dans la grande salle du manoir qu'elle se rendit compte que Clément avait habilement fait dévier la conversation. Trop tard : l'enfant avait encore disparu. Elle devrait attendre encore pour se faire expliquer la nature des occupations qui le tenaient de plus en plus souvent éloigné du manoir.

Eudes, lui aussi, était épuisé. Il n'avait dormi qu'une heure entre les cuisses de Mabile. C'est qu'elle ne donnait pas sa part de plaisir aux chiens, la ribaude. Heureusement, car la moisson de menus riens qu'elle avait récoltés au service d'Agnès n'avait pas grand intérêt pour son maître. À défaut de parvenir à cerner la maîtresse, il avait culbuté la servante. Piètre dédommagement pour ce beau coupon de soie et ce doigt de sucre qui à eux seuls lui avaient coûté une fortune, mais il s'en contenterait pour l'instant.

Dieu qu'il déplaisait à sa demi-sœur ! Agnès le prenait pour un insupportable fat, doublé d'un malotru et d'un dévoyé. Elle le détestait, il en avait eu conscience quelques années auparavant, lorsqu'elle s'était enfin crue débarrassée de lui grâce à son mariage. L'espèce de passion, de désir empoisonné qu'il avait conçu pour elle alors qu'elle n'avait que huit ans et lui dix s'était métamorphosée en haine rongeante. Il la briserait, et elle ramperait à ses pieds. Cet inceste qui la répugnait au point de la faire parfois blêmir jusqu'aux lèvres, elle devrait s'y soumettre. S'il avait, un jour, espéré conquérir son amour, qu'il soit assez fort pour qu'elle commette l'impardonnable péché, tel n'était plus le cas. Il voulait maintenant qu'elle cède et le supplie.

Il passa son humeur dangereuse sur le page qui s'endormait sur sa monture et menaçait de s'affaler contre l'encolure du hongre :

– Secoue-toi ! Tu es une vraie pucelle ! Et si tu es bien une pucelle, je sais comment les déniaiser.

La menace produisit son effet. Le jeune garçon se redressa comme sous un coup de fouet.

Oui, c'est cela, il la briserait. Bientôt. Elle était encore si belle à vingt-cinq ans, mais au fond plus si jeunette. Et puis, elle avait été mère, et l'on sait comme les grossesses abîment les femmes, surtout les seins. Or, il les aimait à la mode de l'époque : menus, arrondis en pomme, recouverts d'une peau pâle et transparente, et surtout perchés haut. Qui disait que ceux d'Agnès ne s'étaient pas enlaidis de vergetures violacées ? Peut-être même son ventre s'était-il fané ? En revanche, Mathilde était si jolie, si fine et gracieuse, comme sa mère au même âge. Et puis, Mathilde adorait son oncle et sa prodigalité. Dans un an, elle serait prête et majeure.

Cette pensée le dérida tout à fait, et un éclat de rire le secoua. D'une pierre deux coups. La pire vengeance qu'il pouvait imaginer contre Agnès se nommait Mathilde. Il caressait la fille et détruisait la mère. Certes, cette dernière ne lui laisserait pas le champ libre. Eudes était contraint de reconnaître l'intelligence de sa demi-sœur, en dépit du peu d'estime qu'il nourrissait pour la douce gent en général. Elle contre-attaquerait de toutes ses forces. La peste soit des femelles ! Cela étant, la joute risquait d'être savoureuse.

À y réfléchir, cette pierre-là ne tuerait pas deux oiseaux d'un coup mais trois, puisque la mine de Larnay, garant de sa fortune et de sa relative tranquillité politique, s'épuiserait bientôt. Sans doute restait-il au fond de ses entrailles bien des richesses, mais il faudrait creuser, ce que les moyens à disposition et surtout la géologie ne permettaient pas. Le sol argileux s'effondrerait à la moindre pelletée.

– Agnès, mon agnelle, murmura-t-il les mâchoires crispées, ta fin est proche. Des larmes de sang, ma toute belle, ton doux visage ruisselant de larmes de sang.

Oui, cette mine le préoccupait depuis déjà longtemps. Il décida d'y faire un tour afin de surveiller l'extraction du minerai.

Exploitation minière des barons de Larnay,
Perche, mai 1304

– Qu'on me l'amène ! Qu'on le traîne jusqu'à moi par la peau des fesses si nécessaire ! De toute façon, elle ne lui sera plus d'aucune utilité avant peu, beugla Eudes de Larnay en considérant d'un air meurtrier le maigre tas de minerai qui s'étalait à ses pieds, médiocre extraction de toute une semaine.

Les deux serfs, tête basse, avaient reculé de deux bons mètres. Les emportements du baron étaient monnaie courante, et se soldaient le plus souvent par des coups vicieux, quand ce n'était pire.

Ils ne se firent pas prier, trouvant dans cet ordre un excellent prétexte à agrandir la distance qui les séparait du courroux de leur maître. Après tout, le Jules, qui n'était pas mieux qu'eux, la ramenait assez depuis qu'il s'était improvisé contremaître. Qu'est-ce qu'il croyait, celui-là ? Que le droit qu'on lui avait accordé de lancer des ordres à ses anciens compagnons de misère en faisait l'égal du baron ? Benêt ! À force de péter plus haut que dessous son cul, la merde venait de retomber sur sa vilaine face.

Les deux hommes, épuisés de travail, de manque de sommeil et de nourriture, s'élancèrent au travers de la courte plaine aride, fonçant en direction de la chênaie qui s'étendait sur des lieues pour se terminer non loin d'Authon-du-Perche.

Lorsqu'ils eurent rejoint la relative sécurité de la futaie, ils ralentirent l'allure, se reposant un instant afin de reprendre leur souffle :

– Pourquoi qu'on est partis vers la forêt, l'Anguille ? C'est pas par là que le Jules a disparu avant l'arrivée du maître ? demanda le plus âgé à l'autre.

– J'en sais foutre rien. Fallait bien courir dans un sens. Alors celui-là ou un autre... sans quoi, c'était nous qu'on prenait la raclée.

– Tu sais où il est le Jules, toi ?

– Non, et je m'en fous, rétorqua l'Anguille. N'empêche qu'il ira pas loin. L'autre est fou comme une grive qu'a trop picolé et mauvais comme la gale.

– Qu'est-ce qui se passe avec cette foutue mine ? Pourtant, c'est pas faute d'avoir pioché... Je sens plus mes jambes, ni mes épaules.

L'Anguille haussa les épaules avant de déclarer :

– Elle est à sec, sa mine de malheur. Le Jules lui a expliqué, mais y a rien à faire, y veut pas l'admettre. Elle vaut plus un rat crevé, et surtout pas la peine qu'on se donne. Il pourrait pleurer toutes les larmes de son corps qu'il en tirerait plus que de la poussière.

– C'est qu'elle leur en a ramené des sacs de joli or, et depuis au moins trois générations. Pense donc, c'est un rude coup pour le maître. Ça, y doit l'avoir saumâtre !

– Ouais ? Ben ça lui passera avant que ça me reprenne. Parce que tu vois, cette foutue mine... si elle lui a rapporté des sacs d'or, moi, nous, elle nous a surtout valu des peines de membres, des coups de fouet et des estomacs vides. Allez, enfonçons-nous encore un peu, et puis on piquera un petit somme. On dira qu'on l'a pas retrouvé, le Jules.

– Mais, c'est menterie.

L'Anguille le considéra, consterné par sa naïveté, avant de le rassurer d'un :

– Si tu lui dis pas, il pourra pas le savoir.

Chypre, mai 1304

Ce confus cauchemar. Francesco de Leone se redressa d'un élan sur son matelas de paille. La sueur trempait sa chemise. Il s'efforça de calmer l'anarchie de son cœur, inspirant avec lenteur. Ne surtout pas se rendormir, de peur que le rêve ne persiste.

Pourtant, le chevalier hospitalier* de justice et de grâce[1], vivait depuis si longtemps avec cette interminable crainte qu'il en venait parfois à redouter qu'elle disparaisse. Le cauchemar, plutôt une sorte de rêve pesant, sans jamais de conclusion, commençait toujours de la même façon. L'écho d'un pas sur des dalles de pierre, son pas. Il avançait le long du déambulatoire d'une église, frôlant le jubé qui protégeait le chœur, profitant de la clarté qui filtrait du dôme pour fouiller les ombres qui s'amassaient derrière les piliers. De

1. Les chevaliers de justice et de grâce appartenaient à l'ordre des hospitaliers de Saint-Jean de Jérusalem (voir annexe). Un chevalier de justice devait pouvoir se prévaloir d'au moins huit quartiers de noblesse pour la France et l'Italie et seize pour l'Allemagne. Le titre de chevalier de grâce était acquis par le seul mérite.

quelle église s'agissait-il ? La rotonde lui évoquait le Saint-Sépulcre de Jérusalem, ou même l'impertinence architecturale du dôme de la basilique Sainte-Sophie de Constantinople. Peut-être Santa Costanza de Rome, l'église qui, selon lui, ouvrait vers la Lumière. Quelle importance ? Dans le rêve, il savait exactement ce qu'il cherchait entre ces murs massifs de pierres rosées. Il tentait de rejoindre la silhouette qui se déplaçait en silence, à peine trahie par le froissement d'une étoffe, une silhouette de femme, une femme qui se dérobait. C'était à ce moment-là qu'il comprenait qu'il avait pris la femme en chasse, ce que le plan centré à chœur de l'église rendait ardu. La silhouette tournait avec lui, le précédant toujours de quelques pas, semblant anticiper ses mouvements, longeant le déambulatoire extérieur pendant qu'il suivait l'intérieur. La main de Francesco de Leone descendait doucement vers le pommeau de son épée, cependant, une tendresse dévastatrice lui faisait monter les larmes aux yeux. Pourquoi poursuivait-il cette femme ? Qui était-elle ? Existait-elle vraiment ?

Il soupira bouche ouverte, tendu et pourtant agacé. Il faut être une vieille femme pour penser que les rêves sont toujours des prémonitions. Pourtant, il avait rêvé de la mort de sa mère et de sa sœur, pour découvrir leurs cadavres peu après.

Il leva le regard vers la mince meurtrière qui ouvrait vers le ciel. L'odorante nuit chypriote ne l'apaisa pas. Il avait connu tant de lieux, tant d'êtres, qu'il se souvenait à peine de la ville de sa naissance. Il n'était plus de nulle part et se sentait si étranger dans cette immense citadelle récupérée après la débâcle de Saint-Jean-d'Acre en 1291, à l'issue d'un âpre combat mené par les chevaliers du Temple* et ceux de l'Hôpital. Le grand maître du premier – Guillaume de Beaujeu – avait trépassé, quant à Jean de Villiers, grand maître du second, il s'en était fallu d'un souffle que ses blessures ne l'achèvent. Sept hospitaliers et dix templiers seulement avaient survécu au siège et à la bataille qui signait la fin de l'Orient chrétien.

Les templiers avaient, pour la plupart, rejoint l'Occident. Quant aux hospitaliers, leur retraite précipitée à Chypre s'était faite contre l'opposition prudente d'Henri II de Lusignan, roi de l'île, qui les avait autorisés, du bout des lèvres, à s'installer dans la ville de Limassol, située sur la côte méridionale. Le souverain s'inquiétait de ce qui pouvait vite se transformer en État dans l'État, les deux ordres ne dépendant que de l'autorité papale. Lusignan leur avait imposé d'interminables restrictions. Ainsi leur nombre sur l'île ne devrait-il jamais dépasser soixante-dix chevaliers accompagnés de leurs serviteurs. Pas un de plus. Un excellent moyen de limiter leur expansion et surtout leur pouvoir. Les chevaliers du Christ avaient dû s'incliner en attendant période plus faste. Peu importait. Chypre ne serait qu'une étape, une sorte de trêve qui leur permettrait de reprendre des forces, de se regrouper avant de reconquérir la Terre sainte. Car le berceau de Notre Seigneur ne pouvait rester aux mains des infidèles. Guillaume de Villaret, successeur de son frère comme grand maître en 1296, l'avait pressenti, et son regard se tournait vers Rhodes, nouveau havre pour son ordre.

Un frisson d'exaltation, de délectation aussi secoua Francesco de Leone lorsqu'il s'imagina avançant vers le Saint-Sépulcre, construit à l'emplacement du jardin de Joseph d'Arimathie. C'était sous l'église, dans la crypte, que la mère de Constantin avait découvert la Croix.

Il se laisserait tomber lourdement à genoux sur les dalles tiédies par le désert qui faisait rage à l'extérieur. Il se vit tendre la main, oser à peine frôler les lanières d'une sandale. Sa vie pour ce geste. C'était ce que le chevalier offrait avec passion et infiniment d'humilité.

L'heure était encore lointaine. Tant d'heures la précéderaient, tant de jours, de mois, peut-être d'années. Tant de choses devaient se réaliser jusque-là.

S'était-il fourvoyé ? Avait-il perdu un peu de la pureté de sa foi ? Au fond, ne finissait-il pas par prendre quelque goût aux jeux d'ombre et aux calculs des puissants qu'il était censé déjouer ?

Il se leva. En dépit de sa relative jeunesse, il avait l'impression d'être millénaire. L'âme humaine n'avait presque plus de secrets pour lui. Il en avait conçu quelques rares mais magnifiques éblouissements, et une infinité d'abattements, voire de dégoûts. Aimer les hommes pour l'amour du Christ lui semblait parfois si utopique. Cependant, cette fêlure était de celles qu'il valait mieux taire. D'autant que sa mission n'était pas les hommes, sa mission, ses missions étaient Lui. L'indicible griserie du sacrifice portait Francesco de Leone dans les moments les plus sombres.

Il sortit sans bruit de l'aile qui abritait les cellules et le dortoir. Une fois dehors, il passa ses sandales et traversa l'immense cour carrée en direction du bâtiment réservé aux soins, planté en son centre.

Il dévala les marches qui menaient à la morgue située sous l'hôpital. On allongeait dans cette cave de taille modeste les cadavres en attente de tombe, leur décomposition étant accélérée par la touffeur ambiante. Elle était vide ce petit matin-là, non que la présence d'un mort eut affecté le chevalier. Il avait vu tant de morts, il avait avancé parmi eux, les enjambant, les retournant parfois pour chercher un visage, du sang jusqu'aux chevilles. Au fond de la cave, une porte basse conduisait vers le vivier aux carpes creusé à même le granit de la roche. Outre la subsistance des résidents de la citadelle, l'élevage, inspiré d'une méthode chinoise millénaire, était profitable puisque l'on nourrissait les carpes des déjections de volailles. Ses ablutions dans l'eau glaciale du profond bassin, les frôlements contre ses mollets des poissons que des générations d'obscurité avaient rendus aveugles, n'allégèrent pas le malaise qui l'habitait depuis le réveil.

Lorsqu'il rejoignit le prieur, qui faisait également office de grand commandeur, à la chapelle, le jour se levait à peine.

Arnaud de Viancourt, petit homme fluet, gris cendre et sans âge, se tourna vers lui en souriant et croisa les mains sur sa robe de bure noire.

– Sortons, mon frère, allons profiter de ces quelques heures de relative fraîcheur, proposa-t-il.

Francesco de Leone acquiesça d'un signe de tête, certain que la clémence de l'aube ne justifiait pas la proposition de l'homme frêle. Ce dernier redoutait les espions que Lusignan avait placés partout, peut-être même dans leur ordre.

Ils marchèrent quelques minutes, la tête baissée, la capuche relevée. Leone suivit Arnaud de Viancourt jusqu'aux épaisses murailles. Ses liens avec Guillaume de Villaret, leur actuel grand maître, s'expliquaient par la loyauté qui liait les deux hommes, mais également par leur complémentarité intellectuelle. Toutefois, le prieur ignorait que cette confiance mutuelle possédait des limites. Si Guillaume de Villaret – tout comme son neveu et probable successeur Foulques de Villaret – connaissait les craintes, les espoirs et les mobiles de son grand commandeur, l'inverse était inexact.

Arnaud de Viancourt s'immobilisa, observa les alentours, vérifiant sans hâte leur solitude.

– Entendez-vous les cigales, mon frère ? Elles se réveillent avec nous. Quelle belle obstination que la leur, n'est-ce pas ? Savent-elles seulement pourquoi elles produisent ce chant ? Certes pas. Les cigales ne discutent pas ce qu'il leur échoit.

– Alors, je suis une cigale.

– Comme nous tous en ces lieux.

Francesco patienta. Le prieur était coutumier de ces métaphores, de ces préambules. L'esprit d'Arnaud de Viancourt lui faisait l'effet d'un gigantesque échiquier mondial, dont les pièces, sans cesse mouvantes, n'obéissaient jamais aux mêmes règles. Il semait des fils si enchevêtrés qu'on en perdait les extrémités. Pourtant, ils se démêlaient soudain pour former une boucle à la rigoureuse perfection.

Le prieur lâcha d'un ton presque détaché, comme s'il réfléchissait à haute voix :

– Boniface VIII*, notre regretté saint-père, était du bois dont on fait les empereurs. Il rêvait d'imposer une théocratie pontificale, un empire chrétien unifié sous sa seule autorité...

Leone perçut l'habile critique. Boniface avait été un homme de fer peu enclin au dialogue, son intransigeance lui attirant nombre de critiques, même au sein de l'Église.

– ... Son successeur, Nicolas Boccasini, notre pape Benoît XI*, lui ressemble peu. Sans doute est-il le plus étonné d'avoir été élu. Vous avouerai-je, mon frère, que nous redoutons pour sa vie ? Il a habilement pardonné Philippe le Bel pour sa tentative d'attentat contre son prédécesseur.

L'idée que la vie de Benoît fût menacée emplit le chevalier d'une angoisse sourde. Le nouveau pape, la pureté de sa vision, son angélisme même, était une pièce maîtresse du combat millénaire dans lequel s'était impliqué Leone. Pourtant il patienta, attendant la suite. À son habitude, le prieur avançait à pas comptés. Il reprit :

– Il... il a été porté à notre connaissance que Benoît avait l'intention d'excommunier Guillaume de Nogaret*, l'ombre persistante du souverain, qui n'a été mêlé à cette abomination que par accident, bien qu'une légende coure selon laquelle Nogaret aurait insulté Boniface. Quoi qu'il en soit, il faut à Benoît faire un geste, punir quelqu'un. Une totale absolution porterait préjudice au pouvoir papal déjà branlant. (Il soupira avant de poursuivre :) Le roi Philippe n'est pas dupe, et il ne s'arrêtera pas là. Il a besoin d'un pape qui lui obéisse et le fera élire s'il est besoin. Il ne peut plus tolérer ce contre-pouvoir qui le gêne dans ses entreprises. Si donc nos craintes étaient fondées, si les jours du souverain pontife étaient menacés, sa succession représenterait une terrible incertitude, pour ne pas dire un grand danger pour nous. Nous sommes en première ligne, au même titre que l'ordre du Temple. Je radote, vous le savez aussi bien que moi.

Francesco de Leone leva le visage vers le ciel. Les dernières étoiles disparaissaient. Se pouvait-il que l'on menaçât la vie du nouveau pape ? Le prieur dévia à nouveau :

– Ne sont-elles pas merveilleuses ? On pourrait craindre qu'elles disparaissent un jour à tout jamais. Pourtant, chaque nuit, elles nous reviennent, perçant les ténèbres les plus absolues.

Arnaud de Viancourt considéra quelques instants le chevalier silencieux. Il ne cessait de l'étonner. Leone aurait pu devenir pilier de la langue d'Italie, c'est-à-dire, entre autres, grand amiral de la flotte hospitalière ou peut-être même grand maître de leur ordre. La noblesse du sang qui coulait dans ses veines, sa valeur, son intelligence l'y prédisposaient. Pourtant, il avait décliné ces honneurs et ces si pesantes responsabilités. Pourquoi ? Certainement pas par peur de n'être pas à la hauteur de cette charge, encore moins par immaturité. Peut-être, au fond, par orgueil. Un doux et pur orgueil qui lui faisait souhaiter donner sa vie pour sa foi. Un impitoyable et redoutable orgueil qui le convainquait qu'il était seul capable de mener sa mission jusqu'au bout.

Le vieil homme détailla à nouveau son frère. Il était assez grand. Ses traits fins mais bien dessinés, ses cheveux blond moyen et ses yeux d'un bleu sombre trahissaient ses origines d'Italien du Nord. Ses belles lèvres charnues auraient pu évoquer la licence, pourtant son absolue continence charnelle, un impératif de leur ordre, ne faisait aucun doute dans l'esprit du prieur. Surtout, ce qui étonnait ce dernier était l'extrême versatilité de cet esprit brillant, une puissance qui parfois l'effrayait. Il existait derrière ce haut front pâle un univers dont nul ne possédait les clefs.

La crainte avait envahi Leone. Que deviendrait sa quête sans le soutien confidentiel, pour ne pas dire clandestin, du souverain pontife ? Il sentit que le long silence de son supérieur exigeait une réponse.

– Vos soupçons quant à cette... menace pesant sur notre saint-père ont-ils nom Nogaret ou Philippe ?

– Il est bien ardu de distinguer les deux. Des critiques se propagent : on ne sait plus trop qui de Philippe ou de ses conseillers – Nogaret, Pons d'Aumelas, Enguerran de Marigny et d'autres – gouvernent la France. Que mes paroles ne vous égarent pas. Philippe est un être inflexible, froid, dont la dureté est connue. Cela étant, et pour répondre à votre question, non. Le roi Philippe est bien trop certain de sa légitimité pour s'abaisser à un crime de sang contre le représentant de Dieu en ce monde. Selon nous, il procéderait ainsi qu'il l'a tenté avec Boniface, en exigeant sa déposition. Nogaret ? J'en doute. Il est homme de foi et de loi. D'autant que s'il ourdissait quelque stratagème de cette nature sans l'aval de son souverain, il devrait se résoudre à perpétrer, ou plutôt à faire perpétrer, un crime sournois, et je ne le vois pas commettre l'abomination de l'enherbement[1], le pire des crimes de sang. En revanche... (Arnaud de Viancourt ponctua son hésitation d'un petit geste nerveux de la main) en revanche, un acolyte trop zélé pourrait interpréter leur désir, le devancer.

1. Empoisonnement.

– C'est bien souvent le cas, approuva Leone, que cette perspective remplissait d'effroi.

– Hum...

– Il s'agirait donc de se rapprocher du pape afin de veiller sur sa vie ? Je la défendrais de la mienne, sans hésitation.

Au moment où il prononçait cette phrase, le chevalier eut la certitude que le monologue du prieur le conduisait ailleurs. Ce dernier le fixa avec un chagrin si perceptible que Leone sut qu'il avait vu juste.

– Mon ami, mon frère, vous savez comme il est difficile, pour ne pas dire impossible, de contrer cette épouvante, et en avons-nous encore le temps ? Alors certes, la vie de Benoît est notre priorité actuelle... Deux de nos plus vaillants frères se sont rapprochés de lui, l'entourent de leur constante vigilance, traquent les toxicatores[1]. Mais si... s'il venait à trépasser... notre douleur ne devrait pas nous faire oublier l'avenir...

Leone acheva sa phrase, prononçant des mots pénibles dont, pourtant, il comprenait toute la justesse :

– ... qu'il nous faut d'ores et déjà préparer afin qu'il ne soit pas néfaste à la chrétienté.

Cette remarque valait également pour la mission sacrée à laquelle il s'était tout entier offert. Arnaud de Viancourt l'ignorait. Tous devaient l'ignorer.

– L'avenir, en effet. La succession de Benoît... si nous ne pouvions la retarder, comme nous nous y acharnons depuis des semaines.

– Avons-nous l'espoir qu'une intervention de notre part incline le cours des choses ?

– L'espoir ? Mais l'espoir ne nous quitte jamais, mon frère. Il est notre force. Cela étant, ce n'est pas seulement d'espoir dont nous avons aujourd'hui besoin, mais de la cer-

1. Empoisonneurs.

titude que le projet du roi Philippe IV n'aboutira pas. Si ses conseillers parviennent, comme je le redoute, à faire élire un fantoche au Vatican, ils auront les coudées franches et s'attaqueront ensuite à ceux qu'ils ne peuvent contrôler comme ils le souhaitent. L'ordre du Temple et nous, puisque nous passons pour la meute de garde de la papauté. Une meute très fortunée, et vous savez comme moi le colossal besoin d'argent du roi.

– Le Temple est, en ce cas, en première ligne, remarqua le chevalier de Leone. Son extrême puissance est devenue sa vulnérabilité. Ils brassent trop de richesse, s'attirant des convoitises. Leur système de dépôts et de transferts financiers récupérables à l'autre bout de la terre a tant facilité les choses. Les croisés et les pèlerins ne craignent plus de se faire dérober au cours de leur périple. Ajoutez à cela les dons et aumônes qui affluent vers eux de tout l'Occident.

– Nous en bénéficions aussi, et je vous rappelle que nous sommes sans doute tout aussi riches qu'eux, rectifia Arnaud de Viancourt.

– Certes, mais on reproche au Temple son arrogance, ses privilèges, sa fortune voire sa paresse et son manque de charité. Or, nous sommes épargnés par ces critiques... Il n'est plus efficace étincelle d'un braiser que la jalousie et l'envie.

– De là à croire, ou plutôt à faire accroire, que cet argent fructifie à leur propre profit et qu'ils détiennent maintenant un véritable trésor... Vous êtes-vous interrogé, Francesco, sur les raisons qui ont poussé Philippe le Bel à retirer la gestion du trésor royal des mains du Temple de Paris en 1295 pour la confier aux banquiers italiens ?

– Il pouvait plus aisément se défaire de ses dettes vis-à-vis de ces derniers en les faisant arrêter et en confisquant leurs biens. La même stratégie eut été très risquée avec les templiers.

– C'est exact. Pourtant, étrangement le roi a permis à ces mêmes templiers de lever des impôts il y a deux ans. N'est-ce pas chose incohérente ?

– Mesure qui, ajoutée aux rumeurs qui circulent sur le Temple, a provoqué la colère du peuple. (Les bribes éparses semées par le prieur s'assemblèrent dans l'esprit de Leone.) Il s'agit donc d'un plan de très long terme conçu par le roi dans le but de discréditer définitivement l'ordre.

– Voilà l'étincelle que vous évoquiez tout à l'heure.

Le prieur laissa mourir sa phrase dans un souffle. La perspective de leur sort le hantait depuis si longtemps. Francesco de Leone la termina pour lui :

– Ainsi, le brasier couve déjà... Un embrasement arrangerait tant le roi de France, d'autant que les autres souverains d'Europe ne seront pas non plus fâchés de cette occasion de renforcer leur pouvoir vis-à-vis de l'Église. La défaite d'Acre ne fera qu'attiser l'incendie. L'argument sera facile : pourquoi tant d'argent et de puissance si le seul résultat des ordres guerriers est la perte de la Terre sainte ? En d'autres termes, il ne nous faut compter sur aucune aide extérieure. Elle ne nous sera offerte que si les autres monarques viennent à renifler une hypothétique défaite de Philippe le Bel. Ils se rangeraient alors en troupeau du côté du pape.

– Étrange monologue à deux voix que notre discussion, mon frère, remarqua le prieur. Se peut-il que nous pressentions l'avenir, puisque nous le décrivons avec des mots semblables ? (Une subite tristesse crispa son visage gris.) Je suis vieux, Francesco. Je compte chaque jour les choses que je ne puis plus tenter. Tant d'années... Tant d'années de guerres, de croisades, de mort et de sang. Tant d'années d'obéissance et de privations. Pourquoi ?

– Douteriez-vous de votre engagement, de la sincérité de notre ordre, de notre mission... ou pis, de votre foi ?

– Que nenni, mon frère, et certainement ni de notre ordre ni de ma foi. Je doute simplement de moi, de mes forces, les dernières, et de mon efficacité. Je me sens parfois comme une vieille femme apeurée, dont la seule ressource serait les larmes.

– Le doute de soi, s'il est maîtrisé, est notre allié à tous. Il n'y a que les sots et les idiots de naissance qui ne le subissent jamais. Le doute de soi est la preuve éclatante que nous ne sommes qu'une infime et laborieuse portion de l'entendement divin. Nous mesurons le gouffre de nos carences, mais nous avançons quand même.

– Vous êtes encore jeune.

– Plus tant que cela. J'aurai vingt-six ans en mars prochain.

– J'en ai cinquante-sept, la fin est proche. Elle sera une belle récompense, je crois. J'entrerai enfin dans la Lumière. D'ici là, ma tâche consiste à lutter... Et vous êtes mon magnifique guerrier, Francesco... Nos adversaires useront de tous les coups, même des moins honorables. Il s'agit d'une guerre sourde, mais sans merci... Et elle ne date pas d'hier.

Leone perçut l'hésitation du prieur. Que lui taisait-il ? Sachant qu'une question directe se révélerait maladroite, il tempéra son impatience :

– Empêcher l'assassinat de Benoît et l'élection d'un pape complice de Philippe ?

Arnaud de Viancourt baissa la tête comme s'il cherchait ses mots, puis :

– Ce que vous ignorez encore, mon frère, c'est que l'ancien projet de réunion de tous les ordres soldats, principalement ceux du Temple et de l'Hôpital, ce projet qu'avait porté il y a douze ans notre pape Nicolas IV dans son encyclique *Dura nimis,* n'est pas mort.

– Nos relations avec le Temple sont pourtant... malaisées, argua Leone.

Viancourt hésita puis décida qu'il lui tairait l'avancée des tractations menées par leur grand maître avec le pape et le roi de France. La réunion se ferait au profit de l'Hôpital, qui prendrait la direction des autres ordres. Il en découlait qu'un inévitable affrontement avec le Temple, lequel ne céderait pas son autonomie de bon gré, se préparait, d'autant que Jacques de Molay, grand maître du Temple, était un conservateur. Cet excellent soldat, cet homme de foi, était affaibli par une naïveté politique et une arrogance qui l'aveuglaient.

– Malaisées... il s'agit là d'un euphémisme... Philippe le Bel est un ardent défenseur de cette union.

Leone leva les sourcils.

– Sa position est fort étonnante. Un ordre uni sous l'autorité papale serait encore plus menaçant pour lui.

– Cela est vrai. En revanche, la situation s'inverse si la fusion se fait sous la sienne. Le projet de Philippe est de faire nommer l'un de ses fils grand maître de l'ordre ainsi constitué.

– Le pape ne le tolérera jamais.

– La question est plutôt de savoir s'il pourra le refuser, rectifia le prieur.

– Et nous en revenons donc à l'évitement d'un souverain pontife favorable à Philippe, murmura Leone.

– En effet... Incliner l'histoire de la chrétienté. En avons-nous le droit ? Cette question me harcèle.

– En avons-nous le choix ? rectifia d'une voix douce le chevalier.

– J'ai bien peur que les années qui se dessinent ne nous accordent qu'une marge de manœuvre bien mince... Alors, non, nous n'avons pas le choix.

Le prieur s'absorba dans la contemplation d'une touffe

d'herbes folles qui était parvenue à accrocher ses racines entre deux gros blocs de pierre, et murmura d'une voix tendue :

– L'obstination de la vie. Quelle pure merveille.

Puis, il reprit d'un ton plus ferme :

– Un... comment dire... un accidentel et involontaire intermédiaire nous... aidera, contre son gré.

Le prieur toussota. Leone le dévisagea, certain que ce qui allait suivre empoisonnait Arnaud de Viancourt. Il ne se trompait pas :

– Mon Dieu, ce nom est... si difficile à prononcer. (Il soupira avant d'avouer :) Cet intermédiaire n'est autre que Giotto Capella, un des banquiers lombards les plus en vue de la place de Paris.

Un vertige ferma les yeux de Leone. Il voulut protester, mais Viancourt l'interrompit :

– Non. Je n'ignore rien de ce que vous pourriez me dire. Je n'ignore pas non plus que le temps est incapable de cautériser certaines dévastations. J'ai cherché des jours durant une autre solution. En vain. Le passé souille à jamais Capella. Il s'agit d'un atout pour nous.

Leone se laissa aller contre le mur de larges pierres irrégulières. L'émotion le submergeait et il luttait contre la haine. À la vérité, il luttait contre elle depuis si longtemps qu'elle était devenue une sorte de déplaisante compagne. Il avait appris au fil des années à la museler, à la faire plier. Pourtant, il le savait : se défaire de l'exécration qu'il éprouvait pour Capella, en libérer son âme, revenait à avancer d'un pas de plus vers la Lumière. Il demanda d'une voix altérée :

– Un chantage ? Et si Capella s'était amendé, si seule la lâcheté l'avait poussé... Il faut avoir connu la peur immense pour parvenir à pardonner aux lâches. J'étais si jeune alors, mais depuis...

Arnaud de Viancourt rétorqua d'un ton défait :

– Mon frère, quelle belle âme est la vôtre. Tant d'autres n'auraient… (Il s'interrompit, jugeant inacceptable de raviver davantage la douleur qu'il décelait chez Leone.) Capella, nous aider gratuitement alors que nous sommes fort loin de lui et le roi si près ? J'en doute et je le déplore. Les hommes changent-ils lorsqu'ils n'y sont pas contraints ? Vous jugerez par vous-même, mon frère. Je vous sais redoutable liseur d'âmes. Vous serez capable d'évaluer en quelques secondes sa métamorphose, ou plus modestement, sa complaisance. J'espère pour nous – pour lui aussi – que la lettre que nous avons préparée à son intention vous paraîtra superflue. Je vous souhaite de tout cœur le soulagement du pardon offert… L'oubli est humain, le pardon divin. Or donc, si tel était le cas, vous pourriez détruire notre missive. Dans le cas contraire… Je suis désolé de vous infliger cette épreuve, mais il vous faut partir pour la France. J'ai rédigé quelques messages d'introduction, ainsi que votre billet de congé[1], sans toutefois en préciser la durée. Vous séjournerez, au gré des circonstances, en nos commanderies. Vous y trouverez toute l'aide et le réconfort spirituel dont vous aurez besoin. Giotto Capella devrait vous permettre de vous rapprocher de notre plus redoutable ennemi : Guillaume de Nogaret. Si nous avons vu juste, si Nogaret cherche d'ores et déjà un pape acolyte, il aura besoin d'argent, de beaucoup d'argent. Nous nous doutons des cardinaux français parmi lesquels le conseiller du roi prospectera. Ils sont bien gras et mènent grand train. Ils ne manqueront pas cette occasion de remplir leur escarcelle personnelle. Dans un premier temps, votre mission consiste à identifier le candidat le plus probable, car nombre d'entre eux se sont

1. Les frères n'avaient pas le droit de se déplacer sans lui. Tout commandeur rencontrant un frère incapable de produire cette permission avait obligation de le faire arrêter et juger par l'ordre.

déjà mis sur les rangs. Un nom, Francesco, au pis deux. C'est notre seule chance de pouvoir intervenir avant qu'il ne soit trop tard.

Ainsi, tout avait été prévu de longue date. Les hésitations, les regrets du prieur étaient sans doute sincères, mais le grand maître et lui avaient déjà tissé leur toile.

Un tumulte d'émotions contradictoires faisait rage dans l'esprit de Francesco de Leone. Un invraisemblable espoir se superposait à la haine rongeante qu'il avait conçue pour Capella.

La France, Arville-en-Perche, une des plus importantes commanderies templières. C'était là qu'il désespérait de se trouver depuis d'interminables mois. C'était là qu'une autre porte, sans doute la plus décisive, devait s'entrouvrir pour lui. La gorge desséchée, Leone se contenta d'un bref commentaire.

– On dit Guillaume de Nogaret redoutable.

– Il l'est, d'autant plus qu'il s'agit d'un des esprits les plus brillants que je connaisse. N'oubliez pas qu'il est le digne successeur de Pierre Flote. Comme lui, c'est un légiste, et comme lui, il défend la suprématie du pouvoir royal sur le clergé français. Or nous ne pouvons admettre que l'Église se fractionne, et échappe en quelque lieu que cela soit à l'autorité du pape. Si cette controverse théologique et politique prenait davantage d'ampleur, ce serait une catastrophe.

– Car alors le pouvoir royal se parerait d'un caractère sacré. Philippe le détiendrait directement de Dieu et nul ne serait plus au-dessus de lui en son pays.

Le prieur hocha la tête en signe d'acquiescement. Il avait passé des nuits entières à prévoir l'avalanche qui en découlerait, construisant des stratégies de défense, puis les balayant au petit matin parce qu'elles s'avéraient toutes aussi ineptes les unes que les autres. La seule parade qui demeurât consistait à prévenir, à empêcher Philippe de renverser l'autorité suprême détenue par l'Église sur tous les souverains chrétiens.

Le chevalier de Leone avait recouvré un peu de son calme. Il se sentait si loin de cette île refuge. Il était déjà là-bas, le seul endroit d'où puisse repartir sa quête.

– Quelles indications matérielles pouvez-vous me donner qui m'aideraient à..., commença-t-il avant d'être interrompu par Arnaud de Viancourt.

– Nous avançons au cœur du brouillard, mon frère. Tout pronostic de ma part serait une ânerie dangereuse.

– Mes armes, mes pouvoirs, alors ?

Le prieur sembla hésiter, puis déclara d'un ton dont la soudaine sécheresse n'étonna pas le chevalier :

– Nous vous en laissons le choix, pourvu qu'ils servent le Christ, le pape et... notre ordre.

S'il ne l'avait déjà compris, cette seule déclaration l'aurait renseigné. L'ordre de l'Hôpital, à l'instar des autres, était strictement hiérarchisé, et les initiatives individuelles découragées. La totale liberté qui lui était accordée était aisée à traduire : ils affrontaient sans doute la crise la plus destructrice qu'ait jamais connue leur ordre depuis sa reconnaissance, près de deux siècles auparavant.

– Ma mission sera-t-elle consignée ?

– Auriez-vous peur, Francesco ? Je ne peux le croire. Non, vous connaissez notre méfiance pour les traces écrites. Pour preuve le fait que nous n'ayons senti le besoin de faire colliger l'ensemble de nos textes fondateurs par l'un des nôtres – Guillaume de Saint-Estène – que fort récemment. Quant à notre règle, il n'en existe que quelques exemplaires manuscrits et ils ne doivent jamais circuler à l'extérieur ou être copiés, ainsi que vous le savez. Auriez-vous peur ? répéta le prieur.

– Non, murmura Francesco de Leone, et un sourire lui vint. Le premier depuis ce tôt matin.

La vraie peur viendrait après, il le savait. Pour l'instant, une tension déraisonnable le brisait, et pour un peu, il se serait laissé tomber à genoux dans la terre poussiéreuse pour prier, peut-être même pour hurler.

Les dernières heures du jour s'attardaient vers l'ouest. Francesco de Leone s'était abruti de travail durant toute la journée, sautant les deux repas pour un jeûne confidentiel. Il avait aidé aux soins de « nos seigneurs les malades » – l'un des engagements de l'ordre de l'Hôpital et sa particularité par rapport aux autres ordres guerriers – et à la formation aux armes des novices récemment admis. La chaleur et l'épuisement physique lui avaient apporté un éphémère soulagement.

Se pouvait-il que Benoît décède ? Se pouvait-il que tout se noue maintenant ? Se pouvait-il qu'après quatre longues années de quête aussi discrète et obstinée qu'infructueuse, une menace politique lui permette enfin de pousser une porte, jusqu'alors dissimulée ? Certes, une complexe mission justifiait son voyage. Pourtant, la coïncidence lui paraissait trop énorme pour n'être que fortuite. Un signe. Il avait tant attendu le Signe. Il allait rejoindre ce pays de France dans lequel l'Ineffable Trace ressurgissait, fort des pleins pouvoirs concédés par le prieur, donc le grand maître. Il allait y découvrir enfin, peut-être, le sens de cette Lumière qui l'avait inondé durant un éphémère et divin instant au cœur de Santa Costanza de Rome.

Un frisson d'angoisse le parcourut comme une fièvre. Et s'il s'agissait, au contraire, d'un autre leurre, d'une autre meurtrière déception ? Aurait-il encore la force de poursuivre ?

Ce choix-là non plus n'était pas le sien.

Hoc quicumque stolam sanguine proluit, absergit maculas ; et roseum decus, quo fiat similis protinus Angelis[1].

1. « Quiconque se lave dans le sang divin, nettoie ses souillures et acquiert une beauté qui le fait ressembler aux anges. »

Chartres, mai 1304

La nuit tombait sans hâte. Les rues s'étaient progressivement vidées de leur animation. Le souper était proche. La silhouette enjamba l'amoncellement de détritus qui encombrait le caniveau central et obliqua à droite pour rejoindre la rue du Cygne.

L'odeur âcre et désagréable qui flottait dans l'air signalait mieux la taverne que n'eut pu le faire une enseigne. Il s'agissait d'un de ces établissements où se regroupaient au soir les ouvriers et les artisans d'une corporation, celle des tanneurs et des corroyeurs[1] dans ce cas. Si certains prédicateurs acerbes les avaient qualifiés de « moutiers du diable » encourageant au péché, la réalité était bien plus benoîte. On y buvait en famille, on y réglait la plupart des affaires ou des différends, on s'y reposait dans un tapage bon enfant.

La silhouette s'immobilisa devant la porte. Des rires et des exclamations fusaient à l'intérieur. Elle avait calculé son retard afin de ne pas s'exposer aux curiosités des clients en patientant seule à une table. Son rendez-vous l'attendait donc

1. Artisans travaillant les cuirs et les peaux déjà tannées.

déjà. Elle rabattit davantage sa capuche sur son front et serra contre elle les pans de sa lourde cape, bien trop chaude pour la tiédeur de cette fin de journée, puis poussa la porte.

Deux marches. Il suffisait de descendre deux marches. Un océan, un univers. Le gouffre qui séparait l'innocence d'une probable damnation. Mais l'innocence est parfois pesante, et surtout peu rémunératrice. L'innocence est une satisfaction confidentielle, l'argent et le pouvoir d'évidents dédommagements.

La silhouette avança, posa le pied sur la première marche, puis la seconde.

Son entrée provoqua peu de réactions de la part des habitués de la taverne, sauf peut-être le sourire de bienvenue d'une femme attablée.

La silhouette traversa la salle, foulant d'un pas calme le sol de terre battue et de paille, et s'avança vers une table poussée dans le fond, baignée de pénombre. Son rendez-vous avait mouché la lampe à huile devant lui.

Elle s'installa, les conversations alentour allaient bon train, noyant le marché qui allait se conclure dans un brouhaha propice.

L'homme était gras et jovial. Il lui servit un gobelet de vin avant de déclarer d'un ton bas :

– J'ai commandé le meilleur. Depuis le décès de son mari, la tavernière a fâcheuse tendance à pousser sa piquette. Normal, elle l'achète quelques sous la barrique à l'une de ses nièces, moniale à Épernon. L'abbaye dispose de forts beaux pressoirs, à ce que l'on raconte.

Que pensait-il ? Que cette inoffensive discussion atténuait la gravité de leurs projets respectifs ? Pourtant, la silhouette ne manifesta pas son agacement. Elle resta assise bien droite, attendant la suite en silence.

Enfin, l'homme – un ancien barbier-chirurgien si on

l'en croyait, bref un découpeur[1] de barbe ou de viande humaine –, déçu par le peu de réaction de son vis-à-vis, avança sa grosse main au-dessus de la table. Coincée entre sa paume et son pouce velu, une fiole, entourée d'une mince langue de papier. Une autre main, gantée celle-là de gros cuir marron, émergea des plis de la cape et la récupéra, déposant au passage une bourse grasse que le barbier fit bien vite disparaître. Il précisa d'un ton un peu dépité, vaguement menaçant :

– J'ai porté les indications. La manipulation exige quelque délicatesse. L'aconit traverse la peau. C'est plus long mais tout aussi fatal qu'ingéré.

La silhouette se leva. Elle n'avait pas prononcé une seule parole, ni bu une seule gorgée de vin, ce qui l'eut contrainte à repousser sa capuche.

Deux marches. Deux marches qu'il fallait remonter. Derrière, dans cette salle sombre et bruissante de conversations débonnaires, demeurerait le passé. Il n'avait plus aucun lien avec l'avenir.

Le passé avait été imposé, il s'était incrusté dans toute son implacable injustice. L'avenir serait choisi. Il restait à modeler.

1. Contrairement aux mires, les chirurgiens – le plus souvent barbiers – étaient assez mal considérés.

Abbaye de femmes des Clairets,
Perche, mai 1304

Généreusement pourvue et exemptée de charges, l'abbaye des bernardines, de l'ordre de Cîteaux, avait droit de haute, de moyenne et de basse justice, comme en témoignaient les fourches patibulaires[1] dressées au lieu-dit du Gibet. Elle pouvait se fournir en bois de chauffage et de construction dans les forêts appartenant au comte de Chartres. S'ajoutaient à cette confortable dot des terres à Masle et au Theil, ainsi qu'une rente annuelle plus qu'honorable, d'autant que de nombreux dons de bourgeois ou de seigneurs, voire de paysans à l'aise, y affluaient depuis des années. Sa dédicace avait été signée[2] en présence d'un certain Guillaume, commandeur templier d'Arville.

Éleusie de Beaufort, mère abbesse des Clairets depuis son veuvage survenu cinq ans auparavant, reposa la lettre en papier italien[3] qui lui était parvenue quelques minutes plus

1. Gibet constitué de deux fourches fichées en terre, soutenant une traverse à laquelle étaient pendus les suppliciés.

2. Le 12 juin 1218.

3. Le commerce du papier de lin ou de chanvre demeura longtemps aux mains des musulmans (bien que d'invention chinoise). À ce

tôt, dans le plus grand secret. Si les sceaux qui protégeaient la lettre ne l'avaient convaincue, elle l'aurait à n'en point douter brûlée ou écartée comme une plaisanterie blasphématoire.

Elle leva les yeux vers le messager fourbu qui attendait sa réponse sans prononcer une parole. Elle lut dans son regard exténué que l'homme connaissait la teneur de la missive. Elle hésita :

– Mon frère en Jésus-Christ, il faut vous reposer quelques heures. Votre route est si longue.

– Le temps nous presse, ma mère. Je n'ai nulle envie de repos. Quant au besoin, eh bien, il devra patienter encore.

Elle lui destina un sourire triste en rectifiant :

– Alors disons que je vous demande la faveur de quelques instants de recueillement et de réflexion.

– Je vous les accorde... mais le temps nous est compté, ne l'oubliez pas.

Éleusie de Beaufort se dirigea vers une porte dissimulée derrière une tenture. Elle précéda l'homme le long d'un escalier taillé dans la pierre qui menait à un lourd battant cadenassé voilant aux yeux du monde et des autres moniales sa bibliothèque privée, une des plus prestigieuses, des plus dangereuses aussi, de la chrétienté. Les comtes et les évêques de Chartres, des savants, sans oublier quelques rois et princes ou de simples chevaliers y avaient accumulé depuis des décennies des ouvrages rapportés des quatre coins du monde, certains en langues indéchiffrables par l'abbesse, en dépit de sa grande érudition. Elle était la gardienne confidentielle de cette science, de ces livres, le plus souvent oubliés des héritiers ou descendants de leurs donateurs, et parfois, un frisson d'appréhension la parcourait lorsqu'elle frôlait leurs couver-

titre, la chrétienté le réprouva jusqu'à ce que les Italiens inventent un nouveau procédé de fabrication vers le milieu du XIIIe siècle.

tures. Car, elle le savait, elle l'avait lu en latin, en français et, pour le peu qu'elle le déchiffrait, en anglais : il existait dans certains de ces volumes d'incommunicables secrets. Les arcanes de l'univers s'expliquaient dans trois ou quatre d'entre eux, peut-être davantage, car elle n'entendait ni le grec – une langue peu pratiquée voire dédaignée en cette époque –, ni l'arabe, ni l'égyptien, et encore moins l'araméen. Ces secrets devaient rester hors de portée des hommes, et nulle autorité, hormis celle du saint-père, ne fléchirait sa conviction. Alors, pourquoi ne pas les détruire, les réduire en cendres, simplement ? Elle s'était posé la question des nuits entières, se levant dans le but de se précipiter vers la grande cheminée de la bibliothèque, d'y nourrir un feu sacrilège, puis se recouchant, incapable d'aller au bout de son projet. Pourquoi ? Parce qu'ils étaient la connaissance et que celle-ci est sacrée, même lorsqu'elle est stupéfiante.

L'abbesse installa le messager aussi confortablement que possible et déverrouilla une autre porte ouvrant sur le couloir. Elle passa avec prudence la tête par l'entrebâillement, s'assurant que nul ne se trouvait dans les parages, puis sortit et referma rapidement derrière elle. Elle s'avança d'un pas vif vers les cuisines afin d'y quérir un broc d'eau, une miche de pain, un peu de fromage et quelques tranches de lard fumé, de quoi permettre au voyageur de se sustenter après son pénible périple. Elle se faufila comme une voleuse, rasant les murs, épiant le moindre écho, de crainte d'être surprise.

Une voix enjouée résonna dans son dos. Elle se retourna, fournissant un gigantesque effort pour attendre d'un sourire la remarque de Yolande de Fleury, la sœur grainetière. La jeune femme était accompagnée d'Adèle de Vigneux, sœur gardienne aux grains. Yolande de Fleury était une petite femme rondelette, dont rien ne semblait pouvoir tempérer la continuelle bonne humeur. Elle s'enquit :

– Ma mère, où courez-vous ainsi ? Pouvons-nous vous décharger d'une tâche ?

– Non pas, chères filles. Une soif inopinée mais tenace, la tenue des registres sans doute. Marcher jusqu'aux cuisines me dégourdira les jambes.

Éleusie regarda disparaître les deux femmes au détour du couloir. Certes, elle avait confiance en ses sœurs, même les novices, et la plupart des servantes laïques données à Dieu. Sans doute aurait-elle pu partager le fardeau des secrets avec certaines d'entre elles. Jeanne d'Amblin par exemple, fidèle parmi les fidèles, intelligente, sans grande illusion sur le monde mais néanmoins optimiste. Toutes ses qualités, ajoutées à son opiniâtreté, avaient encouragé Éleusie à lui confier la redoutable tâche de sœur tourière [1]. Adélaïde Condeau était également une alliée. Elle avait été baptisée de la sorte après avoir été trouvée par un tonnelier à l'orée des bois du même nom. Elle n'était âgée que de quelques semaines, deux ou trois, guère davantage. L'homme – que sa découverte n'arrangeait pas – avait conduit le bébé aux Clairets. Il n'avait que faire d'une nouvelle fille, mais les vagissements du nourrisson affamé l'avaient attendri. Bien qu'encore très jeune et aisément impressionnable, Adélaïde faisait déjà preuve, elle aussi, d'une belle persévérance doublée d'une foi inébranlable. Blanche de Blinot, la doyenne qui la secondait et faisait office de prieure, était sa confidente depuis si longtemps. L'âge avancé de Blanche était un atout de poids : elle oubliait la plupart de ce qu'on lui confiait. Même Annelette Beaupré, sœur apothicaire, pourtant si acariâtre et élitiste, était l'une de

1. Religieuse non cloîtrée chargée des relations de son abbaye avec l'extérieur.

celles sur qui Éleusie savait pouvoir compter. En revanche, elle se méfiait un peu de Berthe de Marchiennes, la cellérière[1] qui occupait déjà cette redoutable fonction avant l'arrivée d'Éleusie à l'abbaye. L'aigreur de Berthe était si perceptible sous sa façade dévote. Son absence de beauté et de dot ne lui avait laissé d'autre recours que la vie monacale et sans doute eut-elle préféré le siècle[2].

Non, décidément non... Un secret n'est jamais mieux protégé que lorsqu'il n'est pas partagé. Et puis, de quel droit assommerait-elle ces femmes amies de révélations dangereuses, lourdes à supporter ? Quel égoïsme ce serait là. Nulle sœur ne devait apercevoir cet homme. Il repartirait ainsi qu'il était arrivé : comme un inquiétant mystère.

Éleusie coupa par l'hôtellerie[3], coincée entre les étuves et le cellier, pour rejoindre les cuisines. À l'exception de Thibaude de Gartempe, sœur hôtelière[4], et peut-être de Jeanne d'Amblin, ni l'une ni l'autre soumises à la clôture, l'abbesse avait fort peu de chance d'y rencontrer quiconque à cette heure. Elle ne vit pas la petite ombre qui se rencognait derrière l'un des piliers encadrant l'entrée de la salle de classe. Clément hésita, honteux de s'être ainsi dissimulé sur un instinct. L'attitude de la mère abbesse le sidérait. Pourquoi tant de prudence, de dissimulation en son propre couvent ?

De retour dans son bureau, Éleusie de Beaufort se réins-

1. Religieuse placée directement sous les ordres de l'abbesse et de la prieure. Elle avait soin de l'approvisionnement et de la nourriture du couvent. Elle achetait et vendait les terres et touchait les péages. Elle surveillait les granges, les moulins, les brasseries, les viviers, etc.

2. Monde laïc.

3. Lieu où étaient reçus les hôtes de passage.

4. Religieuse chargée des relations avec les hôtes de passage et des soins dont ils pouvaient avoir besoin. Elle surveillait la propreté, le feu, la cuisine, les chandelles, leur conduite dans l'abbaye.

talla derrière sa lourde table de chêne. Elle repoussa la lettre du bout de l'index. La feuille conservait la cicatrice de ses deux pliures et semblait inoffensive ainsi, perdue au milieu des registres dans lesquels la mère abbesse consignait avec soin chaque journée de leur vie : les dons, les récoltes, le nombre et la qualité des barriques de vin conservées dans la cave, les stères de bois coupés, reçus, offerts, les naissances ou les prélèvements dans le pigeonnier, le volume des fientes destinées à servir d'engrais, les malades visités, décédés, les impôts exigés, la composition des repas des sœurs ou le renouvellement de leur linge. Une demi-heure plus tôt, cette tâche l'avait agacée. Elle avait renâclé, se demandant quelle utilité pourraient bien un jour trouver ces interminables énumérations sur lesquelles elle s'appliquait pourtant. Une demi-heure plus tôt, elle ignorait encore à quel point elle regretterait sous peu cette ingrate besogne. Au cours de cette minuscule demi-heure, son monde s'était écroulé, et elle n'avait même pas perçu les prémisses du cataclysme qui allait ravager en silence la paix de son bureau.

Un chagrin terrible la suffoqua. Elle assistait, impuissante, au saccage de ce havre qui l'abritait depuis cinq ans. Toutes ces images qu'elle était parvenue à refouler, mieux, à éliminer. Tous ces monstrueux cauchemars d'éveil allaient-ils eux aussi revenir la hanter ? Des scènes incompréhensibles, si violentes, si rouges, si terrorisantes se succédaient dans son cerveau sans qu'elle puisse les repousser. Elle avait, à une époque, cru qu'elle devenait folle, ou qu'un démon lui imposait des visions d'enfer pour la martyriser. Rien ne la prévenait de la survenue de ces terrifiantes hallucinations. Elle avait prié la Vierge, des nuits entières, pour en être soulagée. Son vœu avait été exaucé dès son arrivée au couvent. Elle était presque parvenue à en étouffer jusqu'au souvenir. Allaient-elles ressurgir ? Elle préférait la mort que les subir à nouveau.

Une femme gisait sur une table de question, allongée sur le ventre. Le sang de son dos lacéré coulait avec lenteur vers le sol. La femme gémissait. Ses longs cheveux clairs étaient collés de sueur et de rouge. Une main frôlait la chair martyrisée et versait une poudre gris sale sur ses blessures. La femme se cabrait puis s'affaissait, évanouie. Soudain Éleusie apercevait son profil livide. Elle. Il s'agissait d'elle-même.

Cette vision, celle-là précisément, lui était revenue, nuit après nuit, des années auparavant, des mois durant. Éleusie avait décidé d'entrer en religion.

Il ne s'agissait que d'un affreux souvenir, se le dire et se le répéter. Le cœur battant à se rompre, elle récupéra la missive, la tenant du bout des doigts, et se contraignit au calme. Elle lut pour la dixième fois :

> *Hoc quicumque stolam sanguine proluit, absergit maculas ; et roseum decus, quo fiat similis protinus Angelis.*

Ce qu'elle redoutait depuis des années la rattrapait aujourd'hui.

Que répondre à cette mise en demeure ? Pouvait-elle prétendre ne pas savoir, ne pas comprendre ? Sottises ! Que valait son sang en regard de l'autre, ce sang divin qui nettoyait toutes souillures ? Si peu, rien.

Elle entreprit de tracer les hautes lettres de la réponse qu'elle avait apprise par cœur. Elle l'avait répétée, des heures entières, comme un exorcisme, songeant, espérant que jamais elle n'aurait à l'écrire :

Amen. Miserere nostri. Dies illa, solvet saeclum in favilla[1].

Une sueur glacée trempait l'ourlet de son voile, la faisant soudain frissonner, et sa plume lui échappa des doigts.

Elle la recueillit et reprit :

Statim autem post tribulationem dierum illorum sol obscurabitur et luna non dabit lumen suum et stellae cadent de caelo et virtutes caelorum commovebuntur[2].

Amen.

La fatigue lui faisait cligner des paupières. Les guenilles crasseuses qui le couvraient lui levaient le cœur. Pourtant, le messager avait l'habitude de ces interminables voyages, de ces missions exténuantes sous des déguisements divers. Parfois, il s'endormait des lieues durant sur le col de sa monture, remettant son sort, son itinéraire, entre les jambes du cheval qui le portait. Cependant, il devait cette fois voyager incognito, et un cheval se remarquait dans ces pauvres campagnes.

Une bourrasque de joie le souleva. Il était le lien entre les puissants de ce monde, ceux qui dessinaient le futur pour les générations à venir. Il était l'entremise, l'indispensable outil. Sans lui, les volontés demeureraient des vœux, des espoirs. Il les matérialisait, leur insufflant forme et réalité. Il était l'humble artisan de l'avenir.

Il n'avait pas fait cinquante toises* hors de l'enceinte des Clairets que l'écho d'une cavalcade légère le fit se retourner.

1. « Qu'il en soit ainsi. Ayez pitié de nous. Jour terrible où l'univers sera réduit en cendres. »

2. « Aussitôt après la détresse de ces jours-là, le soleil s'obscurcira, la lune perdra son éclat, les étoiles tomberont du ciel, et les puissances des cieux seront ébranlées. » (Matthieu XXIV, 29)

Une robe blanche courait à sa rencontre, un panier d'osier tressautant à son bras.

– Oh mon Dieu ! haleta-t-elle. Je ne devrais pas me trouver ici, mais vous êtes un frère. Notre mère... Eh bien, j'agis de mon propre chef. Vous êtes si harassé. Pourquoi n'avoir pas passé la nuit entre nos murs, à l'hôtellerie ? Nous accueillons souvent des visiteurs. Je jacasse comme une pie... C'est que je suis très embarrassée. Tenez...

Elle lui tendit les quelques provisions qu'elle avait réunies et rougit avant d'expliquer :

– Je me dis que si notre admirable mère vous a reçu... eh bien, c'est qu'elle avait confiance, que vous êtes un ami. Je la connais bien... Elle a tant de travail, tant de responsabilités. Je suis bien certaine qu'elle aura pensé à vous nourrir, mais sans doute pas à approvisionner votre voyage.

Il sourit, elle avait vu juste. Elle était assez frêle, mais une force peu commune irradiait de chacun de ses gestes. La gentille sœur qui levait le visage, qui avait bravé pour lui l'interdit de sortie, était la preuve éclatante que sa fatigue était méritée, et que le Christ vivait en eux.

– Merci, ma sœur.

– Adélaïde... je suis sœur Adélaïde, organisatrice des cuisines et des repas. Chut... Il ne faut pas le dire... Vous comprenez, je ne devais pas sortir et je n'ai pas reçu d'ordres... c'est pur oubli. Je le répare, rien de plus. Rien d'autre, nul mérite ne m'en revient... Pourtant, je suis si contente de vous offrir ces modestes provisions, un pain de seigle à la mie foncée mais nutritive, une bouteille de notre cidre – vous verrez, il est goûteux –, un fromage de chèvre, quelques fruits et une bonne part de gâteau d'épices de ma confection... On le prétend assez plaisant... (Elle rit avant d'avouer, confuse :) J'aime tant nourrir les gens, c'est sans doute une faiblesse, mais je n'en connais pas la cause, et puis, elle me fait plaisir... (Soudain contrite, elle bafouilla :) Oh, je ne devrais pas dire cela...

– Si fait. C'est une belle chose que de nourrir les gens, les pauvres, surtout. Merci de vos dons, sœur Adélaïde, ils sont précieux... (Soudain heureux de cet infime échange qui lui dépoussiérait le cerveau avant son pénible voyage, il ajouta :) Et vous avez ma parole, tout cela restera entre nous, comme un gentil secret qui nous lierait par-delà les lieues.

Elle se mordit la lèvre inférieure de contentement et, apeurée, déclara avec précipitation :

– Je dois rentrer. Votre route est longue, mon frère, je le sens. Qu'elle vous soit amie. Mes prières vous suivront... Non, elles vous escorteront. Gardez-moi une petite place dans les vôtres.

Il se pencha vers elle et déposa un baiser fraternel sur son front inquiet en murmurant :

– Amen.

Abbaye de femmes des Clairets, Perche,
tombée de la nuit, mai 1304

Clément n'avait pas peur. Tout était paisible. Les sœurs avaient rejoint leur dortoir après le souper et complies*. Les grenouilles coassaient avec un bel ensemble, les geais s'invectivaient de nid en nid de leurs cris rauques. Plus loin sur la droite, des lérots affairés creusaient de leurs griffes des galeries entre les pierres, menant grand tapage. Ce sont des animaux si méfiants que l'on aperçoit rarement leur petit masque noir. La moindre présence étrangère les eut rendus silencieux. Clément se délectait sans fin de ce jeu de piste que semait la nature au profit de ceux qui savaient l'écouter et la regarder. Il en connaissait presque tous les secrets, tous les pièges aussi.

Il allongea prudemment une jambe engourdie en dehors de sa cachette : la grande alveus de pierre creusée dans laquelle macéraient les feuilles, les rhizomes ou les baies récoltés par la sœur apothicaire. Une écœurante odeur de putréfaction végétale empuantissait l'air. Dans une heure, il ferait pleine nuit. Il avait le temps de se restaurer un peu et de réfléchir.

Qu'allait-il advenir d'eux ? D'eux deux, car il se préoccupait peu du sort de Mathilde. Elle était futile et trop sotte pour s'inquiéter d'autre chose que de ses petits seins qui ne poussaient pas assez vite à son gré, de ses rubans et de ses peignes à cheveux. Qu'allait-il advenir d'Agnès et de lui ? Une émotion précieuse lui fit monter les larmes aux yeux : car ils étaient deux, il n'était pas seul. La dame de Souarcy ne l'abandonnerait jamais, sa vie fût-elle en danger à cause de lui. Il le savait d'une conviction qui lui chavirait le cœur.

À genoux, caché derrière la porte qui menait à la grande salle, il avait assisté à l'interminable soirée que lui avait infligée l'avant-veille son demi-frère. Elle avait joué finement, à son habitude. Pourtant, le lendemain, lors de leur promenade dans les communs, juste après le départ du scélérat, il avait senti son incertitude, et compris sa crainte : jusqu'où était capable d'aller Eudes ? À quoi s'arrêterait-il ?

La réponse à cette deuxième question était limpide, et Agnès la connaissait aussi bien que Clément. Il s'arrêterait à la peur, lorsqu'il trouverait en face de lui un fauve plus redoutable.

Ils étaient si seuls, si démunis. Nul fauve protecteur ne se porterait à leur secours. L'enfant luttait contre le découragement depuis des mois. Trouver quelque chose, une parade, n'importe quoi. Il maudissait sa jeunesse, sa faiblesse. Il maudissait ce qu'il était en vérité, ce qu'il devait taire pour leur protection mutuelle. Agnès le lui avait expliqué dès qu'elle l'avait pu, et il avait compris la justesse de ses inquiétudes.

Le savoir était une arme, Agnès le lui avait affirmé, surtout face à un butor comme Eudes, qui en était dépourvu. Le savoir... Il était en partie dispensé par les sœurs écolâtres des Clairets, aussi Clément avait-il obtenu de sa dame deux ans auparavant l'autorisation d'assister aux quelques cours qu'elles ouvraient aux jeunes et moins jeunes issus de la grosse bourgeoisie ou de la petite noblesse des alentours. Piètre pitance de l'esprit, puisqu'il savait depuis longtemps lire et écrire en français et en latin, grâce à Agnès. Il avait espéré découvrir les sciences, la vie du monde lointain, en vain. En revanche, l'enseignement des Évangiles occupait la plus grande part du temps, avec l'étude et la récitation des vénérés Latins : Cicéron, Suétone et Sénèque. S'ajoutait à ces réserves la crainte qu'inspirait à tous Emma de Pathus, la maîtresse des enfants[1]. Son air en permanence renfrogné et sa main très leste avait de quoi impressionner le petit monde sur lequel elle régnait.

Peu importait, au fond. Ces braves bernardines se démenaient avec une belle énergie, soignant les uns, enseignant aux autres, réglant les conflits, apaisant les haines, accompagnant les mourants. On ne pouvait les accuser, contrairement à d'autres ordres, d'indifférence envers le monde extérieur à l'abbaye, ou de s'enrichir abusivement sur les malheurs des petits. Peu importait, car Clément avait découvert tant de choses. Un grain de connaissance menait à un autre. Chaque nouvelle clef de compréhension qu'il forgeait ouvrait une porte plus grande que la précédente. Il avait également appris à ne plus poser de questions auxquelles les sœurs écolâtres ne savaient répondre, comprenant que sa curiosité, si elle les avait d'abord récompensées de leur peine, avait fini par les intriguer, puis par les inquiéter. En vérité, peu importait puisqu'il était maintenant certain que l'abbaye recelait un fascinant mystère.

Pourquoi s'était-il rencogné contre le pilier ? Il était fondé à se trouver là, attendant l'arrivée de la sœur latiniste. Un instinct ? Ou alors l'étrange attitude de la silhouette de blanc vêtue ? La mère abbesse avait jeté un regard furtif autour d'elle, et bien vite verrouillé la porte basse par laquelle

1. Religieuse responsable de l'enseignement aux enfants et aux novices et la seule autorisée à lever la main sur eux et à les punir

elle venait d'apparaître. Puis elle s'était rapidement éloignée dans le couloir, comme une voleuse.

Une prudente et rapide enquête n'avait guère renseigné Clément : nul ne semblait savoir où menait cette porte. Que contenait la pièce qui se trouvait derrière ? S'agissait-il d'une geôle secrète pour quelque prestigieux prisonnier, d'une chambre de torture ? L'imagination fertile de l'enfant était allée bon train, jusqu'à ce qu'il décide de percer le mystère par ses propres moyens. Un plan rapide de cette portion centrale de l'abbaye l'avait aidé à déterminer que si pièce secrète il y avait, elle était de taille modeste, à moins qu'elle n'ouvre par une quelconque fenêtre sur le jardin intérieur qui longeait le scriptorium, puis les dortoirs. S'il en croyait son discret relevé topographique, les appartements de la mère abbesse ainsi que son bureau l'encadraient.

L'impatience et la curiosité le rongeaient depuis. Il avait tourné et retourné la question dans sa tête : comment parvenir à se faire enfermer dans l'enceinte de l'abbaye afin de poursuivre en toute discrétion ses investigations et de vérifier ses hypothèses ? Enfin, une solution s'était imposée : l'herbarium qui flanquait l'enceinte du jardin médicinal lui fournirait un abri et l'hébergerait durant quelques heures, en attendant l'obscurité.

La lune était pleine cette nuit-là, involontaire complice de Clément. Il sortit de l'herbarium et se fondit contre le mur des dortoirs, avançant comme une ombre. Il dépassa les fenêtres du scriptorium, plus hautes et larges que toutes les autres afin de donner le plus de lumière possible aux sœurs copistes. Il longea celles, beaucoup plus modestes, du chauffoir, seule pièce de l'abbaye chauffée en hiver, où l'on installait les malades et remisait au soir l'encre afin qu'elle ne gelât pas. Encore quelques toises. L'enfant en haletait d'angoisse, se demandant ce qu'il pourrait bien fournir comme explication à sa présence en ces lieux, au beau milieu de la nuit, s'il venait à se faire surprendre, et n'osant imaginer le châtiment qui s'ensuivrait. Il se coula sous les deux courtes fenêtres qui ouvraient sur le bureau de la mère abbesse, puis sous les deux fentes ménagées dans la pierre qui permettaient d'aérer la penderie de ses appartements, minuscule salle en rotondité dans laquelle était installé le trou d'aisance. La salle mystérieuse aurait dû se trouver coincée entre les deux pièces. Clément revint sur ses pas, allongeant sa foulée afin de mesurer la distance qui séparait les appartements d'Éleusie de Beaufort de son bureau. Environ six ou sept toises. Une cellule de nonne, fut-elle abbesse, ne pouvait être si large et spacieuse. La pièce secrète, bien que vaste contrairement à ses premières déductions, devait donc être aveugle. Cette conclusion fit monter un frisson d'exaltation, de peur aussi, le long de son échine. Et s'il s'agissait d'une pièce réservée à la procédure inquisitoire ? S'il y découvrait des traces de supplice ? Mais non, aucun inquisiteur n'était femelle. Il s'agenouilla, parcourant le même chemin le nez à ras de terre. Un soupirail de deux mètres de long sur une trentaine de centimètres de hauteur s'ouvrait au ras des massifs de fleurs qui ornaient la base du mur. D'épais barreaux de fer le défendaient contre d'éventuels intrus. Intrus adultes puisqu'ils étaient assez espacés pour permettre à un enfant fluet de s'y faufiler. Un soulagement – il avait vu juste – le disputa à la panique – que faire maintenant ? La curiosité l'emporta sur toutes les excellentes raisons qu'il se donnait de rebrousser chemin et de quitter l'enceinte de l'abbaye au plus vite et surtout sans se faire remarquer.

Quelle hauteur pouvait-il y avoir entre le soupirail et le sol de la pièce ? Un petit gravillon repêché de l'allée qui bordait les massifs de fleurs fit office de sonde. Au bruit d'impact presque immédiat et clair qui concluait sa chute à l'intérieur,

Clément en déduisit que quatre ou cinq pieds*, tout au plus, le séparaient de son but. Il se trompait. Allongé sur le flanc, il bagarra contre le métal des barres qui lui sciaient les chairs, rentrant le ventre, retenant sa respiration pour se faire encore plus menu. Enfin, sa cage thoracique passa, et il se laissa couler vers le sol. L'effarante seconde de chute qui le maintint entre rien et rien le sidéra. Il tomba comme un sac lesté, et une douleur fulgurante manqua le faire hurler. Pourtant, la panique remplaça vite la souffrance. Et s'il s'était fracturé un os ? Comment allait-il sortir d'ici ? Il palpa sa cheville qui enflait déjà, l'obliquant de droite et de gauche, luttant contre les larmes qui lui piquaient les yeux. Une entorse, rien qu'une pénible entorse. Il aurait mal, mais il parviendrait à marcher.

Une épaisse obscurité l'environnait. Une obscurité humide dans laquelle flottait une légère odeur de moisissure mêlée de relents douceâtres évoquant une colle de nerfs. L'obscurité fraîche d'une cave. Une rage brutale contre lui-même le secoua. Quel crétin il faisait, lui pourtant si fier de sa rapidité de réflexion. Comment allait-il sortir d'ici ? Il n'avait rien prévu. Fallait-il être bête !

Il patienta quelques minutes, attendant que ses yeux s'accoutument à cette nuit intérieure, plus dense que celle qui l'avait accompagné dans les jardins. Une longue table, plutôt une sorte d'établi chargé de monticules irréguliers apparut d'abord. Bras tendus devant lui, Clément s'en approcha en claudiquant. Des livres. Des livres empilés sur une table. Puis les contours d'une courte échelle se dessinèrent dans les ténèbres. Non, il s'agissait d'un escabeau de bois appuyé contre des rayonnages sur lesquels s'alignaient d'autres ouvrages. Une bibliothèque. Il se trouvait dans une bibliothèque. Une forme massive et indistincte s'élevait dans un coin vers le plafond de la salle. Il avança, grimaçant sous la douleur que lui occasionnait sa cheville. Un escalier en colimaçon conduisait vers une autre salle. Sous ses marches étaient clouées des peaux minces, sans doute destinées à restaurer les couvertures. Il le gravit avec prudence. Il lui sembla que l'obscurité devenait moins épaisse au fur et à mesure qu'il progressait. Il déboucha dans la pièce à quatre pattes puis se redressa avec lenteur. La stupéfaction le cloua sur place. Une vaste bibliothèque, haute de plafond, dont tous les murs étaient recouverts de livres. La clarté lunaire filtrait par des sortes de meurtrières horizontales, habilement ménagées à plus de quatre mètres de hauteur, expliquant qu'il ne les ait pas remarquées plus tôt. Leur fonction était à la fois de permettre au jour de s'immiscer en ce lieu, mais également de l'aérer en toute discrétion. Il avança comme dans un rêve vers l'un des meubles de bibliothèque pour en tirer de lourds volumes avec une révérence apeurée. Leur état trahissait le grand soin que l'on prenait d'eux. Clément parvint à déchiffrer quelques titres, la gorge martyrisée par l'émotion. Le monde, il le sentait, s'ouvrait juste pour lui. Tout ce qu'il avait tant souhaité découvrir, apprendre, savoir se trouvait ici, à sa portée. Il murmura, bouleversé :

– Mon Dieu, se pourrait-il que soient réunis tous les ouvrages de monsieur Galien* ? *De sanitate tuenda*... Et aussi *De anatomicis administrationibus*... Et encore *De usu partium corporis*...

La voix de l'enfant s'éteignit dans un souffle.

Il découvrit une traduction latine exécutée par un certain Farag ben Salem d'une œuvre rédigée par Abu-Bakr-Mohammed-ibn-Zakariya al-Razi*, dont il n'avait jamais entendu prononcer le nom auparavant. Ce *Al-Hawi* – *Continens* en latin – semblait un ouvrage de pharmacologie, mais la faible lueur lunaire handicapait sa lecture.

En revanche, nombre d'ouvrages se refusèrent à Clément,

leurs titres en langues mystérieuses protégeant leurs secrets. S'agissait-il d'arabe, de grec, d'hébreu ? Il n'aurait su le dire.

Ainsi donc, la salle par laquelle il était parvenu jusqu'ici n'était qu'une sorte de réserve, peut-être un atelier de réparation, expliquant l'odeur de colle et les peaux clouées.

Des heures durant, il examina les ouvrages, grisé au point que le temps s'annula. La nuit qui filtrait par les hautes meurtrières commença de se teinter d'un bleu laiteux, l'alertant enfin. Le jour était proche.

S'aidant de l'escabeau, Clément parvint à ressortir par le soupirail, non sans de douloureuses difficultés. Sa cheville l'élançait, et un gigantesque pouls semblait cogner à l'intérieur.

Porte Bucy, Paris, juin 1304

La chaleur lourde de l'après-midi n'affectait pas Francesco de Leone, pas plus que la puanteur exhalée par les immondices accumulées au coin des ruelles. En revanche, l'incessante activité de cette fourmilière humaine l'étourdissait.

La capitale comptait plus de soixante mille feux, c'est-à-dire sans doute une population avoisinant deux cent mille âmes. Cette foule bruyante se répartissait sur les deux rives de la Seine, que n'enjambaient que deux ponts de bois : le Grand Pont et le Petit Pont, déraisonnablement bâtis puisque cent quarante habitations et plus de cent boutiques se succédaient sur le premier, encore alourdi par les moulins. Il n'était donc pas rare que les crues du fleuve emportassent les ponts comme des fétus de paille.

Le chevalier remonta lentement la rue de Bucy, écartant d'un regard sans hargne une très jeune bordeleuse aux yeux mangés de cernes et au ventre creux. Il songea qu'elle devait sortir d'une étuve voisine. Chacun savait que ces bains publics mixtes servaient aussi de lieux de rencontres galantes, qu'elles fussent juste clandestines ou rémunérées. Le sexe se vendait aux quatre coins de Paris et il se vendait bien. L'amour vénal passait pour un moindre mal pourvu qu'on le réglementât. Il permettait aux pauvres, que leur absence de moyens écartait du mariage, d'assouvir l'urgence de leurs besoins, de leurs désirs. Il permettait aussi à des filles faméliques, jetées sur le trottoir par une grossesse malvenue ou par des parents sans le sou, de survivre tout en épargnant aux femmes mariées la lubricité des puissants. C'étaient du moins les arguments qui se ressassaient, offrant une explication acceptable à bien des consciences, à bien des culpabilités. Ils ne convainquaient pas Francesco de Leone et une peine étrange l'habitait. Le plus vieux métier du monde, celui des femmes auxquelles on commençait de refuser la plupart des autres, s'étalait dans la capitale. Au train où allaient les choses, il leur resterait bientôt moins de solutions que ne comptaient les doigts d'une main : riche par naissance, mariée, religieuse ou putain. Dans le dernier cas, elles finiraient rongées de tuberculose ou d'une maladie de ventre, ou encore exsanguinées sous les coups de lame d'un client de passage. Qui se préoccupait de ces ombres ? Ni le pouvoir, ni l'Église, et encore moins leur famille.

La bordeleuse ne le lâchait pas des yeux, intimidée par son allure mais poussée par la faim et la peur des jours sans le sou. Il s'arrêta et la détailla.

Il poursuivait cette femme, toujours la même, le long du déambulatoire d'une église, toujours la même. Voulait-il l'abattre, cherchait-il à la protéger contre d'invisibles ennemis ? Il avait prié pour que la dernière hypothèse soit véritable. Cependant, il ne parvenait toujours pas à s'en persuader.

L'infinie misère des femmes, leur éblouissante faiblesse. Sa mère et sa sœur enfante, égorgées comme des agnelles, laissées à pourrir là, en plein soleil, leurs plaies béantes grouillantes de mouches. Il ferma les yeux quelques instants.

Lorsqu'il les rouvrit, la fille lui souriait. Pathétique sourire d'une laissée-pour-compte qui cherchait l'argent de son repas et de sa nuit. Rien n'était séduisant ni engageant, dans cet étirement de lèvres fiévreuses. Pourtant, elle essayait de le convaincre, à défaut de le séduire.

Il tira de sa bourse cinq deniers tournois* d'argent, une manne pour une pauvresse, et s'avança vers elle :

– Ma sœur, mange un peu et repose-toi.

Elle fixa les pièces qu'il venait de déposer au creux de sa paume en hochant la tête en signe de dénégation.

Lorsqu'elle releva le visage vers lui, des sillons humides zébraient la peau couleur cendre de ses joues.

– Je ne... Mais viens, je suis douce et docile, et je ne suis pas malade, je te le promets... Je ne...

– Chut, repose-toi.

– Mais... Que puis-je...

– Prie pour moi.

Il tourna les talons, s'écartant vivement, l'abandonnant en larmes, si soulagée et si dévastée.

Pour elle. Pour sa mère et pour sa sœur. Pour toutes celles sur lesquelles aucun homme ne veillait. Pour le Christ et son immense amour des femmes. Un amour que de misérables pantins bafouaient depuis si longtemps. Impies, des impies déguisés en docteurs de la foi.

Giotto Capella... Il y avait si longtemps, en une terre écrasée de soleil, le chevalier aurait donné sa vie pour le tuer. N'ignorant que peu de chose de l'enfance de Francesco de Leone, Arnaud de Viancourt, le prieur, avait hésité avant de prononcer le nom de leur « accidentel et involontaire intermédiaire ». Il l'avait enfin murmuré, guettant la réaction de son frère, et s'était justifié de lui imposer pareille épreuve en lui rappelant à nouveau les menaces qui pesaient sur eux.

L'immeuble, achevé quelques mois plus tôt, propriété de Giotto Capella, originaire de Crema, petite ville lombarde située au sud-est de Milan, dominait de ses belles pierres blanches la rue de Bucy. Les fenêtres de son troisième étage ouvraient sur la Seine et le Louvre. C'était du reste la raison de son choix. Être proche du pouvoir, donc des plus gros emprunteurs, tout en restant adossé à la frontière de Paris, l'humeur des puissants à l'égard des pourvoyeurs de deniers étant volage. Eux-mêmes, les Lombards, qu'ils fussent ou non originaires de cette province puisque le terme désignait tous les usuriers italiens, mais également les banquiers juifs, en avaient fait la triste expérience peu avant. Au fond, l'incohérence de ce siècle vis-à-vis de l'usure aurait pu distraire Giotto – homme de quelque culture –, pour qui l'argent était un moyen, et surtout un but et une passion. Comment pouvait-on espérer que des marchands prêtent de l'argent à des inconnus sans en retirer un bénéfice ? Balivernes ! L'interdiction d'usure avait bon dos. Il suffisait aux rois et aux nobles d'emprunter, puis d'expulser les banquiers, de confisquer leurs biens en brandissant la religion comme alibi. On leur avait assez rebattu les oreilles d'un verset bien accommodant de l'Évangile qui recommandait de prêter sans rien en attendre. Ainsi les débiteurs se dégageaient-ils de leurs créanciers, intérêts et principal. Quel enfantillage de leur part. Les créances ne disparaissent jamais pour qui sait les négocier. Elles sont toujours remboursables, que cela soit contre espèces sonnantes ou contre avantages plus occultes.

Giotto Capella reposa son verre de vin tiédi aux épices, l'une des rares gourmandises qu'il se concédait, en dépit de la goutte qui lui vrillait le pied et l'immobilisait de plus en plus souvent. Le chevalier hospitalier patientait depuis quelques minutes dans son antichambre. Que voulait-il ? Lorsqu'il avait accepté ce rendez-vous, le banquier s'était aussitôt alarmé. Les Leone étaient une des plus grandes familles italiennes, depuis des générations au service de la papauté. Une famille très riche en dépit des vœux de pauvreté de certains de ses rejetons mâles, dont Francesco. Le Temple et l'Hôpital étaient de ces entités complexes et puissantes avec lesquelles mieux valait éviter de frayer. Aucun prince, aucun roi, aucun évêque ne pouvait les faire plier. Alors, un banquier ! D'autant que ce n'était pas de l'argent que Leone venait quémander, Giotto Capella en aurait mis sa main à couper. Dommage, l'argent est si simple : il tient, retient et soumet. Alors quoi ? Une faveur, une entremise, les moyens d'un chantage ? S'il l'avait osé, Giotto aurait éconduit le chevalier du Christ. Mais il s'agissait là d'un luxe – pire, d'une coquetterie – qu'il ne pouvait se permettre. Des relations conflictuelles avec un ordre soldat n'arrangeraient pas l'ambition qui le tenait depuis des années : devenir capitaine général des Lombards de France, pousser avec habileté Giorgio Zuccari – l'actuel tenant de la fonction – vers la sortie, vers la tombe aussi s'il le pouvait. Zuccari lui portait sur les nerfs, et depuis longtemps. Un faiseur de leçons de morale, impossible à prendre à son propre jeu puisqu'il était d'une répugnante probité envers ses pairs et même – un comble – vis-à-vis de ses débiteurs. Ainsi appliquait-il à la lettre les recommandations de Saint Louis : pas plus de 33 % d'intérêts. Et pourquoi donc, quand on pouvait exiger 45 % des plus désespérés ou des plus affolés ? Après tout, Capella ne contraignait nul emprunteur à pénétrer dans son bureau !

Cette belle logique, ressassée cent fois, sécrétait une magie efficace. Elle avait le pouvoir de lui rendre une humeur plus joviale. Pourtant, cette légèreté fut éphémère. Pourquoi diable Leone venait-il à lui ? Pourquoi ne s'adressait-il pas à Zuccari en personne ? Son nom et son appartenance à l'Hôpital le lui permettaient, et le vieux banquier l'aurait accueilli à bras ouverts. La peste soit de ceux que l'on ne parvient pas à déchiffrer.

L'inquiétude qui le taraudait se mâtina de déplaisir lorsque Francesco de Leone pénétra dans son bureau encombré d'œuvres d'art, de coffres de bois sculpté, de fourrures et de vaisselle précieuse, véritable caverne d'Ali Baba composée des dernières saisies. Dieu que cet homme était beau. Lui ressemblait à un vilain batracien, desséché et jauni par les interminables privations que lui imposait son mire d'un ton péremptoire. Même sa femme fermait les paupières lorsqu'il posait parfois la main sur ses cuisses. De plus en plus rarement.

Il se leva et tendit les mains, se contraignant à l'affabilité :

– Chevalier, quel honneur pour mon humble demeure.

Leone sentit aussitôt l'animosité de Capella. Il avança de quelques pas assurés, ne répondant à cette formule de bienvenue que par un vague haussement de sourcils. Giotto songea qu'il faisait partie de ces êtres élus devant lesquels le monde s'agenouille sans même qu'ils s'en rendent compte. Son aigreur monta d'un cran. Il la jugula pourtant en s'enquérant :

– Accepterez-vous une coupe de mon meilleur vin ?

– Volontiers. Je ne doute pas qu'il soit excellent.

Le banquier le considéra quelques instants, se demandant si un reproche se dissimulait sous cette remarque anodine. Au fond, il espérait que le chevalier de Leone se révélerait semblable aux autres, un avide sauvé par l'apparence d'un nom, d'un ordre, d'un engagement. Il pourrait ainsi le mépriser tout son saoul, le renvoyer sur une feinte indignation. Il s'entendait déjà :

– Comment, monsieur... Vous ? Un chevalier hospitalier ? Quelle honte !

Il avait vu défiler tant de nobles noms, tant de prélats, tant de faux dignes. Il les avait flattés, rassurés, encouragés dans leurs vices, son fonds de commerce, un fonds inépuisable. Ils s'étaient pour la plupart laissés aller, le venin de la cupidité ou de l'envie empoisonnant leur âme, leur cœur et jusqu'à leurs paroles. Mais celui qui s'était installé en face de lui avait la tranquille certitude des purs, et il n'existe rien de pire que les purs, surtout lorsqu'ils sont intelligents et qu'ils ont oublié la peur.

Un silence faussement complice s'installa entre les deux hommes pendant qu'une soubrette allait quérir le vin. Leone jaugeait son vis-à-vis. Il ne lui fallut que quelques secondes pour sentir que Capella était resté ce qu'il était : un fourbe avide que seule sa lâcheté retenait parfois du pire. Une comparaison lui vint à l'esprit : un vilain carnassier tapi, un peu apeuré, mais prêt à sauter à la gorge de son adversaire au moindre signe de faiblesse. La possibilité de rédemption ne se répartit pas également entre les êtres, car certains ne la souhaitent pas.

Francesco dégusta une gorgée puis reposa la coupe d'argent enlaidie par un excès de ciselures et de pierres fines. Il tira de son surcot[1] d'épais lin la lettre rédigée par le grand maître, qu'il tendit au Lombard. Lorsque ce dernier fit sauter le sceau, qu'il en parcourut les premières lignes, il sentit un étourdissement le gagner. Il murmura :

– Mon Dieu...

Il jeta un regard éperdu à Leone, qui l'encouragea d'un signe de tête à poursuivre sa lecture.

1. Sorte de veste courte sans manche à encolure boutonnée souvent richement ornementée, que les hommes de qualité portaient sur la courte tunique.

Jamais Capella n'aurait cru voir ressurgir un jour cet assassin souvenir, un souvenir vieux de près de quinze ans. Il avait assez payé pour cela, dans tous les sens du terme.

Une goutte tiède, puis une autre, tomba sur sa main. Il lâcha le vélin qui glissa sur le sol de marbre de Carrara acheminé à grands frais de sa ville d'origine.

S'était-il aperçu qu'il pleurait ? Leone n'en était pas certain.

Francesco de Leone attendit. Il connaissait la teneur de cette missive, de ce chantage plus exactement. Toutes les armes, avait précisé le prieur, mettant lui-même en pratique cette stratégie d'outrance.

Après tout, que lui importait le chagrin de l'usurier, que lui importaient ses souvenirs. Tant d'êtres étaient morts par sa faute.

Giotto Capella murmura dans un souffle :

– C'est une monstruosité.

– Pourquoi ? Parce qu'elle est exacte ?

L'autre posa un regard de noyé sur le chevalier et balbutia :

– Pourquoi ? Parce qu'il y a si longtemps... parce que j'ai enduré le supplice des coupables, le pire qu'il soit, celui que l'on s'inflige à soi-même. Parce que j'ai tant œuvré pour mériter le pardon...

– Pour mériter l'oubli, plutôt. Nous n'oublions jamais et nous n'avons pas pardonné. Quant au supplice des coupables, il me ferait sourire si je n'étais que soldat. Qui a permis aux Mameluks d'envahir la ville d'Acre après plus d'un mois de siège ? Le sultan Al-Ashraf Khalîl piétinait devant les murailles avec ses soixante-dix mille cavaliers et ses cent cinquante mille piétons venus d'Égypte et de Syrie. La défense de la citadelle Saint-Jean fut héroïque... De l'autre côté des murailles ne se trouvaient que quinze mille combattants chrétiens... Ils se sont battus comme des lions, à un contre quinze. Les mineurs du sultan ont attaqué les points sensibles de l'enceinte, par groupes de mille hommes, ils ont creusé les débouches d'égout et la fosse des bouchers... avec une rare pertinence.

Leone s'interrompit, détailla l'homme pantelant qui s'accrochait des deux mains aux rebords de sa table de travail. L'autre tenta de se justifier d'une voix presque inaudible :

– Les négociations avaient abouti... Al-Ashraf avait accepté de faire évacuer la citadelle d'Acre si ses défenseurs abandonnaient tous leurs biens sur place.

– Allons... le roi Henri ne pouvait accepter si complète, si déshonorante reddition. De surcroît, les défenseurs de la citadelle ont pu juger ensuite de la fiabilité des promesses du sultan, rétorqua Leone d'une voix douce, son regard bleu marine ne lâchant pas le banquier. Le 15 mai, la Neuve Tour offerte par la comtesse de Blois s'effondrait, sapée par le travail de taupe des mineurs. Al-Ashraf donna alors sa parole de permettre aux défaits d'évacuer, surtout les femmes et les enfants. Pourtant ses Mameluks, sitôt dans la place, profanèrent la chapelle et violèrent les femmes. Le reste fut un massacre : les dominicains, les franciscains, les clarisses... une légion de femmes et d'enfants raflés avant d'être vendus sur les marchés d'esclaves... Le saccage ne faisait que commencer. Presque tous sont morts, mes frères hospitaliers, les chevaliers du Temple, de Saint-Lazare et de Saint-Thomas. Il n'est resté qu'une poignée d'estropiés.

– Mais c'était inévitable..., geignit Capella. Deux ans plus tôt, au mois d'août je crois, certains des croisés italiens d'Hugues de Sully s'en étaient pris à des paysans et des marchands musulmans sur un marché, au point que ces derniers avaient dû se réfugier dans leur fondouk et...

– Et qui leur porta secours ? l'interrompit Leone d'un

ton devenu cinglant. Les chevaliers de l'Hôpital et ceux du Temple !

– C'était une guerre... Les guerres...

– Non... C'était un piège. C'était un piège admirablement conçu et donc d'une belle valeur marchande, n'est-ce pas, banquier ? Quand à cette échauffourée sur un marché, il s'agissait d'un mauvais prétexte. Il en faut toujours un pour justifier une guerre, quel que soit le côté où on se place. Là n'est plus la question. Si les Mameluks n'avaient pas eu connaissance des plans de la Neuve Tour et des égouts, le travail de leurs mineurs eut été compromis, ou à tout le moins, ralenti. Nous pouvions espérer l'arrivée de renforts ou, au pire, l'évacuation du plus grand nombre. Combien vaut le carnage de quinze mille hommes, de presque autant de femmes et d'enfants, Giotto Capella ?

– Ils... ils m'ont frappé. Ils m'ont... ils ont voulu m'émasculer... Ils allaient le faire... Ils riaient..., balbutia-t-il.

Le regard de l'usurier balayait la pièce, comme s'il attendait un secours providentiel. Leone ne le quittait pas des yeux. La petite fouine rusée utilisait sa dernière parade : la pitié.

Début juin 1291. Le combat s'était déplacé. La forteresse de Sidon était assiégée, elle ne résisterait plus très longtemps. Un jeune garçon de douze ans bagarrait contre la main qui lui serrait l'épaule, celle de son oncle Henri, parvenait à se libérer de cette poigne sévère pour courir vers les ruines d'Acre. Il trébuchait, tombait, puis se relevait, les mains en sang.

De larges marches blanches inondées de soleil. Celles de la chapelle. De larges marches enlaidies par des langues de sang sec, par une boue de chair humaine. De larges marches grouillantes de mouches alourdies par leur festin.

Quelques femmes avaient tenté de se réfugier dans la chapelle, d'y cacher leurs enfants. Sous l'une d'entre elles, dont la tête presque séparée du cou s'était retournée vers le ciel, l'adolescent avait distingué une masse mousseuse et blonde. Blonde et collée de rouge sombre. Les cheveux de sa sœur.

– Combien, Cappella ? Combien pour ma mère et ma sœur de sept ans, violées et égorgées, laissées à pourrir au soleil, déchiquetées par les chiens au point que je ne les reconnaissais plus ? Combien pour ton âme ?

Le regard de l'autre se posa enfin sur le chevalier. Un regard de mort, de souvenir. D'une voix qu'il ne reconnaissait plus, il annonça, se doutant qu'il ne se remettrait jamais de cet aveu :

– Cinq cents livres*.

– Tu mens. Je détecte toujours vos menteries, elles sont si fragiles. Il s'agissait d'une somme plus modeste, n'est-ce pas ?

Devant le silence de l'autre, le chevalier insista :

– N'est-ce pas ? Quoi ? Que croyais-tu ? Qu'un doublement ou un triplement de l'or encaissé t'absoudrait ? Que cette multiplication du prix de la traîtrise et de la cupidité les légitimerait, en quelque sorte ? Que toute chose en ce monde est flanquée de sa valeur vénale ? Que crois-tu que valent mille livres, cent mille ou dix millions au regard de Dieu ? La même chose qu'un vilain denier.

– Trois cents... Je n'en ai perçu que la moitié, ils n'ont pas tenu parole. Ils m'ont craché à la face lorsque je suis venu réclamer le reliquat.

– Les gueux, ironisa le chevalier.

Puis, il ferma les yeux, le visage levé vers le plafond, répétant, comme pour lui-même :

– Cent cinquante livres d'or pour tant de cadavres, pour elles deux... Cent cinquante livres d'or qui t'ont permis de monter ta banque. Appréciable transaction pour... qu'étais-tu à l'époque où tu avais une âme ?

– Marchand de viande.

– Ah... d'où ton excellente connaissance des égouts d'Acre et de la fosse aux bouchers. (Leone soupira avant de poursuivre dans un murmure :) Je vous connais tant, toi et ta sorte, qu'il me semble parfois qu'une nuée pestilentielle m'environne. Votre odeur me suit partout, elle colle à ma peau, elle me fait remonter le cœur dans la bouche. Je vous perçois avant même de vous voir, de vous entendre. Je vous renifle. Les remugles de l'agonie, de la décomposition de vos âmes m'étouffent. Sais-tu comme une âme pue lorsqu'elle se putréfie ? Il n'est nulle charogne plus intenable.

L'autre s'était levé d'un mouvement, insensible soudain à la douleur qui lui vrillait le pied. Gris jusqu'aux lèvres, il avança vers l'hospitalier, tomba à genoux devant son fauteuil et sanglota :

– Le pardon, je vous en supplie, le pardon !

– Il est au-delà de moi, et j'en suis désolé. Pour moi.

Plusieurs minutes s'écoulèrent, hachées par les sanglots de l'homme à genoux. Un chagrin foudroyant ravageait Leone. Comment se pouvait-il que son infini amour de Lui butât sur un pardon ? Qu'avait-il perdu, qu'avait-il gâché de sa foi ? Il se reprit en songeant qu'il n'était pas la Lumière, qu'il s'en rapprochait avec tant de peine, tant d'efforts, à la manière d'une fourmi obstinée, saoule et malade de ténèbres.

Un jour... Un jour il la toucherait enfin, cette Lumière qu'il n'avait fait qu'entrevoir dans la nef de Santa Costanza. Un jour, il la serrerait dans ses bras, il la respirerait, il s'y baignerait tout entier et tous ses péchés seraient lavés. Il approchait, il le sentait. L'infatigable fourmi qu'il était devenu depuis si longtemps avait traversé les océans, escaladé les montagnes, bravé tous les obstacles. Elle avait cru mourir cent fois, brûlée par le soleil du désert, rongée de fièvre, submergée par les tempêtes. À chaque fois, elle se relevait, elle repartait, elle avançait vers la Lumière. Il voulait un jour mourir au creux de la Lumière et s'y disperser, enfin en paix.

L'Ineffable Trace, l'Indicible Secret était à portée à main, n'attendant que le sang qui accepterait de couler pour l'atteindre. Le sien.

Leone se leva, repoussant sans brutalité l'homme affaissé.

– J'attends cette rencontre avec Guillaume de Nogaret. Tu es l'un des usuriers du royaume de France, après tout. Tu trouveras, j'en suis certain, un admirable prétexte pour expliquer ma présence à tes côtés. N'oublie pas : à la moindre méfaisance de ta part, Philippe le Bel apprendra de qui lui vient la boucherie d'Acre. Je m'installerai chez toi pour la durée de cette entreprise. Banquier... Ne m'adresse la parole que pour ce qui la concerne. Je prendrai mes repas seul, dans la chambre que tu me réserveras dans ta demeure. Qu'elle soit prête dans une heure. Je m'en vais humer la puanteur des rues. Elle devrait m'être moins insupportable que ce que recouvre l'encens qui brûle dans tes appartements.

Il s'immobilisa sur le pas de la porte et jeta sans se retourner à l'homme vide :

– Ne me mens jamais. Je sais tant de choses à ton sujet, Capella, tant de choses que tu ignores. S'il te démangeait l'envie de me vendre contre une belle bourse ou par simple peur, je m'engage devant Dieu à remplir chacun de tes jours, chacune de tes nuits, d'un calvaire que tes imaginations les plus folles n'ont fait que frôler.

Abbaye de femmes des Clairets, Perche,
juin 1304

Clément revenait chaque nuit depuis des semaines, attiré presque malgré lui par les trésors que l'on avait dissimulés aux yeux de tous dans cette bibliothèque secrète. Ses incursions, d'abord peureuses, avaient peu à peu gagné en assurance. Il s'introduisait à la nuit tombée, s'enhardissant parfois jusqu'à demeurer tout le jour suivant enfermé. Il se nourrissait des provisions qu'il avait chapardées dans les cuisines de Souarcy, car il se méfiait de plus en plus de Mabile. Au demeurant, sa défiance, d'abord assez passive, avait évolué depuis la dernière visite d'Eudes de Larnay. S'il s'était jusque-là contenté d'épier l'espionne, afin de protéger Agnès, il traquait maintenant le moindre de ses gestes suspects. La stupidité de son premier plan l'avait bien vite consterné : il comptait prendre Mabile la main dans le sac afin d'offrir à la dame de Souarcy une raison légitime de la mettre dehors. Trop évident. Trop évident et surtout peu efficace. Pourquoi, au contraire, ne pas utiliser l'espionne contre elle-même ? Lui permettre de découvrir de menus et inoffensifs secrets, forgés de toutes pièces. Ainsi, si Eudes les utilisait contre sa demi-sœur, il serait aisément discrédité, en dépit de son lignage et de sa fortune, lesquels lui donnaient pourtant un avantage de taille. Ne restait plus à Clément qu'à faire admettre à sa dame cette rouerie. Il savait que sa maîtresse commençait d'entrevoir une déplaisante vérité. Il n'est de nobles victoires ou de dignes défaites que face à un noble ennemi. Seules la ruse et la tromperie permettent aux faibles de combattre un puissant scélérat. Agnès, il en était certain, l'avait compris sans pour autant l'accepter tout à fait. Pourtant, la vilenie d'Eudes avait en quelque sorte rendu service à la dame de Souarcy. Elle avait fait taire ses derniers scrupules et remords. Eudes était une bête malfaisante, et tous les coups étaient permis pour en venir à bout.

Ses invasions nocturnes de la bibliothèque secrète des Clairets en faisaient partie. Clément s'était d'abord rassuré en songeant que s'il prenait à l'abbesse l'envie de pénétrer dans ces lieux, il n'aurait qu'à se cacher sous l'escalier en colimaçon, en se protégeant derrière le rideau qu'improvisaient les peaux suspendues. Ses craintes s'étaient apaisées assez vite. La mère abbesse semblait ne visiter que fort peu la bibliothèque, dont elle seule possédait les clefs et connaissait l'existence. Si ce peu d'attrait d'Éleusie de Beaufort, pourtant réputée pour son érudition, avait d'abord étonné l'enfant, il en avait cerné progressivement la raison. Il existait dans certains de ces ouvrages de telles révélations, des secrets si bouleversants. Certains avaient choqué Clément jusqu'aux larmes. D'abord, il avait mis en doute les lignes qui les révélaient. Mais leur implacable démonstration avait fini par le convaincre. Ainsi, ce qui nous environnait n'était pas le vide, mais une sorte d'impalpable fluide au sein duquel cohabitaient des éléments et des organismes si microscopiques que nul ne pouvait les distinguer. Ainsi, la pierre protégeant des poisons enfouie dans le cerveau des crapauds était une fable, tout comme les licornes. Ainsi, les comas, les convulsions, les tremblements et la migraine n'étaient pas le résultat d'une possession démoniaque, mais d'un mauvais fonctionnement du cerveau, si l'on en croyait Abu Marwan Abd Al-Malik Ibn Zuhr, baptisé Avenzoar par l'Occident, un des plus éminents médecins arabes d'origine juive du XIIe siècle. Ainsi, il ne suffisait pas de cracher trois fois dans la bouche d'une grenouille pour ne plus concevoir d'un an. Ainsi, ainsi, ainsi...

Éleusie de Beaufort avait-elle refusé d'admettre ce raz-de-marée ? Avait-elle blêmi devant le danger que représentait cette science pour les dogmes rabâchés, et surtout pour le pouvoir qu'ils concédaient à ceux qui les maniaient ?

Un mince volume l'avait accaparé durant presque un mois. Un manuel de grec à l'usage des latinistes. Il avait poussé la témérité jusqu'à l'emprunter quelques jours afin d'accélérer son apprentissage de cette langue si étrange qui lui paraissait de plus en plus essentielle à la compréhension du monde.

Il avait ensuite cherché dans les interminables rayonnages de la bibliothèque un ouvrage équivalent lui permettant de percer les secrets de l'hébreu et de l'araméen, car une sorte de logique était vite apparue dans cette fébrile recherche : un fil conducteur qu'il ne parvenait pas à définir le menait d'un volume vers un autre.

L'incrédulité le cloua comme il ouvrait avec délicatesse un petit recueil d'aphorismes recouvert d'une sorte d'épaisse soie vermillon. Le même nom. Le même nom tracé à l'encre figurait en haut de la première page des trois derniers ouvrages qu'il avait déchiffrés. La matérialisation de son fil conducteur. Eustache de Rioux, chevalier hospitalier. Était-il mort ? Avait-il légué ces œuvres aux Clairets ou à un héritier intermédiaire ? Comment se pouvait-il que depuis des jours, Clément ait été attiré par les volumes composant la bibliothèque de cet homme ?

Une impulsion le précipita vers l'étagère sur laquelle il avait découvert l'ouvrage. Il tira un à un ses voisins, les replaçant après les avoir à peine entrouverts. Enfin, il trouva ce qu'il cherchait. Une peau si médiocrement tannée, teinte d'une vilaine couleur violine, servait de couverture au grand livre. Il s'en dégageait encore l'odeur aigrelette du suint. Nul titre, pas même sur la page de garde, juste le nom de son ancien possesseur, comme un code : Eustache de Rioux. Aux diagrammes qui couvraient les premières pages, Clément crut d'abord avoir affaire à un manuel d'astronomie ou d'astrologie. Les pages suivantes l'étonnèrent : y étaient figurés les différents signes du zodiaque, certains assortis d'une nuée de flèches qui renvoyaient à des calculs complexes et des notes indiscutablement tracées par deux mains. L'une des écritures était fine et régulière, en dépit de sa nervosité, l'autre plus carrée. Il ne s'agissait pas véritablement d'un livre, plutôt d'une sorte de carnet personnel. Celui du chevalier de Rioux et d'un autre dont le nom ne figurait nulle part ? Une phrase écrite de biais retint son attention :

Et tunc parabit signum Filii hominis[1].

Une nouvelle flèche partait de cette affirmation, engageant à tourner la page. Ce qu'il découvrit au verso le plongea dans l'incompréhension.

Un cercle écliptique sur lequel ne figuraient que les signes du Capricorne, du Bélier et de la Vierge avait été griffonné, puis surchargé de ratures comme si son auteur tâtonnait. Des annotations sous forme de questions confirmaient cette impression d'hésitation. D'autres semblaient n'être que des pense-bêtes à l'usage du ou des rédacteurs.

1. « Et alors apparaîtra le signe du Fils de l'homme. »

La Lune occultera le Soleil le jour de sa naissance. Son lieu de naissance est encore imprécis. Reprendre à ce sujet les paroles de ce Varègue[1] *– un bondi*[2]*, rencontré à Constantinople – qui faisait commerce d'ivoire de morse, d'ambre et de fourrures.*

Cinq femmes, au centre la sixième.

Le premier décan du Capricorne, le troisième de la Vierge étant variable, quant au Bélier, quel qu'en soit le décan, il serait trop consanguin.

Les premiers calculs étaient erronés. Ils n'ont pas pris en compte l'erreur commise sur l'année de naissance du Sauveur. C'est une chance, cette bévue nous donne un peu d'avance.

Ces remarques avaient été tracées par la haute écriture qui trahissait une indiscutable aisance de plume. Mais de qui parlait-il ? De ce *Filii hominis*, le Fils de l'homme, le Christ ? Si tel était le cas, la première phrase n'avait aucun sens et la troisième encore moins. Un peu d'avance pour quoi faire ? Et qui désignait ce « nous », les deux rédacteurs ? Quant à cette déclaration astrologique, elle était si absconse. Que signifiait la « consanguinité » d'un signe ? De quelles femmes parlait-il ?

Clément leva la tête vers les meurtrières. Dehors le soleil déclinait. Il n'était pas reparu depuis la veille au manoir, et Agnès devait s'inquiéter. Vêpres ne tarderait pas. Il pourrait se faufiler au dehors durant l'office et rentrer.

Il hésita. Il aurait tant aimé emprunter le journal qu'il venait de découvrir afin de pouvoir l'étudier à son aise une

1. Les Varègues étaient des Vikings qui, au Xe siècle, se sont dirigés plutôt vers l'est (dont la Russie). Le mot était devenu synonyme de Scandinave.

2. Paysan viking libre, marchand et navigateur.

fois à Souarcy. Pourtant, une prudence inattendue l'en dissuadait, d'autant que le volume était peu maniable. Tant pis, il reprendrait sa lecture plus tard, regagnant la bibliothèque dès vigiles*.

Il se leva, moucha la mèche de sa petite lampe à huile, dont l'avantage était de moins fumer qu'une torche et d'être si commune que nul au manoir ne remarquerait sa disparition, contrairement à celle de chandelles ou de bougies, fort dispendieuses et donc reportées sur l'inventaire de cuisine. Il descendit vers la réserve.

Rome, palais du Vatican, juin 1304

Le camerlingue[1] Honorius Benedetti s'émerveilla du soulagement que lui apportait le ravissant éventail fait de minces plaques de nacre. Il lui avait été offert un petit matin – après une longue courte nuit – par une dame rosissante de Jumièges. Un joli souvenir, vieux de plus de vingt ans. Un des derniers souvenirs que lui eût laissé sa brève vie laïque avant que la Grâce ne l'effleure pour le laisser transformé et, sur le coup, désemparé. Fils unique d'un gros bourgeois de Vérone, il avait été joyeux compagnon et amoureux du beau sexe. Fort peu de chose le prédisposait à la robe, et certainement pas son goût marqué pour les manifestations matérielles de la vie, du moins lorsqu'elles se révélaient agréables. Toutefois, son ascension dans la hiérarchie religieuse avait été fulgurante. Une vaste intelligence doublée d'une immense culture – et, il l'avouait, d'une ruse de bon aloi – l'y avaient aidé. Un goût certain pour le pouvoir, ou plutôt pour les possibilités qu'il offre à qui sait le manier, également.

1. Chef de la Chambre apostolique et de toute l'administration financière en plus d'un rôle de confident-conseiller du pape.

Honorius Benedetti ruisselait de sueur. Une éprouvante chape de chaleur assommait la ville depuis des jours, semblant bien décidée à ne la lâcher plus jamais. Le jeune dominicain assis en face de lui s'étonnait de son visible inconfort. L'archevêque Benedetti était de taille modeste, menu, presque fluet, au point que l'on se demandait d'où lui venait toute cette eau qui trempait le duvet gris de ses cheveux et dévalait de son front.

Le prélat détailla le jeune moine intimidé, dont les mains, posées bien à plat sur les genoux, tremblaient un peu. Ce n'était pas la première accusation d'abus, de sévices dont se rendait coupable un inquisiteur qui parvenait jusqu'à lui. Robert le Bougre*, peu avant, leur avait assez causé d'ennuis, de dégoût aussi. L'enquête menée à la demande de l'Église avait révélé de telles horreurs que Grégoire IX, pape de l'époque, en avait perdu le sommeil. Il est vrai que s'étalait devant lui la faiblesse de son calcul de naguère, puisqu'il avait vu en cet ancien parfait[1] cathare* repenti un providentiel « révélateur » d'hérétiques.

– Frère Bartolomeo, reprit le camerlingue, ce que vous venez de me révéler sur ce jeune inquisiteur, ce Nicolas Florin, me plonge dans l'embarras.

– Croyez bien, Éminence, que cela me désespère, s'excusa Bartolomeo.

– Si l'Église, forte de la constitution *Excommunicamus* de notre regretté Grégoire IX, a souhaité recruter ses inquisiteurs parmi les dominicains – et dans une moindre mesure les franciscains – c'est certes en raison de leur magnifique connaissance de la théologie, mais également de leur modestie et de l'indulgence qui est la leur. Il a toujours été évident

1. Membre de l'Église cathare* pratiquant un ascétisme (sexuel, alimentaire...) sans faille.

à nos yeux que la torture n'était que l'ultime moyen d'obtenir des aveux et de sauver ainsi l'âme du pécheur accusé. Y recourir dès l'initiation du procès est... Le terme d'« inacceptable » que vous venez d'utiliser est adéquat. Car de fait, il existe avant une... comment dire, une escalade de réprimandes et de peines que l'on peut, que l'on doit appliquer qu'il s'agisse d'un pèlerinage, alourdi ou non de la Croix, d'une flagellation publique ou d'une amende.

Frère Bartolomeo réprima un soupir de soulagement. Ainsi, il ne s'était pas trompé. Le prélat était à la hauteur de sa réputation de sagesse et d'intelligence. Pourtant, lorsque après trois heures de patience dans une antichambre à l'atmosphère étouffante, on l'avait introduit dans le bureau de ce secrétaire particulier du pape, il avait éprouvé un moment d'appréhension. Comment réagirait le camerlingue à ses accusations ? Et puis, en son âme et conscience, Bartolomeo était-il certain de la nature précise de ce qui l'avait poussé à requérir cette entrevue ? S'agissait-il d'une belle soif de justice ou s'y mêlait-il autre chose d'inavouable : une délation contre un frère redouté ? Car, inutile de se leurrer, le frère Nicolas Florin le terrorisait. Étrange comme ce jeune homme au visage d'ange semblait éprouver une sorte de délectation malsaine à brutaliser, torturer, mutiler. Il plongeait les mains dans les chairs exposées et hurlantes sans que l'ombre d'un déplaisir ne ride son beau front ni ne trouble son regard.

– Certes, Éminence, puisque notre seule urgence est d'obtenir le repentir, osa Bartolomeo.

– Hum...

Honorius Benedetti redoutait plus que tout une sinistre répétition de l'affaire Robert le Bougre. Une colère sourde se mêlait à son embarras politique. Les abrutis. Innocent III* avait posé les règles de la procédure inquisitoire par la bulle *Vergentis in senium*. Son projet n'était pas l'extermination d'individus mais l'éradication des hérésies qui menaçaient les fondements de l'Église en brandissant, entre autres, la pauvreté du Christ comme modèle de vie – modèle peu prisé si l'on en jugeait par l'extrême richesse foncière de la plupart des monastères. Quant à Innocent IV*, il avait franchi l'étape ultime en autorisant, dès 1252, le recours à la torture dans sa bulle *ad Extirpanda*.

Des tortionnaires, d'ineptes et vils tortionnaires. Honorius Benedetti ne savait plus ce qui, de la rage ou du chagrin, l'emportait chez lui. Cependant, s'il voulait être honnête, lui aussi avait accepté l'idée ahurissante que l'amour du Sauveur soit, parfois, imposé par la coercition, voire l'extrême violence. Il s'était absous en songeant qu'un pape l'avait devancé dans cette voie. Ce qui importait au fond n'était-il pas l'incommensurable bonheur d'avoir pu sauver une âme, d'avoir pu la ramener dans le berceau du Christ[1] ?

Ce jeune Bartolomeo et son amour des hommes le mettaient dans une épineuse situation, puisqu'il ne pouvait plus feindre l'ignorance. Quelle bêtise de l'avoir reçu ! Il aurait bien mieux fait de le laisser moisir dans l'antichambre. Peut-être aurait-il fini par partir, vexé ou ennuyé ? Non, celui-là n'était pas de la race qui se lasse ou perd patience. Sa petite bouche sèche de chaleur, le courage qui se lisait dans son maintien alors que la peur baignait son regard, ses mots hachés de timidité mais fermes, tout trahissait chez lui l'obstination des purs et, d'une certaine façon, rappelait à l'archevêque Honorius Benedetti sa lointaine jeunesse. Ne lui restait qu'une désagréable alternative : sévir ou absoudre. Absoudre revenait à cautionner une cruauté inacceptable et à alimenter les critiques qui s'élevaient parmi les penseurs de l'Europe

1. Bien que difficile à admettre pour l'esprit moderne, il s'agissait là de la justification de l'Inquisition.

tout entière. C'était également tendre à Philippe IV de France des verges pour se faire battre, et cela bien que ce dernier n'eût pas dédaigné le recours à l'Inquisition* par le passé. C'était – et l'infantilisme de ce dernier argument le fit presque sourire – décevoir ce jeune homme assis en face de lui qui croyait que l'on peut gouverner sans jamais se satisfaire d'accommodations avec la foi. Alors, sévir ? Le prélat aurait assez apprécié d'en découdre avec ce Nicolas Florin. Lui faire rentrer dans la gorge ce pouvoir qu'il souillait. Exiger son excommunication, peut-être. Cependant, en châtiant une brebis galeuse, il risquait de faire retomber l'opprobre sur tous les dominicains et les quelques franciscains nommés inquisiteurs, et par voie de conséquence sur la papauté. Et de l'opprobre à la rébellion, il y a souvent peu de chemin à parcourir.

Les temps étaient si troublés, si mouvants. Le moindre scandale serait monté en épingle, on pouvait faire confiance au roi de France et à d'autres monarques qui n'attendaient que cette occasion.

Un des innombrables chambellans qui hantaient le palais papal pénétra à cet instant comme une ombre dans son bureau pour se pencher à son oreille, et lui signaler dans un murmure l'arrivée de son prochain rendez-vous. Il le remercia avec une effusion inhabituelle. La mauvaise excuse qu'il attendait pour se débarrasser du jeune moine se présentait enfin.

– Frère Bartolomeo, on m'attend.

L'autre se leva d'un bond en rougissant. Le camerlingue le rassura d'un petit geste en poursuivant :

– Je vous remercie, mon fils. Je ne puis, vous le comprenez, décider seul du sort que nous réserverons à ce Nicolas Florin... Cependant, soyez assuré que Sa Sainteté ne tolérera pas plus que moi de telles monstruosités. Elles sont contraires à notre foi et nous discréditent tous. Allez en paix. Justice sera promptement rendue.

Bartolomeo sortit du vaste bureau comme porté par une aile. Quel sot il avait été de tant douter, de tant craindre ! Son bourreau quotidien, celui qui le harcelait, l'humiliait, le tentait, disparaîtrait bientôt de ses jours. De ses nuits aussi. Le tortionnaire de tant de petites gens allait s'évanouir comme un cauchemar.

Il adressa un vague sourire à la silhouette encapuchonnée qui patientait dans l'antichambre. Ce n'est qu'une fois dehors, comme il traversait de la démarche euphorique des vainqueurs l'immense place, qu'il songea que l'individu devait avoir bien chaud, si lourdement vêtu.

Forêt des Clairets, Perche, juin 1304

La brume environnait Clément, dense et si basse qu'il voyait à peine où il posait les pieds. Les brumes sont fréquentes dans ce coin de terre. Agnès les trouvait poétiques. Elle affirmait que ces nappes qui s'accrochaient aux herbes folles et aux buissons estompaient les contours trop tranchants des choses. Mais aujourd'hui, ce voile s'alourdissait d'une suffocante odeur de mort.

Une myriade de mouches grises grouillait, rampait, s'affolait sur la charogne pestilentielle. Un lambeau de chair à demi arraché pendait de sa joue vers le sol, soulevé rythmiquement par le travail obstiné d'une colonie de petits scarabées qui foraient une galerie sous l'os de sa pommette. Le haut de sa cuisse et ses fesses avaient été rongés, rognés jusqu'à l'os.

L'enfant en laissa tomber à ses pieds le cranequin[1] qu'Agnès avait exigé qu'il emportât avec lui dans ses courses à travers forêt afin de se protéger. Il avança encore d'un pas,

1. Petite arbalète légère pourvue d'un mécanisme de tension facilitant le positionnement des flèches.

surmontant avec peine les hoquets qui ramenaient une salive amère dans sa gorge.

Il s'agissait d'un homme, sans doute un paysan, à en juger par ses hardes souillées d'humeurs visqueuses et de sang séché. Il gisait sur le côté, la face tournée vers le ciel, ses orbites vidées contemplant le soleil au déclin. Sa peau sèche, noirâtre et tannée, surtout sur les avant-bras et les mains, semblait s'être racornie comme sous l'effet d'un grand brasier. Avait-il été attaqué ? S'était-il défendu ? L'avait-on brûlé pour lui dérober quelque chose ? Quoi ? Ces gueux ne transportaient rien qui eut une quelconque valeur. Néanmoins, Clément regarda autour de lui, scrutant les taillis et les bosquets. Aucune trace de feu. Encore un pas, puis deux. Parvenu à moins d'un mètre de l'homme, il se contraignit à humer. Les relents exhalés par la chair putréfiée lui donnaient envie de vomir. Pourtant, il ne détecta nulle odeur de bois carbonisé, de fumée. L'enfant recula vivement, plaquant une main sur sa bouche. Il n'avait pas peur. Les morts ont ceci de dissemblable d'avec les vivants : ils sont sans calculs et inoffensifs. D'autant que ce qu'il voyait allongé sur l'humus ne ressemblait en rien aux descriptions de pesteux qu'il avait lues.

Un long bâton de marche de paysan traînait à quelques mètres du cadavre, aux pieds de Clément. Il le ramassa afin de l'examiner. Le bois de frêne semblait jeune. Il avait cette couleur de crème pâle d'une branche récemment taillée. Nulle trace de sang sur le bâton. Un détail le surprit : l'embout de métal en pointe qui le terminait et augmentait sa prise dans le sol. Quel paysan aurait eu recours à cette onéreuse finition quand il pouvait tailler autant de branches qu'il le voulait ? Clément pointa le bout armé de fer vers le mort, visant sa main. Il la heurta d'un coup sec. Le poignet se rompit partiellement et l'index se détacha, tombant au sol.

Depuis quand le cadavre se trouvait-il dans cette minuscule clairière, à près d'une demi-lieue de la première habitation ? Difficile à évaluer, notamment en raison de cet épiderme racorni et brunâtre. Cependant, il n'y avait plus de mouches bleues, en dépit du fait que la saison leur était propice. Il contourna la pauvre dépouille et s'accroupit à un mètre. Par une déchirure de la chemise en lin, Clément distingua une large cloque remplie d'humeur jaunâtre qui s'étalait en haut des reins. Visant à nouveau du bout du bâton, il la creva. Il tourna la tête à temps pour ne pas vomir sur ses braies. Une multitude d'asticots cascada de la plaie creusée. Les mouches bleues avaient eu le temps de pondre et les larves s'étaient développées, favorisées par la tiédeur de la saison. L'homme devait être mort depuis une quinzaine de jours, trois semaines tout au plus.

Clément se redressa, pressé soudain de poursuivre son chemin. Nul ne pouvait plus rien pour ce pauvre hère. L'enfant était bien décidé à ne raconter sa découverte à âme qui vive, peu désireux de devoir refaire tout ce chemin afin de guider les gens du bailli. Une incongruité le frappa. L'homme portait les cheveux mi-longs. Jadis sans doute châtains clairs, quoi qu'il fût ardu d'en juger maintenant qu'ils étaient collés de boue, de détritus végétaux et de vermine. Pourtant, on apercevait encore la marque de la petite tonsure sur le haut du crâne. La chevelure avait repoussé, pas suffisamment toutefois pour gommer le souvenir du couteau de barbier. De qui pouvait-il s'agir ? D'un ecclésiastique ou d'un de ces lettrés qui requéraient la tonsure par dévotion et envie de pénitence ?

La curiosité fut plus forte que le malaise que lui occasionnait la proximité des restes puants. Clément vida sa musette des croûtes de pain et des herbes qu'elle contenait et enfouit sa main droite à l'intérieur. Protégé par ce gant improvisé, il tira doucement les haillons répugnants qui couvraient l'homme. La sueur ruisselait sur le visage de l'enfant, trempant ses yeux, pourtant, la nausée qui le tenait depuis un moment cédait place à l'excitation, au point que les miasmes ne l'affectaient plus autant. Il bagarra contre les insectes que son intrusion au milieu de leur festin exaspérait, les chassant de sa main gantée, et inspecta chaque centimètre du défunt. Pourquoi cet homme était-il si pauvrement habillé s'il s'agissait d'un lettré ? Pourquoi ne portait-il pas la robe s'il s'agissait d'un moine ? Voyageait-il à pied ? D'où venait-il ? De quoi était-il mort ? Avait-il succombé dans cette clairière, ou l'y avait-on abandonné après l'avoir carbonisé partiellement ailleurs ? Malheureusement, l'état de ses mains ratatinées comme un vieux cuir ne lui permit pas de déterminer si le macchabée avait été un savant ou un paysan. Rien, aucun objet, aucune particularité autre que cette ancienne tonsure ne venait à son aide. Avait-il été dévalisé ? Avant ou après son décès ? Et puis, une évidence s'imposa dans son esprit : les cheveux, les poils du torse qui adhéraient encore à l'épiderme rongé de vermine, ceux des avant-bras. Ils étaient intacts bien que souillés d'humeurs. Les vêtements, déchiquetés, en lambeaux, étaient vierges de toutes roussissures. L'homme n'avait pas été carbonisé sans quoi, ils eussent brûlé avant même que la peau ne soit attaquée par la morsure des flammes.

Clément batailla contre le corps massif pour le retourner sur le dos, et faillit être entraîné sous son poids. Il décolla doucement le gros tissu qui adhérait aux chairs abdominales. Les viscères pullulaient de larves blanchâtres. C'est alors qu'il remarqua, dans la mince langue d'herbe écrasée sur laquelle avait reposé le flanc de l'homme, une sorte de trou creusé, guère plus large que le diamètre d'une pièce. On eut dit que quelqu'un avait enfoncé son doigt dans l'humus. Clément gratta avec prudence. Recouvert de quelques centimètres de feuilles, de terre, patientait un sceau. Il débarrassa la médaille de cire et l'examina. Sa bouche se dessécha. L'anneau du pêcheur ! Le sceau papal. Il en était certain, l'ayant déjà rencontré dans la bibliothèque privée des Clairets. Mais qui était cet homme ? Un émissaire du pape en déguisement ? Avait-il tenté d'enfouir le sceau avant de mourir afin de le dérober aux regards ? Qu'était devenue la missive personnelle[1] que ce sceau protégeait ? L'avait-il délivrée à l'abbaye des Clairets, seule congrégation religieuse d'importance aux environs ? Le regard de l'enfant fouilla les alentours immédiats de la petite cavité. Qu'était cette marque située à une trentaine de centimètres ? On eut dit une lettre. Il s'allongea, souffla sur la poussière de terre sèche. Une jambe incurvée, bien nette, apparut comme celle commençant un *m* ou un *n*, ou peut-être même un *b* ou un *d* majuscules. Non, il y avait aussi une petite barre latérale, un peu plus bas... Un *E* ? Non, à n'en point douter, il s'agissait d'un *A*. Sans trop savoir ce qui motivait son geste, il la balaya du bout des doigts, l'effaçant totalement. Il s'attarda encore quelques instants afin de reboucher l'orifice qui lui avait révélé le sceau.

Que signifiait ce *A* ? S'agissait-il de l'initiale d'un nom, d'un prénom ? Ceux de son meurtrier ? D'un être cher à rejoindre, à prévenir ? Le mort avait-il voulu laisser un signe à ceux qui le découvriraient ? Si tel était le cas, il était donc bien mort dans cette clairière, et son agonie avait duré assez longtemps pour qu'il dissimule le sceau et trace ce signe.

Clément fit taire la litanie de questions qui se bousculait dans son cerveau. Il fallait partir, et vite. S'il s'agissait bien d'un messager de cette importance, il était fort probable qu'on le recherche, ou du moins que l'on recherche la lettre

1. Le sceau de cire, ou anneau du pêcheur, a remplacé dès le XIIIe siècle la bulle de plomb qui scellait les missives personnelles du pape puis la correspondance de ses secrétaires.

dont il était porteur. Les hommes du bailli seraient prêts à n'importe quoi pour plaire à leur chef et au comte d'Authon, leur maître, sans oublier le pape. N'importe quoi, même faire griller un garçon innocent pourvu qu'on leur fiche la paix ensuite.

Clément enfouit le sceau dans sa musette et détala bien vite.

Chapelle du manoir de Souarcy-en-Perche,
juin 1304

Une ombre se coula derrière les piliers de la petite chapelle dans un gémissement d'étoffe indisciplinée. Frère Bernard dînait en compagnie d'Agnès, le temps était compté entre les services.

Mabile n'était pas mécontente d'elle. La dame de Souarcy lui ayant indiqué qu'elle souhaitait remercier son bon chapelain, la servante avait préparé un vrai repas de fête. Six services, rien de moins. Après la mise en bouche composée d'une assiette de fruits frais dont l'acidité était propice à favoriser la digestion, était venu un potage au lait d'amande. Pour le troisième service, la servante s'était décidée en faveur de cailles en broche avivées d'une sauce de poivre noir. Cette insupportable Agnès de Souarcy faisait tant de manières de table que les petits volatiles requéreraient d'elle un long effort. Frère Bernard, à n'en point douter, l'imiterait, donnant ainsi un peu de temps à Mabile pour passer à l'attaque. Il était jeune et bien tourné, et la tonsure lui donnait l'air en permanence étonné et jovial. Mabile se serait volontiers laissée aller à la séduction. Jusque-là, ses prudentes tentatives s'étaient soldées par un échec. Avait-il conçu quelque tendresse inavouable pour la dame de Souarcy ? Cette pensée fit saliver Mabile. Eudes de Larnay serait heureux d'une telle nouvelle. Il se montrerait un peu tendre et surtout généreux pour l'en remercier. L'humeur de la fille s'assombrit aussitôt. Heureux ? Certes pas. Satisfait mais fou de rage, plutôt. Il lui faisait parfois peur. Souvent. Il y avait une telle haine en lui, une telle consumation. On eut dit que tout ce qui touchait Agnès le vrillait en dedans. Il s'acharnait contre elle sans retirer aucun apaisement de ses projets de vengeance. Et pourtant, Mabile l'aidait, mieux, elle anticipait ses désirs de carnage. Elle ignorait au juste pour quelle raison. Aimait-elle son maître ? Sans doute pas. Elle désirait qu'il s'affale sur son ventre, qu'il la prenne comme une catin ou comme une dame, au gré de son envie. Elle aimait lorsque parfois, après l'amour, il murmurait avant de sombrer dans le sommeil : « Agnès, ma douce. » Il ne pensait alors pas à elle ? Quelle erreur. Elle était sa seule Agnès et il devait s'en contenter. Mabile refoula les larmes de fureur qui lui montaient aux yeux. Un jour... Un jour elle aurait tiré assez d'argent de son bon maître pour partir, sans lui accorder un seul regret. Elle s'établirait dans une ville comme orfraiseuse[1]. Elle était patiente et habile. Finalement... La fable d'une faiblesse d'Agnès pour son chapelain lui plaisait assez puisqu'elle était de nature à abîmer la réputation de la bâtarde et à blesser son maître. L'aigreur de Mabile s'envola aussitôt, remplacée par une jubilation mauvaise.

Le registre dans lequel étaient consignés les naissances et les décès du manoir devait se trouver dans la petite sacristie attenante. Mabile s'y faufila sans hésitation. La rage la secoua. Il lui plaisait d'être l'artisan de la ruine d'Agnès. Elle

1. Brodeuse spécialisée dans la réalisation d'orfrois, passementeries, broderies d'or qui ornaient les vêtements précieux.

y trouvait une consolation au mal qui la dévorait : l'envie. Selon elle, si l'on devait s'accommoder de l'état naturel des choses qui prescrit que les manants s'échinent au labeur pendant que les seigneurs font vœu de les protéger, des transfuges comme Agnès étaient intolérables. Elle avait fui sa condition grâce à un mariage. Bâtarde, Agnès n'était qu'une bâtarde, fille de suivante, comme Mabile. Pourquoi elle ? Si le vieux comte Robert n'avait craint les foudres de l'au-delà, qu'il pressentait à mesure que s'amenuisait son temps, il ne l'eut pas reconnue. Il avait assez dispersé sa semence dans les masures et les fermes de son domaine. Pourquoi Agnès ? Pourquoi Mabile, née d'une union consacrée et de condition plus enviable que bon nombre puisque son père était un ongles-bleus[1] de Nogent-le-Rotrou, obtiendrait-elle moins qu'une bâtarde, même noble ? La détestation qu'elle ressentait pour la dame de Souarcy lui donnait parfois des vertiges. Même si Eudes de Larnay ne l'avait rétribuée pour ses quotidiennes trahisons, elle l'aurait servi.

Le gros registre était posé sur un lutrin de bois. Mabile le feuilleta à la hâte, remontant le temps jusqu'en l'année 1294, naissance de cette verrue de Clément qui l'épiait sans vergogne. Elle déchiffra les colonnes noircies d'une grosse écriture, celle du précédent chapelain, décédé si l'on en croyait les lettres plus élégantes qui poursuivaient le registre, à la minuit du 16 janvier 1295. Mabile se souvint de cet hiver meurtrier. Elle était encore enfante. Enfin, son index s'arrêta sur la mention qu'elle cherchait : Clément, fils posthume de Sybille, né le 28 décembre 1294 à la nuit.

Vite, les cailles ne dureraient pas éternellement. Elle

1. Teinturier travaillant le plus souvent pour un marchand drapier et teignant la laine et le drap, la teinture de la soie étant réservée aux merciers. La guède, piment bleu fréquemment utilisé pour la laine, teintait la peau de leurs mains.

devait être revenue en cuisine pour accompagner Adeline lorsqu'elle servirait l'entremets, un bien classique mais délicat blanc-manger au lait de chèvre. La desserte serait un nougat noir fait de miel bouilli, de noix de l'année précédente et d'épices, le tout réduit ensemble. Quant à l'issue, elle avait préparé un vin d'hypocras, mélange de vin rouge et blanc sucré de miel, odorant de cannelle et de gingembre.

Elle referma le volume et se précipita en cuisine, arguant devant l'œil étonné d'Adeline que la chaleur du soir l'alourdissait tant qu'elle avait dû se rafraîchir à l'air du dehors.

– C'est qu'ils ont terminé l'troisième service, protesta faiblement l'adolescente. J'savais que faire.

– Asseoir la desserte sur un tranchoir[1] fin, et verser l'hypocras dans la carafe afin qu'il respire, idiote ! Et madame Agnès exige que chacun ait son tranchoir, ne l'oublie pas... Nous ne sommes pas chez les gueux... Toujours répéter la même chose, quelle lassitude ! siffla Mabile.

Adeline baissa la tête. Elle avait tant l'habitude de se faire tancer par l'autre qu'elle l'entendait à peine.

La conversation allait bon train dans la grande salle. Mabile évalua la distance qui séparait sa maîtresse du chapelain, se demandant s'ils ne s'étaient pas un peu rapprochés l'un de l'autre. Agnès semblait détendue. Pourtant, son malaise avait été palpable lors de la visite de son demi-frère. La servante traîna un peu de l'oreille dans l'espoir de surprendre une bribe compromettante, mais l'échange qui avait lieu ne valait pas rapport à son maître :

– Je ne comprends guère comment la castration pourrait guérir de la lèpre, des hernies et de la goutte, argumentait Agnès. Ce sont là affections bien différentes, et l'on sait que les pauvres lépreux qui l'ont subie en la maladrerie de Char-

1. Tranche de pain dur qui faisait office d'assiette.

tagne, aux abords de Mortagne, ne s'en sont pas trouvés mieux.

– Je ne suis pas expert en science médicale, madame, mais je crois avoir compris que des humeurs semblables seraient en jeu dans ces pathologies.

La bonne humeur constante de frère Bernard le prédisposait davantage aux choses plaisantes. Aussi abandonna-t-il les goutteux et les lépreux pour s'extasier à nouveau sur les cailles qu'il venait de déguster.

Mabile regagna les cuisines. Une insistante charade l'occupait depuis un moment. Pourquoi le patronyme de cette Sybille, l'ancienne demoiselle de sa maîtresse, ne figurait-il pas sur le registre ? N'avait-elle pas été enterrée chrétiennement ? Sa tombe surmontée d'une croix avait été creusée en bordure du lopin réservé aux serviteurs qui jouxtait le cimetière des seigneurs, de leurs épouses et de leur descendance. Quelques Souarcy avaient été enterrés sous les dalles de la chapelle mais, faute de place, il avait fallu consacrer trois ares de terre déboisée à une bonne centaine de toises de la chapelle. En dépit de son animosité envers Agnès, Mabile reconnaissait que les seigneurs de Souarcy avaient toujours réservé un sort digne aux dépouilles de leurs gens. Pas comme tant d'autres qui refoulaient les défunts au charnier communal lorsque nulle famille ne les réclamait. Au demeurant, Eudes de Larnay ne s'embarrassait pas de ce genre de sensibilité avec sa domesticité. Elle secoua la tête d'exaspération. Qu'avait-elle à faire de la mansuétude de la dame de Souarcy ! Là n'était pas sa mission. Une question lui traversa l'esprit : la bordure qui avait accueilli le corps de la mère de Clément était-elle en terre consacrée ? Il lui faudrait se renseigner. Que Sybille fût fille-mère n'étonnait pas Mabile. Il s'agissait d'un aléa fréquent pour les filles destinées au service. Elles se retrouvaient grosses d'un fruit malvenu et leur alternative était limpide : l'avortement, bien souvent suivi du décès de la mère, ou une grossesse menée à terme dans la discrétion, pour peu que le maître fût juste. Cependant, comment se pouvait-il que Clément n'y fût désigné que par un seul prénom ? Qui étaient ses parrain et marraine, sans la présence desquels un baptême était impossible ? Leurs noms et prénoms auraient dû figurer sur le registre à la suite de celui de l'enfant. Ce baptême lui semblait bien clandestin pour être tout à fait catholique.

Clément patienta encore quelques instants, l'oreille aux aguets, puis se rassura tout à fait. Mabile ne reviendrait plus ce soir, ayant mené à bien son travail d'espionnage dans la chapelle. Il rampa à quatre pattes du bosquet de chèvrefeuilles dans lequel il était tapi. Une suée d'anxiété mouillait sa chemise. Il ne fallait pas être grand clerc pour deviner ce que cette malfaisante était venue chercher. Ainsi, il avait vu juste : elle savait lire. Il se reprochait de ne pas avoir su anticiper cette nouvelle ruse. Il aurait dû faire disparaître le registre des naissances et des décès, même sans s'en ouvrir auprès d'Agnès, qui eut sans doute condamné cet acte qui privait Souarcy de sa mémoire.

Il en était certain, les babines d'Eudes de Larnay se retroussaient. Ses mâchoires claqueraient sous peu. Leur chair était exposée, vulnérable.

Le temps était si clair, si bienveillant. Parfois, au hasard d'une trouée dans les frondaisons, Agnès apercevait un ciel d'un bleu sans faute. La barque coulait lentement sur la rivière. Elle s'était allongée, son dos reposant contre la poupe. Elle était seule, d'une douce solitude. Sa main droite frôlait la surface paisible de l'eau. Un remous soudain agita la frêle embarcation. Elle se redressait, scrutait l'élargissement des rides qui se propageaient autour de la coque. Qu'était-ce ? Un courant inattendu ? Un gros animal aquatique ? Menaçant ? L'agitation reprenait, encore plus vive. Le bateau se cabrait, oscillant dangereusement. Elle voulait crier à l'aide mais aucun son ne sortait de sa gorge. Soudain, une petite voix impérieuse murmurait à son oreille :

– Madame, madame, je vous en conjure, réveillez-vous sans bruit !

Agnès se redressa et s'assit dans son lit. Clément la fixait, sa tête encadrée par les tentures du baldaquin. Le soulagement d'Agnès fut de courte durée. Elle murmura à son tour :

– Mais que fais-tu dans mes appartements ? Quelle heure est-il ?

– Après vigiles, madame, mais avant l'aube.

Elle répéta sa première question :

– Que fais-tu chez moi ?

– J'ai attendu que Mabile et les autres serviteurs soient endormis. Pendant que vous soupiez avec frère Bernard, elle est allée consulter, avec la plus grande filouterie, le registre de la chapelle.

Agnès, parfaitement éveillée maintenant, conclut :

– Cela nous conforte sur un point : elle sait lire.

– Assez pour se livrer à ses mauvaisetés.

– Qu'en penses-tu ? Il y a fort à parier qu'elle cherchait l'origine de ta naissance ou la mention de la mort de Sybille.

– C'est aussi ma conviction.

– Que peut-elle déduire de ces lignes ? réfléchit Agnès à haute voix.

– Je suis passé derrière elle afin de les relire, d'imaginer où sa vilenie pouvait la conduire. Je n'ai qu'un prénom, et ceux de mon parrain et de ma marraine n'y figurent pas.

Quant à Sybille, je vous rappelle, madame, que son décès n'est nulle part consigné. Elle était hérétique et refusait les sacrements de notre Sainte Église.

– Chut... Tais-toi, ne prononce jamais ce mot. Tout cela est terminé. Gisèle était ta marraine et quant à ton parrain, nous ne pouvions pas prendre ce risque... Le seul qui eut offert quelque sécurité était mon ancien chapelain, mais il était à l'agonie et nous a quittés peu après. De plus, il aurait fallu lui avouer... C'était impossible. C'est la raison pour laquelle Gisèle et moi avons décidé de ne porter aucun nom. Un seul eut été plus dommageable. Au pire, si une analyse du registre était ordonnée, nous pouvions prétendre qu'il s'agissait de l'erreur d'une main affaiblie et d'un cerveau que la mort obscurcissait déjà.

– Mon baptême n'est donc pas... Car c'est comme si je n'étais pas baptisé, n'est-ce pas ? demanda Clément d'une petite voix tremblante.

Elle plongea son regard bleu gris dans celui de l'enfant, et l'encouragea d'un geste à s'asseoir à ses côtés.

– Clément, le seul jugement qui pèse véritablement sur nous est celui de Dieu. Les hommes, quels qu'ils soient, ne sont que Ses laborieux interprètes. Quel fou gonflé d'orgueil pourrait prétendre comprendre tout de Ses désirs, de Ses projets, et de Sa réalité ? Ils sont impénétrables et nous ne faisons que les entrevoir.

Ses paroles la tétanisèrent. Elles lui étaient venues dans le seul but de rassurer l'enfant. Pourtant, jamais rien de ce qu'elle avait formulé pour décrire ses tâtonnements sur le chemin de Dieu ne lui avait paru aussi sincère. Commettait-elle une grave erreur, un blasphème ?

– Est-ce bien là votre pensée, madame ?

Elle répondit sans hésiter :

– Elle me sidère moi-même, mais en vérité, c'est ce que

je crois. Ton baptême t'a mené entre les bras de Dieu, Clément. Deux femmes t'y ont conduit – Gisèle et moi – et nos cœurs étaient grands ouverts.

L'enfant se laissa aller contre elle en soupirant. Après quelques instants, il s'enquit :

– Qu'allons-nous faire au sujet de cette traîtresse, madame ?

– Comment compte-t-elle prévenir mon frère, car il est l'instigateur de ses sombres manigances ? Larnay est loin. Le voyage à pied lui prendrait deux jours. Eudes se serait-il associé les services d'autres nervis qu'il aurait chargés des messages ?

– J'en doute fort, madame. Eudes est sot, toutefois pas au point d'ignorer que plus il multipliera les complices, plus son secret aura de chances de lui échapper.

– Tu as raison. Mais alors, comment le renseignera-t-elle ? Il ne vient qu'assez rarement à Souarcy, Dieu grand merci.

– Je le découvrirai, je vous le promets. Reposez maintenant, madame, je rejoins ma tanière.

Clément s'était aménagé une sorte de chambre dans les combles du manoir. Il avait choisi l'endroit précis avec grand soin. Une échelle de meunier qu'il avait construite trop fluette pour encourager l'ascension d'un poids adulte lui permettait d'y accéder depuis le bout du couloir qui desservait l'antichambre et la chambre de sa maîtresse. Ainsi, il pouvait surveiller quiconque s'en approchait. Autre précieux avantage, cette petite lucarne d'aération qui ventilait les combles et lui permettait d'entrer et de sortir au prix d'une escalade de cordage à bœufs sans se faire surprendre par la domesticité.

Carcassonne, juin 1304*

Un long ange brun. Frère Nicolas Florin s'arrêta soudain. La tonsure n'avait pas enlaidi le jeune homme, bien au contraire. Elle prolongeait son haut front pâle, lui donnant l'allure d'une altière chimère.

Frère Bartolomeo de Florence se tenait à sa droite, le regard baissé vers ses mains jointes.

Nicolas murmura de cette étrange voix douce et pourtant si grave :

– Je me perds en conjectures. Pourquoi m'envoyer au Nord quand j'ai si bien servi le Sud, après l'émeute d'août dernier qui mit à feu et à sang notre bonne ville ? J'ai contribué à déjouer les plans sataniques de ce dévoyé de franciscain... honni soit Bernard Délicieux... Le nom ne fut jamais plus mal porté. Non, véritablement, je ne comprends pas, sauf à croire qu'il s'agisse d'une distinction, et mon instinct me souffle le contraire.

La longue main de Nicolas souleva le menton obstinément baissé de son souffre-douleur.

– Qu'en penses-tu, mon doux frère ? insista-t-il en plongeant un regard de velours sombre dans les yeux de Bartolomeo.

Le jeune moine avait la gorge sèche. S'il avait prié des nuits entières pour que survienne un miracle assez puissant pour le débarrasser de son tourmenteur, il en redoutait maintenant les conséquences. Il avait beau s'admonester, se répétant jusqu'à la nausée qu'il n'avait rien à craindre, que l'ordre de transfert était signé du camerlingue Benedetti, qu'il n'y était nullement mentionné, pas plus que la véritable raison de ce déplacement, rien ne le rassurait. Nicolas, sa fringale de pouvoir, son appétence pour la souffrance infligée, tout chez cet être trop beau, trop subtil, le terrorisait.

Il avait fallu peu de temps au naïf dominicain pour percevoir que la foi n'était pas le moteur de son compagnon de dortoir. L'entrée dans les ordres avait de tout temps pourvu d'un outil efficace certains ambitieux rejetons de peu de naissance.

Des confidences calculatrices de Nicolas, Bartolomeo avait appris qu'il était né d'un père enlumineur laïc de monsieur Charles d'Évreux, comte d'Étampes. Bien que manifestant peu de goût pour le travail des couleurs et des lettres, l'enfant, d'une vive intelligence, avait absorbé un savoir conséquent, aidé en cela par la magnificence de la bibliothèque du comte. Il avait été dorloté, choyé par une mère vieillissante que cette unique grossesse échue sur le tard dédommageait d'années de soupçons sur sa fertilité. À l'humiliation de la pauvre femme s'était ajoutée la crainte, puisqu'elle exerçait le métier de ventrière[1] au seul profit des dames de la suite de madame Marie d'Espagne, fille de Ferdinand II et épouse du comte.

Un jour qu'ils priaient côte à côte, Nicolas avait murmuré

1. Sage-femme.

à l'oreille de Bartolomeo dans un souffle qui l'avait fait frissonner :

– Le monde est à nous si nous savons le cueillir.

Une nuit, alors que Bartolomeo s'endormait dans l'obscurité fraîche de leur dortoir, il avait cru entendre :

– La chair ne se gagne pas, et si elle se partage, c'est affaire de faibles d'esprit. La chair se prend, elle s'arrache.

Les excès de Nicolas avaient commencé peu après son arrivée dans cette ville « à quatre couvents de mendiants* » qui comptait alors dix mille habitants. Bartolomeo était convaincu qu'ils avaient participé à la haine que leur vouait la population, et à son soulèvement contre le pouvoir royal et religieux.

Un souvenir serra le cœur du jeune dominicain. Cette pauvre fille, cette Raimonde dont la raison s'était égarée et qui affirmait être visitée au soir par des revenants. Encouragée par Nicolas, qui la guettait comme le chat la souris, elle avait tenté de prouver ses pouvoirs, qu'elle prétendait détenir de la Vierge. Elle s'était obstinée en incantations capables, selon elle, de navrer[1] rats et mulots. En dépit de l'absence de résultat qui avait mis un terme à ses efforts, Nicolas était parvenu à lui faire avouer le trépas d'une veuve de ses voisines, emportée par une mystérieuse fièvre de juillet, ainsi que des avortements de vaches. L'argument du jeune inquisiteur avait été bien mince, pourtant, il avait convaincu : la Vierge ne saurait communiquer un pouvoir mortifère, pas même vis-à-vis de malfaisants rongeurs. Seul le diable le concédait, contre une rémunération en âme. Les viscères de la pauvre folle pendaient de la table de questionnement. Son supplice avait été interminable. Nicolas regardait en souriant le sang qui gouttait des boyaux exposés et s'écoulait sans hâte vers la rigole centrale de

1. Transpercer gravement.

la salle souterraine, creusée à cet effet. Bartolomeo avait quitté le palais vicomtal comme on fuit, se détestant de sa lâcheté.

Au fond, le jeune homme était assez lucide pour se refuser un bienveillant aveuglement. La foi irradiait en lui, tout comme son amour pour les hommes. Il aurait pu trouver la force de lutter, voire, pourquoi pas, celle de défaire Nicolas. Mais une sorte de maléfice l'en empêchait, et lui-même en était l'auteur. Sa faiblesse lorsque la main de Nicolas frôlait son bras. Son inexcusable propension des débuts à chercher des justifications à ce qui n'était que débauches de cruauté de la part de son compagnon de dortoir. Bartolomeo aimait Nicolas d'un amour qui n'avait rien de fraternel. Il l'aimait et il le détestait. Il aurait voulu mourir et tout à la fois vivre afin de recueillir son prochain sourire. Certes, Bartolomeo n'ignorait pas que la sodomie se pratiquait entre religieux, tout comme le nicolaïsme[1]. Pas lui. Pas lui qui rêvait d'anges comme d'autres rêvent de filles ou de beaux atours.

Il fallait que le beau démon cruel parte, qu'il disparaisse à tout jamais.

– Je te parle, Bartolomeo. Qu'en penses-tu ?

Le jeune moine fit un effort surhumain pour répondre d'un ton plat :

– Je crois qu'il n'y a là que reconnaissance. Il ne s'agit certes pas d'une remontrance et encore moins d'une punition.

– Mais je vais te manquer, n'est-ce pas ? le tenta Nicolas.

– Oui...

Il disait vrai et il en aurait pleuré de rage, de chagrin aussi. La certitude que sa fascination morbide pour Nicolas serait la seule épreuve insurmontable qu'il devrait endurer le brisait.

1. Mariage ou concubinage des clercs, assez bien toléré avant le Xe siècle.

Forêt des Clairets, et manoir
de Souarcy-en-Perche, juin 1304

Les ronces et les herbes hautes retenaient encore la brume de la matinée. On eut dit que la terre, jalouse du ciel, sécrétait ses propres nuages. Avant, Gilbert en avait eu peur. Tous disaient qu'il s'agissait du souffle des revenants et que certains étaient si mécontents de leur sort, qu'ils vous tiraient jusqu'à eux pour vous entraîner dans les limbes. Mais sa bonne fée lui avait expliqué qu'il ne s'agissait là que de balivernes et de contes pour faire obéir les enfançons. La brume venait lorsque la terre était gorgée d'eau et que la chaleur la faisait s'envoler de l'humus. Rien d'autre. L'explication avait fort rassuré Gilbert, qui s'était soudain senti supérieur à tous ces idiots leurrés par des fables à dormir debout. Car sa bonne fée avait toujours raison.

Gilbert gloussait de satisfaction. Sa musette était déjà gonflée de morilles. Les pluies d'automne et les quelques feux de forêts de l'année passée leur avaient été favorables. Il n'en garderait qu'une bonne poignée pour lui, les faisant cuire sous la cendre ainsi qu'il les préférait. Le reste, tout le reste, était réservé à sa bonne fée. Car c'était une fée, une de celles qui s'étaient accoutumées à la vie des humains, qu'elles rendaient plus belle et douce, il en était certain.

Il essuya d'un revers de manche la salive qui lui dégoulinait le long du menton. Il jubilait.

Elle les aimait tant, les morilles qu'il cueillait chaque printemps pour elle. Oh, il l'imaginait déjà, les soupesant entre ses belles mains pâles, s'exclamant :

– Ah ça, Gilbert, ne sont-elles pas encore plus grosses que l'année précédente ? Mais où trouves-tu pareilles merveilles ?

Il ne lui dirait pas. Pourtant, il était prêt à tout pour lui plaire. Mais il n'était pas fou : s'il lui avouait ses endroits secrets où poussaient morilles, cèpes et girolles, il n'aurait plus de beaux cadeaux à lui offrir. Ce serait une trop grande peine, parce qu'alors, elle ne lui destinerait plus ce sourire de contentement. Tout comme ces magnifiques truites qu'il pêchait à la main dans les eaux fraîches de l'Huisne. Gilbert se rengorgea : lui seul connaissait les petites criques où les plus beaux poissons se reposaient. D'ailleurs, il prenait bien garde à ne pas être suivi de quelque curieux lorsqu'il s'y rendait, surveillant derrière son dos, l'oreille aux aguets. En demeurant immobile au milieu du courant léger, on pouvait presque les cueillir comme des fruits. Il en apportait chaque vendredi un couple à sa bonne fée, afin que son maigre fût plaisant.

Son humeur changea soudain, le laissant grave. Oh certes, il donnerait sa vie pour sa bonne fée. Pourtant, il avait si peur de la mort depuis qu'il avait couché dans le même lit, deux jours et trois nuits durant. La mort-aux-yeux-ouverts le fixait, même dans son sommeil, il l'aurait juré. Elle ne puait pas trop, il faisait si froid. C'était l'hiver... il avait oublié l'année. Un hiver si implacable que tant étaient morts, même au manoir, même le vieux chapelain et la demoiselle de sa bonne fée, celle qu'était grosse. La dame de Souarcy avait autorisé la chasse sur ses terres, de cela, il se souvenait fort bien puisqu'il avait piégé quelques lièvres. D'abord, il s'était poussé contre la mort-aux-yeux-ouverts dans l'espoir de se réchauffer encore un peu. En vain. À l'époque, il était bien petit et il ignorait que la mort aspire toute chaleur. Lorsqu'ils – les autres – s'étaient enfin inquiétés d'eux deux – la mort et lui –, ils avaient traîné la mort-aux-yeux-ouverts dehors, la balançant dans une charrette, sur un tas d'autres cadavres. L'un d'eux avait jeté :

– Qu'est-ce qu'on va faire de l'idiot maintenant que sa vieille a passé ? C'est une bouche superflue. Moi, j'dis qu'on le mène à l'orée de la forêt et qu'y se débrouille.

Une femme qui se tenait à l'écart avait protesté pour la forme :

– C'est pas chrétien ! Il est trop petit. Y va claquer en rien de temps.

– Y r'connaît pas sa tête de son cul, alors c'est pas si grave que si c'était un de nous.

– J'dis que c'est pas chrétien, avait insisté la femme avant de s'éloigner.

Il les dévisageait, le Gilbert de neuf ans, comprenant à peine ce qu'ils tramaient, sentant juste qu'avec cette mère qui bringuebalait juchée sur d'autres dépouilles, tout en haut d'une charrette qui s'ébranlait sous la traction des bœufs, s'éloignaient ses chances de survivre.

Blanche, la femme du mégissier[1], dont tous reconnaissaient la piété et le bon sens, avait déclaré :

– Mariette a raison. Ce n'est pas chrétien. C'est encore un enfant.

– C'est un sale écorcheur de chats, avait rétorqué l'homme désireux d'expédier au plus vite Gilbert vers un

1. Artisan travaillant le cuir de parure.

monde meilleur, et surtout un monde où l'on n'a plus à vous nourrir.

D'accord, il avait dépecé quelques chats du voisinage. Mais c'était moins grave que des chiens et puis, c'était pour fourrer de leurs peaux l'intérieur de ses sabots. Sans doute avait-il eu tort, on ne maltraitait pas ces animaux croqueurs des mulots qui ravageaient les réserves de grains, sauf ceux qui étaient noirs. Ceux-là, on les tuait assez volontiers, par prudence, puisqu'ils pouvaient aisément se transformer en hostelleries du démon.

Blanche avait jeté à l'homme un regard qui l'avait souffleté aussi sûrement qu'une gifle. Péremptoire, elle avait asséné :

– Je compte porter ce désaccord devant notre dame. Son jugement me donnera raison, j'en suis certaine.

L'homme avait baissé les yeux. Lui aussi en était sûr.

De fait, Agnès avait ordonné que l'on mène le simple d'esprit devant elle et prévenu qu'à l'avenir, tout coup, punition, châtiment injuste qui lui serait réservé encourrait son courroux.

Gilbert le Simple avait grandi en taille et en force à l'ombre du manoir, son esprit demeurant celui d'un petit enfant. Comme un enfant, il quêtait les marques d'affection de sa bonne fée, se faisait tendre et vulnérable lorsqu'elle caressait ses cheveux ou lui destinait une parole douce. Comme un enfant, une incontrôlable férocité pouvait le soulever lorsqu'il avait peur pour sa bonne fée ou pour lui. Sa force de titan, autant que la protection de la dame de Souarcy, avait découragé toute velléité d'humiliation ou de brutalité de la part des habitants du village.

Depuis quelque temps, un étrange instinct prévenait celui que tant appelaient le nigaud : le temps de la bête était proche. Elle cheminait vers eux. Gilbert s'affolait parfois au soir venu, incapable de préciser quelle forme emprunterait cette bête. Pourtant, il la sentait, il reniflait son approche. La crainte ne le lâchait plus et le poussait à se rapprocher de Clément, que pourtant il n'aimait pas, le jalousant pour la place privilégiée qu'il avait prise auprès d'Agnès. Mais ce dernier aimait aussi la bonne fée d'un bel et pur amour, le Simple le savait. Clément avait l'esprit qui lui manquait, en revanche, les muscles et l'ahurissante force de Gilbert lui faisaient défaut. À eux deux, ils pouvaient devenir le preux défenseur de leur dame. À eux deux, ils pouvaient repousser bien des menaces, peut-être même la bête.

L'humeur dangereuse qui l'habitait depuis quelques minutes vacilla aussitôt, emportée par un regain d'assurance. Encore quelques morilles, puis il ramasserait les simples que sa Fée lui avait demandées. Il connaissait tant de plantes et d'herbes capables d'étonnantes magiceries. Certaines guérissaient les brûlures, d'autres pouvaient tuer un bœuf. L'ennui était qu'il ignorait leurs noms. Il les repérait à leurs effluves plaisants ou leurs relents nauséabonds selon les cas, à leurs fleurs ou à la forme de leurs feuilles. L'hiver dernier, il avait ainsi soigné la mauvaise toux de sa dame en quelques décoctions. Une fois sa cueillette terminée, il rentrerait. La faim le tenaillait depuis un moment.

Tiens, il savait trouver une jolie récolte, juste derrière ce taillis qui avait tant poussé depuis l'an passé. Il se coucha à plat ventre près de l'enchevêtrement de ronces tissées de liseron et avança la main sous les épines menaçantes. Qu'était ceci ? On eut cru une étoffe contre ses doigts. Que venait-elle faire au milieu des morilles de sa bonne fée ? Le lacis de mauvaises pousses était si dense qu'il ne distinguait pas grand-chose, une forme vague presque aussi imposante que celle d'un cerf, mais les cerfs ne se vêtent pas d'étoffe. Tirant ses manches afin de s'en protéger les mains, Gilbert arracha les ronces folles jusqu'à dégager une sorte de boyau lui permettant de ramper vers la forme.

La mort-aux-yeux-clos. Celle-là ne le fixait pas, elle n'avait d'yeux que des fentes boursouflées. La terreur coupa le souffle au simple d'esprit, à quelques centimètres de la bouillie qui avait été un visage. Il recula, se tordant comme un serpent, gémissant bouche fermée. La peur obscurcissait son peu de raison. Il tenta de se relever, les griffes des mûriers éperonnant la chair de ses épaules, de ses bras et de ses jambes.

Il courut comme un fou vers le village, haletant, serrant contre son ventre sa musette de morilles. Une phrase tournait dans sa tête, sans répit : la bête était déjà rendue, la bête était sur eux.

Le cadavre, du moins ce qu'il en restait, était allongé à même une planche montée sur tréteaux dans la grange à foin du manoir de Souarcy. Agnès avait dépêché trois valets et une carriole afin qu'on le ramenât. Clément avait profité du désordre qui régnait pour s'en approcher, l'examiner en solitude. Il est vrai que son état encourageait peu les curieux.

Il s'agissait d'un homme d'une trentaine d'années, bien bâti, assez grand. Nulle marque d'ancienne tonsure ne permettait de penser qu'il se fût agi d'un moine. Clément renonça à lui faire les poches, certain que les valets de ferme l'avaient devancé, récupérant les valeurs, si tant était que le décédé en transportât sur lui, dispersant le reste afin de faire accroire qu'un détrousseur était passé avant eux.

L'homme n'était pas mort depuis très longtemps, sans doute trois ou quatre jours, comme en témoignait la relative intégrité des tissus corporels presque épargnés par la putréfaction. Du reste, l'odeur qui se dégageait de lui était encore supportable. En revanche, on eut dit qu'une bête l'avait attaqué, s'acharnant sur son visage jusqu'à le rendre méconnaissable, une plaie vive de chairs malmenées. Un acharnement si localisé de la part d'un carnassier était incompréhensible. La face n'est pas la partie la plus charnue du corps, loin s'en faut. Les prédateurs ou les charognards attaquent les fesses, les cuisses, le ventre, les bras, abandonnant aux insectes ou aux petits animaux opportunistes les os recouverts d'un simple épiderme et d'une chair parcimonieuse.

Était-ce le résultat de sa première rencontre avec un macchabée dans la même forêt des Clairets, ou celui de cette science qu'il avait dévorée depuis des semaines ? Les deux, sans doute. Toujours était-il que ce cadavre n'impressionnait pas le moins du monde Clément, et qu'il s'en approcha sans réticence.

Il souleva du bout de l'index les lambeaux de chemise collés au torse de l'homme et se baissa afin d'examiner son ventre. La progression de la tache verte abdominale n'était pas complète, en revanche des bulles putréfactives emplies de gaz nauséabonds avaient commencé d'apparaître sur l'épiderme, ce qui confortait Clément dans sa première évaluation du moment de la mort. Il contourna la table improvisée afin de se placer derrière le crâne de l'homme. On eut cru que des griffes féroces s'étaient plantées dans son visage, lacérant ses joues, son front et son cou au point que même un familier n'aurait pu reconnaître la victime d'une telle brutalité. Un détail l'intrigua. Fichtre ! Comment la bête s'y était-elle donc prise pour écorcher sa proie de la sorte ? Les sillons creusés dans la chair de la joue droite partaient indiscutablement du nez pour filer vers l'oreille, comme en témoignait la netteté des bords de la coupure au point d'origine, et les amas de peau et de tissus arrachés à son point de retrait. Le dessin des blessures était exactement opposé lorsque l'on examinait la joue gauche. Il fallait donc supposer que si bête il y avait eu, elle avait planté dans un cas ses griffes à l'oreille pour tirer les chairs vers le nez et dans l'autre procédé de façon inverse. En effet, il ne s'agissait pas d'un unique mouvement de patte qui aurait défiguré le visage de part en part, puisque le nez était épargné. Une autre particularité retint son attention. Il l'avait lu dans la traduction d'un ouvrage d'Avicenne, prestigieux médecin iranien du XIe siècle : les blessures infligées après la mort sont fort reconnaissables. Elles ne saignent ni ne s'inflamment. Tout comme celles que présentait l'homme. Les bords pâles des longues meurtrissures qui ravageaient le visage du défunt criaient leur vérité à qui savait l'entendre. L'homme avait été martyrisé après sa mort.

L'écho d'un pas lourd, celui d'un homme, accompagné d'une démarche légère que Clément identifia aussitôt comme celle d'Agnès, le tira de ses réflexions. Il se précipita derrière les lourdes bottes de paille entreposées au fond de la grange.

Cet homme n'avait pas été tué par une bête. On lui avait infligé post mortem des blessures de mascarade afin de le rendre méconnaissable, ou d'éloigner les soupçons. Quant au responsable, le garçon aurait parié qu'il marchait sur deux pattes et s'abreuvait au cruchon.

Les pas s'approchèrent et s'immobilisèrent. Un silence, haché par une respiration lourde, de plus en plus anarchique. Clément en conclut que l'homme examinait le cadavre. Une voix rustaude déclara :

– Ah, crénom ! Faut que la bête soye enragée pour dépiauter un gars de la sorte. Bon... Ben j'vas prévenir mon maître, faut qu'y voye par lui-même.

Il s'agissait donc d'un des hommes de Monge de Brineux, grand bailli du comte Artus d'Authon. Le garçon entendit le long soupir de la dame de Souarcy. Lorsqu'elle prit la parole, il décela sa tension. Tablant sur la bêtise et l'émotion de l'autre, elle tenta une ultime feinte. Si elle parvenait à le convaincre, il y avait de bonnes chances pour que l'enquête s'arrêtât là.

– Puisqu'il s'agit d'une bête, il est bien superflu de déranger monsieur de Brineux et de lui imposer un long voyage jusqu'ici. En revanche, vous avez raison, je demanderai à mes gens de la pister. Il faut l'abattre au plus vite. Suivez-moi dans les cuisines. Un bon gobelet de notre vin devrait vous rafraîchir.

– Ben... Une bête, une bête... Sauf votre respect, madame, moi j'en suis pas si sûr que ça. L'aurait bouffé un peu du reste.

Une sombre prémonition avertit Clément : leurs ennuis se précisaient, et Clément s'en voulait de son imprévoyance.

Manoir de Souarcy-en-Perche, juin 1304

Lorsque Clément rentra ce matin-là au manoir, après une autre nuit fiévreuse de lecture et de découverte, l'étrange animation qui régnait dans la grande cour le renseigna.

Trois hongres, presque aussi lourds que des roncins[1], étaient attachés aux anneaux du mur de la grange, séparés par quelques mètres d'un palefroi[2] bai qui piétinait et soufflait d'impatience. Clément détailla la magnifique monture. Il était peu donné d'en apercevoir d'aussi élégantes dans ce coin. L'effort de la course avait abandonné autour de son cou et sur ses flancs des rides blanchâtres. Il avait fait longue et vive route. Qui pouvait monter une telle bête et être accompagné de trois autres cavaliers ?

Clément se faufila dans les cuisines, empruntant le couloir du restrait jusqu'à la porte basse qui permettait à la domesticité de pénétrer dans la grande salle. Il s'y colla afin

1. Cheval ordinaire utilisé à la guerre. S'il est plus rapide que le cheval de trait, il n'a pas la nervosité du coursier.

2. Cheval de marche, de parade ou de cérémonie, moins nerveux qu'un destrier.

d'apprendre qui rendait une visite si matinale à Agnès. Il entendit la réponse de sa dame :

– Sire bailli, que puis-je vous dire ? J'étais dans l'ignorance de ces mystérieux décès, ainsi que vous les décrivez, jusqu'à votre venue. L'un de mes gens a découvert ce pauvre hère dans un fourré en y cherchant des morilles.

Monge de Brineux, grand bailli du comte Artus d'Authon, songea Clément.

– Et pourtant, la rumeur court, madame. Elle ne vous serait pas encore parvenue ?

– Certes non. Nous vivons isolés. Quatre victimes ? En deux mois ? Des moines, dites-vous ?

– Pour trois d'entre eux. Nous ignorons tout de celui qui se trouve dans votre grange, si ce n'est qu'il a rencontré une fin identique...

– Tous avaient le visage lacéré de la sorte ?

– À l'exception du deuxième, un autre émissaire du pape, à l'instar du premier. Sa mort a provoqué une vive émotion à Rome, ainsi que vous l'imaginez. Toutefois, ces deux premiers décès sont un casse-tête pour nous. Les deux hommes semblent avoir été carbonisés, c'est du moins ce que pourraient laisser croire ces chairs racornies et noirâtres. Mais leurs vêtements n'ont pas été ravagés par les flammes... Les a-t-on déshabillés pour les revêtir après leur supplice ? Cela paraît peu probable.

Ainsi, il y en avait eu un avant celui qu'il avait découvert dans la clairière, déduisit Clément. Et en effet, les vêtements de ce dernier n'avaient pas subi les ravages du feu, pas plus que ses cheveux ou les poils qui couvraient son corps.

– Nous ne sommes pas parvenus à retrouver la missive dont il était porteur. La mère abbesse des Clairets en était l'auteur, elle nous l'a confirmé, bien que ne souhaitant pas nous révéler sa teneur. Selon elle, les deux autres moines ne se sont jamais présentés à l'abbaye. Quant à celui qui repose dans votre grange, la description bien sommaire que nous lui en avons fait ne lui rappelle rien. Jusque-là, nous ignorons à peu près tout d'eux.

– Pourtant, vous affirmez qu'il s'agit de moines.

– En effet.

– Pourquoi une telle certitude ?

– Un détail qui ne concerne que les enquêteurs, répondit le bailli avec une courtoise fermeté.

La tonsure, pensa aussitôt Clément.

Agnès avait perçu l'avertissement. Elle se tient coite quelques instants. Lorsqu'elle reprit la parole, son changement de ton sidéra l'enfant tassé derrière la porte. Il était devenu plus sec, presque péremptoire :

– Où voulez-vous en venir, messire bailli ?

– Comment cela, madame ?

– J'ai l'étrange sensation que vous biaisez.

Un silence se fit qui inquiéta Clément. Monge de Brineux était un homme puissant. Il tenait directement sa charge et son autorité du très influent comte Artus d'Authon. Ami de jeunesse du roi Philippe, ce dernier avait eu le bon sens de refuser des faveurs qu'il savait volatiles pour se consacrer à l'administration de son domaine. Ce soin qu'il avait pris de ses affaires lui avait permis de conserver l'amitié du souverain – qui voyait une dignité désintéressée dans l'attitude d'Artus, quand il ne s'agissait que de méfiance politique – et de faire de son petit comté l'un des plus riches et des plus paisibles de France. Clément se rassura pourtant. La finesse d'Agnès n'avait d'égale que son intelligence. Elle avait dû jauger son interlocuteur avant d'opter pour une telle stratégie.

– Comment cela, madame ? répéta-t-il.

– Allons, monsieur, faites-moi la grâce de ne pas me méjuger. Il paraît évident que nulle bête n'a attaqué ce pauvre hère, vous comme moi en sommes convaincus. Je n'ai pas vu les autres victimes, mais votre présence me renseigne assez. Ces hommes, du moins trois d'entre eux, ont été assassinés, et leur ou leurs meurtriers ont tenté de maquiller ces crimes en griffant sauvagement la face de leurs victimes.

En griffant bien maladroitement la face de ces hommes, rectifia aussitôt Clément de son poste d'espionnage.

Un nouveau silence, plus bref cette fois, précéda l'aveu de M. de Brineux :

– C'est en effet la conclusion à laquelle j'en suis rendu.

– Mais alors, pourquoi cette urgente visite ? Car vous n'avez pas ainsi chevauché, accompagné de trois de vos hommes, dans le seul but d'examiner le corps malmené qui se décompose dans la grange. En quoi ces meurtres concerneraient-ils Souarcy et sa maîtresse ? Allons, monsieur, la vérité.

– La vérité..., hésita le bailli. La vérité, madame, c'est que nous avons découvert une lettre tracée dans la terre sous les cadavres de deux des victimes. Mes hommes fouillent en ce moment les buissons d'épineux désignés par ce Gilbert de votre maison pour s'assurer de... l'absence de la lettre.

Mon Dieu, ce *A* de terre sous l'émissaire du pape qu'il avait brossé de la main sur une impulsion.

– Une lettre ? Quel genre de lettre ? demanda Agnès.

– Une lettre de l'alphabet. Un *A*.

– Un *A* ? Je vois... Comme dans « Agnès » ?

– En effet, ou dans d'autres mots ou prénoms, je vous l'accorde.

Un rire incongru lui coupa la parole. La dame de Souarcy se reprit rapidement avant d'ajouter :

– Une pléthore... je puis, sans réfléchir, vous en donner une trentaine ! Eh quoi, monsieur ? M'imaginez-vous courant la forêt armée d'un griffoir, attaquant des hommes deux fois plus lourds que moi si j'en juge par la corpulence de celui qui patiente dans mes communs ? Il faudrait de plus supposer que je suis assez familière de mes victimes pour qu'elles connaissent mon prénom et n'hésitent pas à l'utiliser pour me désigner. Si la situation n'était si grave, vos suppositions seraient tout simplement grotesques. Enfin, et si je puis me permettre cette remarque, je serais bien sotte d'avoir procédé de la sorte.

– Je ne vous comprends pas.

– C'est pourtant fort simple. Or donc, je suis un monstre assoiffé de sang, et cela pour une raison que j'ignore. Admettons. Je... j'ignore ce que je fais au juste, toujours est-il que je tue ces hommes. Cependant, je tiens à maquiller mes crimes en attaques de bête sauvage. Un ours, peut-être, on peut les rencontrer dans nos bois. Et je serais assez stupide pour simuler cet assaut en ne m'en prenant qu'au visage, à rien d'autre, pas même aux vêtements ? N'importe quel paysan ou chasseur vous aurait renseigné sur l'instant. Même votre gros benêt de sergent ne s'y est pas laissé prendre ! Il ne s'agissait pas d'une bête, un enfant de cinq ans l'aurait deviné. Ce qui amène ma remarque. L'assassin était-il demeuré d'esprit ou beaucoup plus rusé que vous ne le supposez ?

– Qu'insinuez-vous, madame ?

– Je n'insinue rien, j'affirme. J'affirme que cet odieux criminel voulait, au contraire, attirer l'attention sur ces meurtres. Au demeurant, ne trouvez-vous pas étrange que tous les quatre aient été découverts aussi rapidement ? Deux mois, avez-vous dit. Tant d'autres, j'en suis certaine, jetés dans les ravins, enfouis dans les grottes, lestés et abandonnés aux rivières et aux poissons qui les peuplent ou réduits en cendres, ne seront jamais retrouvés. Avouez que le fil qui tisse toute cette histoire est bien grossier.

Clément ne vit pas le sourire naître sur les lèvres du bailli. Celui-ci était étonné, non pas qu'une femme fasse preuve d'une intelligence et d'une vivacité d'esprit qu'il aurait souhaitées à la plupart de ses hommes – après tout, son épouse Julienne était sa plus précieuse conseillère –, mais plutôt qu'elle n'hésite pas à le contredire de façon aussi ouverte.

Il se leva pour prendre congé et déclara d'un ton amusé :

– Vous feriez, madame, le délice du comte d'Authon, mon maître. Il était parvenu à la même conclusion que vous. Reste que nous avons quatre morts, dont trois moines – peut-être même quatre, sait-on jamais –, sur les bras, et une lettre bien répétitive, peut-être gravée par les victimes, peut-être par leur agresseur.

Son sourire mourut pour être remplacé par un pincement de lèvres qui trahissait sa perplexité :

– Encore un détail que j'hésitais à vous révéler...

Il tira de sa chausse de cuir un petit carré d'étoffe bleu pâle qu'il déplia devant ses yeux :

– Reconnaissez-vous ce mouchoir de batiste, madame ? Il porte votre initiale brodée dans un coin.

Mabile, ou même Eudes en personne. Clément en était certain. Le demi-frère d'Agnès aurait pu dérober ce mouchoir lors de sa dernière visite. La chronologie n'était pas aberrante.

– En effet, il m'appartient, concéda Agnès.

– Nous l'avons découvert accroché à une branche basse, à une toise de la deuxième victime.

– Ainsi, en plus d'être sanguinaire et fort sotte, je serais bien maladroite d'aller courir à travers bois, un mouchoir de batiste à la main, un griffoir dans l'autre ! Quel portrait peu flatteur vous brossez de moi, monsieur.

– Oh... Certes pas, madame, il me faudrait être à mon tour bien fol pour m'y risquer, plaisanta Monge de Brineux. Je dois repartir, la route est longue jusqu'à Authon. Croyez que ce moment fut plus plaisant que je ne le redoutais. Je vous salue, madame. Je vous en prie... Je retrouverai seul le chemin de ma monture.

Clément entendit le pas du bailli s'éloigner en direction de la grande porte donnant sur la cour. Le pas marqua un arrêt :

– Madame... J'avoue encore osciller dans ma conviction. Cependant, si vos dires s'avéraient exacts, je ne saurais trop vous conseiller de vous méfier.

Quelques secondes plus tard, Clément sortit de sa cachette et s'avança vers Agnès.

– Tu écoutais ?

– Oui, madame.

– Qu'en penses-tu ?

– Je suis inquiet. Le bailli a raison, il nous faut redoubler de vigilance.

– Crois-tu qu'Eudes soit derrière cette machination ?

– S'il l'est, je doute qu'il en soit l'instigateur. Il n'est pas stratège. L'espionnage de votre maison lui allait bien mieux.

– Il peut être conseillé par une tête mieux faite. De surcroît, que faisait mon mouchoir dans cette forêt ?

– Mabile ?

– Pourquoi pas ? Elle est rusée et je pense qu'elle a développé une sorte de haine à notre encontre... La haine des faibles, qui préfèrent s'en prendre aux dominés pour ne pas risquer un mauvais coup de croc de leur dominant.

– J'ai été intrigué, pour ne pas dire alarmé par la tournure que vous donniez à cette... conversation, madame.

Elle sourit en le détaillant.

– Offensive... Joute, veux-tu dire ?

– C'est cela.

– Vois-tu, Clément, à force d'être soumises aux hommes, les femmes finissent par percevoir la trace qu'ils abandonnent à la manière d'un gibier. Tu comprendras mieux dans quelques années.

– Et celui-là serait de quelle espèce ?

– Hum... un quartan[1], sans doute.

– Ils sont lourds mais fins et préfèrent effrayer que d'attaquer.

– Mais lorsqu'ils attaquent, rien ne résiste à leur charge. Monge de Brineux me sondait. C'est devenu évident en quelques phrases. J'ignore pour quelles raisons. En revanche, ce que je sais, c'est que rien de ce que je lui ai expliqué ne fut une surprise pour lui. Reste à savoir pour quels vrais motifs il s'est donné la peine de cette visite. De plus, il ne fallait pas qu'il perçoive mon appréhension.

– On dit le comte d'Authon très puissant.

– Il l'est.

– Votre demi-frère n'est que baron ordinaire, et son vassal.

– Comme je suis le sien, ce qui me fait l'arrière-vassale[2] du comte.

– L'avez-vous déjà rencontré ?

– Je me souviens d'un grand homme jeune, sombre et peu disert venu un jour visiter feu le baron Robert. Rien de plus. J'étais encore fillette.

– Ne pouvez-vous, madame, requérir sa protection directe ?

– Tu sais comme moi que le seigneur d'un seigneur n'intervient pas dans les affaires de son vassal direct, sauf cas de déni de justice ou de faux jugement[3], et nous n'en sommes pas encore là. Artus d'Authon ne se mêlera pas de différends

1. Ou quartannier, sanglier de quatre ans.
2. Vassal d'un vassal.
3. Sentence considérée comme injuste par l'arrière-vassal.

familiaux, au risque de provoquer une délicatesse politique qui pourrait lui nuire. Eudes n'est certes que petit seigneur, mais il possède un atout de poids : ses mines de fer.

– Sa mine de fer, la dernière, que l'on prétend presque épuisée, rectifia Clément.

– Il en tire encore assez de minerai pour faire illusion auprès du roi. Clément...

– Madame ?

– Je m'en veux de te pousser à ces manigances, mais...

Il comprit aussitôt ce qui l'inquiétait et la renseigna :

– Mabile n'est pas sortie assez longtemps depuis sa visite à la chapelle, ni n'a rencontré personne qui puisse faire office de messager et transmettre ses découvertes à votre frère.

Elle avança la main vers lui, et il posa sa joue dans le creux de sa paume en fermant les yeux.

Vers le milieu de l'après-midi, une autre visite inattendue n'allégea guère l'humeur d'Agnès. Jeanne d'Amblin des Clairets faisait sa tournée mensuelle. D'habitude, Agnès appréciait la vivacité de la sœur tourière. Elle ramenait toujours une provision de petites histoires, d'anecdotes sans médisance de ses rencontres avec les grands bourgeois, les gros commerçants ou fermiers, ou encore la noblesse du coin, qui distrayait la jeune femme. Le reste du monde – ses naissances, ses mariages, ses décès, ses grossesses et ses récoltes – venait à elle par l'intermédiaire de la religieuse. Mais aujourd'hui, l'inquiétude de la sœur était palpable. Elles s'installèrent dans la petite antichambre qui précédait les appartements d'Agnès, meublée d'une table gracieuse et de deux fauteuils. Un léger courant d'air fit voleter le voile d'Agnès, qui se tourna vers la haute fenêtre. Plusieurs des losanges de verre sertis dans le plomb avaient été fracassés. Un oiseau ? Depuis quand ? Elle ne faisait que passer dans cette courte pièce, ne s'y installant que lorsqu'une dame lui rendait visite, c'est-à-dire bien rarement. Décidément, quelle journée. Le verre était si onéreux, si rare. Les quelques fenêtres vitrées du manoir n'étaient qu'un souvenir des goûts dispendieux d'Hugues. L'hiver venu, on occultait les autres avec des toiles ou des peaux. Comment trouverait-elle l'argent pour faire remplacer les losanges manquants ? Plus tard... Elle se força à revenir à sa visiteuse :

– Accepterez-vous une coupe d'hypocras ?

– Je ne refuse jamais un bon hypocras, et celui que l'on prépare chez vous est un des meilleurs.

– Vous me flattez.

Le sourire que lui adressa la moniale manquait de conviction. Elle attaqua aussitôt :

– J'ai accouru dès que j'ai appris la visite du bailli.

– Les nouvelles voyagent à bon train, commenta Agnès.

– Pas même. Monge de Brineux est d'abord passé aux Clairets. Juste après laudes*.

– Et pourquoi s'est-il présenté avant l'aube à l'abbaye ?

– Afin de s'y entretenir avec notre mère. C'est ainsi que nous avons appris qu'il repartait ensuite pour Souarcy. Je n'en sais pas beaucoup plus. Notre mère m'a demandé de venir m'assurer que vous vous portiez bien, ce que j'eus fait si sa pensée n'avait devancé la mienne, ajouta Jeanne d'Amblin. Quelle horreur que ces meurtres, car il s'agit bien de meurtres, n'est-ce pas ?

– Tout porte à le croire.

– Une horreur, répéta la religieuse en plaquant la main sur le gros crucifix de bois qui pendait à son cou. Des moines... Sœur Adélaïde a raison. Cette histoire de tonsure est un tel mystère... Enfin, pourquoi ces trois moines, peut-être même quatre, laissaient-ils leurs cheveux repousser ?

– Afin de se fondre, de passer inaperçus, je suppose.

– Hum... C'est une hypothèse convaincante. Du moins semble-t-elle appropriée dans le cas du deuxième, cet émissaire papal qu'a rencontré notre mère. Elle était si bouleversée après sa visite. Bien sûr, nous n'avons relié son émotion à lui que bien après, puisque nous ignorions sa mission.

– Et la missive dont il était porteur ? s'enquit Agnès, bien que connaissant la réponse à cette question grâce au bailli.

– Volatilisée. Notre mère en a perdu l'appétit. Elle a refusé d'en divulguer le contenu et, la connaissant, je ne doute pas de l'excellence de ses raisons.

– Mais les autres victimes...

– ... ne nous avaient pas visitées, si c'est là votre question. Peu d'hommes à l'exception du chapelain et de nos jeunes élèves sont admis en nos murs, sans quoi nous aurions eu grand mal à être formelles. L'état de leurs visages rendait leur reconnaissance ardue.

Elle s'interrompit et considéra Agnès, un air sombre sur le visage, avant de poursuivre :

– Quelque chose de terrible est en train de se tramer, je le sens. Je ne suis pas la seule, d'ailleurs. Thibaude de Gartempe, notre hôtelière, d'autres, jusqu'à Yolande de Fleury, que rien ne semble jamais assombrir, s'alarment elles aussi. Le silence désespéré de notre mère concourt à notre inquiétude. Car il est désespéré. Elle s'est murée en elle-même afin de nous protéger – toutes ses filles – de je ne sais trop quoi. Nous avons peur, madame...

Agnès n'en doutait pas. Une ombre tenace semblait s'être glissée dans le regard d'habitude enjoué et limpide de la sœur tourière, qui poursuivit :

– J'ai peur d'une chose inconnue, dont je ne cerne aucun contour... C'est comme si une sorte de nuée pernicieuse s'apprêtait à fondre sur nous, comme si une bête maléfique se rapprochait en sournoiserie. Vous allez penser que je divague comme une vieille folle superstitieuse.

– Certes pas. Vous venez de résumer mon intuition. Je redoute, moi aussi... je ne sais quoi.

Il s'agissait là d'un demi-mensonge. Sa crainte était partiellement identifiée : Eudes. Pourtant, à l'instar de la religieuse, Agnès pressentait que quelque chose de bien plus redoutable se déployait en secret pour les frapper de plein fouet.

Jeanne d'Amblin hésita, puis sembla se décider :

– Si je suis venue aujourd'hui, c'est certes pour prendre de vos nouvelles, mais aussi... comment dire... Enfin, nous nous demandions si messire de Brineux vous avait confié... que sais-je, un détail qui nous permette d'y voir plus clair, de rassurer notre mère, de gagner en compréhension, peut-être même de l'aider, de protéger d'autres pauvres victimes ?

– Non, et très franchement, j'ai eu le sentiment qu'il avançait, comme nous, dans le brouillard.

Peu après le départ de la sœur tourière, Agnès décida de se détendre en allant vérifier si Vigil était rentré de sa fugue. Il était coutumier de ces escapades qui l'éloignaient parfois une journée du pigeonnier, mais refaisait toujours apparition au soir pour veiller sur ses femelles. Elle ne l'avait pas aperçu la veille, et une vague inquiétude pour l'oiseau insolent s'ajoutait à l'humeur sombre qui ne la quittait plus. Certains chasseurs sont si hâtifs et peu scrupuleux.

Vigil n'était pas dans le pigeonnier, ni perché au faîte du toit du manoir. Le coup de bec agacé et surprenant d'une de ses compagnes qu'elle caressait lui sembla un mauvais présage.

Forêt de Béthonvilliers,
non loin d'Authon-du-Perche, juin 1304

L'étalon magnifique s'immobilisa comme un marbre sous l'injonction du mollet de son cavalier. Sa robe noire sans vice luisait de sueur. Il souffla sans qu'un muscle de sa puissante encolure ne tressaille, conscient que le centaure qu'il portait bandait son arc turquois, fait de deux cornes de bœuf reliées par un ressort métallique.

La flèche empennée, longue de trois pieds, fila en sifflant, prenant d'assaut de ciel. Elle aurait pu poursuivre sa course longtemps, de plus de cent mètres encore, mais se ficha dans sa cible qui écarta les ailes de surprise, de douleur aussi, avant de tomber dans un tourbillon de plumes vers le chasseur. Le cavalier démonta d'un saut et se baissa pour récupérer l'oiseau. La flèche l'avait transpercé de part en part, pénétrant dans le poitrail pour ressortir derrière l'attache de l'aile. La main gantée du chasseur s'immobilisa à quelques centimètres de la belle gorge d'un rose tirant vers le mauve qu'une nappe rouge vif venait d'ensanglanter. Une bague serrait l'une des pattes fortes, et un message était enroulé à l'autre. Une moue de déplaisir crispa la bouche du chasseur. Il venait d'abattre un pigeon messager, une bête superbe que son propriétaire légitime regretterait. Belle prise, en vérité ! Il allait devoir dédommager le seigneur ou le couvent dont provenait le pigeon, en dépit du fait qu'il l'avait abattu sur ses terres. Une nouvelle exaspération remplaça la première : sa vue baissait. Lui qui avait été capable de suivre un faucon en chasse sans jamais le perdre du regard finirait sous peu par confondre pigeon et faisane de Colchide ! La dévastation sournoise de l'âge. Il constatait chaque jour davantage son travail de sape. Bientôt quarante-trois ans. Certes, il n'était pas encore un vieillard, ayant tout juste quitté jovant[1]. Pourtant, ses articulations renâclaient après une longue journée de chevauchée, et il n'avait plus goût aux nuits passées dehors à dormir par n'importe quel temps. Si l'on se fiait à ce traité, *Les Quatre Âges de l'homme,* rédigé quarante ans plus tôt par ce sieur de Novare, il lui restait encore quelques belles années avant d'entrer en vieillece. Artus d'Authon déganta sa main droite et en pinça l'épiderme. La peau hâlée par le grand air, tannée par des décennies de maniement d'armes, s'était affinée et semblait vouloir abandonner par endroits la chair qu'elle protégeait. Quant au poignet, il avait perdu de sa musculature.

– La peste soit des années, murmura-t-il entre ses dents.

Les ans avaient passé si vite et pourtant, il s'y était terriblement ennuyé, un jour remplaçant l'autre, sans qu'au bout du compte, il parvienne à les différencier.

Né sous le règne de Louis IX[2], il avait grandi sous celui de Philippe III le Hardi, dont son père avait été le connétable durant quelques années, avant de décéder prématurément. Il avait neuf ans lorsque Philippe – qui deviendrait le quatrième du nom – était né. Il avait enseigné au futur jeune roi les sub-

1. Jovant : de vingt à quarante ans. Moien-age : de quarante à soixante ans. Vieillece : au-delà de soixante ans.

2. Saint Louis.

tilités de la chasse, du maniement de l'arc. L'inflexibilité, la dureté de celui qu'on gratifierait plus tard du surnom de « le Bel » étaient déjà perceptibles. Il ferait un grand roi s'il était bien conseillé – Artus en était convaincu –, mais un roi qu'il serait préférable d'admirer de loin. Aussi avait-il décliné l'honneur de reprendre l'écrasante charge de son père, laquelle lui serait revenue grâce à l'amitié du souverain, d'autant que son attribution était devenue presque héréditaire. Artus avait ensuite chevauché de par le monde, combattu au hasard de ses rencontres, de ses engouements, jusqu'en Terre sainte. Il en avait retiré quelques élégants étonnements, quelques flamboyantes fureurs et nombre de blessures qui se réveillaient maintenant par temps d'orage. S'il avait prêté son intelligence et son épée au secours de causes, aucune ne l'avait assez convaincu pour qu'il l'épouse tout à fait. Il était rentré en France sans avoir subi la métamorphose qu'il espérait, pour replonger dans l'ennui répétitif des jours qui se suivent et se ressemblent.

L'administration de son petit comté l'avait ensuite occupé. Son père s'en était fort peu préoccupé, fasciné qu'il était par la politique royale. Il avait fallu à Artus faire grand ménage, calmer, plus ou moins brutalement, les petits nobles qui se sautaient à la gorge pour dépecer avec méthode une terre qui ne leur appartenait pas. Veuf à trente-deux ans, il avait presque oublié les traits de la pellucide épouse morte de lui avoir donné un fils. Ce petit Gauzelin avait hérité de la frêle constitution de sa mère. Il avait été emporté par une maladie de fatigue à quatre ans. Au chagrin du père s'était substituée la rage dévastatrice d'un animal. Elle avait enflammé le château durant des semaines, terrorisant toute sa mesnie au point que les serviteurs disparaissaient comme de petites bêtes effrayées dès qu'ils entendaient l'écho de son pas de forcené. Deux morts. Deux morts pour rien, aucune descendance, juste une effroyable solitude et le regret de ce qui n'avait pas été.

Il se secoua. S'il laissait à nouveau sa pensée cheminer sur ce sentier empoisonné, la journée serait irrémédiablement gâchée. Une autre.

Il récupéra le pigeon et examina sa bague, hésitant encore à tirer la longue flèche prisonnière de la chair tiède. Un *S* majuscule emmêlé d'un *y* minuscule. Souarcy. Il s'agissait d'un animal de cette jeune veuve, la demi-sœur adultérine d'Eudes de Larnay. Il n'avait pas le souvenir de l'avoir jamais rencontrée, pourtant, Brineux la lui avait décrite en peu de mots, mais avec une lueur jubilatoire dans la prunelle.

Lorsque Monge de Brineux, son grand bailli, était rentré d'enquête quelques jours auparavant, Artus lui avait demandé :

– Alors, et cette biche aux abois que vous avez forcée ?

– Ah ça, si elle est biche aux abois, je suis faible oison. La dame n'était pas le moins du monde impressionnée par ma venue, ou alors elle est merveilleuse dissimulatrice. C'est plutôt un lynx que cette femme, pas une biche. Elle est méfiante, courageuse, intelligente et patiente. Elle laisse la proie venir sur son territoire en prétendant l'assoupissement. Quant aux chasseurs, elle feinte avec eux en faisant mine de s'exposer quand, en vérité, elle protège ses petits, prépare ses arrières et calcule sa fuite.

– La croyez-vous mêlée à ces meurtres ?

– Non, messire.

– Vous êtes bien catégorique.

– C'est que je connais l'âme des hommes.

– Celle des femmes est plus indéchiffrable, mon ami,

surtout, avait ajouté le comte dans un demi-sourire, lorsque ce sont des lynx.

– Fichtre, oui... Elle avait peur, mais pas d'une culpabilité quelconque. Sa morgue d'apparat n'avait but que de me faire croire le contraire. Elle n'a, selon moi, rien à voir dans ces meurtres. La question qui se pose alors est d'une inquiétante simplicité : que venait faire son mouchoir dans ces buissons ? On l'y a semé, mais qui ? Pour diriger nos soupçons vers elle, mais pourquoi ? Les renseignements que j'ai récoltés sont formels. Elle ne jouit pas d'une grande fortune, bien au contraire. Souarcy n'est qu'une grosse ferme, bien moins resplendissante que la plupart de celles de nos riches fermiers d'Authon et sa région. D'autant que le manoir et ses terres font partie de son douaire. Elle ne possède rien en propre. Si elle était déchue de cet usufruit de veuvage, les biens reviendraient à son demi-frère jusqu'à la majorité de Mathilde, sa seule enfante et donc l'héritière d'Hugues de Souarcy. Cela étant, les biens en question n'ont pas de quoi appâter Eudes de Larnay, qui est riche, bien qu'il dilapide sa fortune et celle de sa femme aux quatre vents.

Eudes de Larnay. La mauvaise humeur du comte Artus revint à la seule mention du nom de son vassal. Eudes la fouine. Sous sa lourde carcasse et ses dehors virils et conquérants se dissimulaient un pleutre et un vil charognard. Un homme qui bat les femmes qu'il culbute est indigne du nom d'homme. C'était du moins la triste réputation du petit baron, telle qu'elle était venue aux oreilles d'Artus.

Il hésita quelques instants, son index caressant le mince tuyau de papier qui entourait la patte du pigeon abattu. Non, ce message avait été rédigé par la dame de Souarcy, ou à son intention, et il eut été indélicat d'en prendre connaissance sans son autorisation.

– Voyons cela de plus près, Ogier[1] mon tout beau, annonça-t-il au destrier qui inclina les oreilles à son nom.

Artus d'Authon tira d'un coup sec la flèche, se contraignant à regarder le flot de sang qui s'en écoulait. Il remonta en selle et pressa d'un mouvement amical les flancs de sa monture, qui s'élança vers le nord. Après tout, c'était une façon comme une autre d'en finir avec cette nouvelle journée et puis, autant l'avouer, Monge avait piqué sa curiosité.

Le comte se méfiait un peu de la description conquise qu'avait faite son bailli de la dame. Brineux avait pour les femmes une tendresse mêlée d'admiration que n'avait pas tempérée – bien au contraire – son mariage à une demoiselle très vive et mutine de l'excellente bourgeoisie d'Alençon. Si cette Julienne n'était pas la plus jolie fille du Perche, en dépit d'un minois et d'une silhouette avenants, elle était sans conteste la plus distrayante et leur avait occasionné – à Monge et à lui – quelques agréables rires tant son don d'imitation confinait au génie. L'interprétation qu'elle faisait du comte Artus, à son nez, fronçant les sourcils d'un air grave, inclinant un front songeur, croisant les mains derrière le dos et avançant penchée comme si sa haute taille la gênait, avait fait pouffer son modèle, qui n'eut toléré cette gentille moquerie de nul autre.

Souarcy était à trois heures de cheval, un peu moins en menant bonne allure. Madame de Souarcy ne pourrait refuser de loger son suzerain pour la nuit s'il en était besoin. Dès qu'il aurait rassasié sa curiosité, il rentrerait.

1. Animaux nobles, les chevaux étaient nommés (comme les chiens). Ogier le Danois est un personnage légendaire, figure symbolique de la fidélité.

Manoir de Souarcy-en-Perche, juin 1304

Un valet de ferme, affolé à l'annonce de son nom, lui avait indiqué en bredouillant la direction des bois où il trouverait la maîtresse du manoir.

Sentant l'indécision de son cavalier au relâchement des rênes et du mors, Ogier avançait d'un pas lent.

– Il est encore temps de tourner bride, murmura Artus d'Authon, comme s'il quêtait l'approbation de sa monture. Quel ridicule enfantillage que cette visite. Bah... Tant pis, allons jusqu'au bout !

Ogier allongea sa foulée.

Éloigné d'une bonne quinzaine de toises, un rideau de fumée attira son regard. Deux silhouettes masculines s'activaient dans ses volutes, l'une lourde et haute, l'autre élancée. Deux paysans, à en juger par leur courte tunique pincée à la taille par une épaisse lanière de cuir et à leurs braies [1] de grosse toile. Les deux hommes portaient des gants et une étrange coiffure, sorte de chapeau emmailloté d'un voile fin serré autour du cou.

1. Caleçon.

Une nervosité soudaine du cheval alerta Artus. Qu'étaient toutes ces mouches à miel qui fonçaient dans leur direction ? Des ruches. Les deux serfs enfumaient les ruches. Il pila et fit reculer Ogier de quelques pas avant de mettre pied à terre pour poursuivre seul son avancée.

Il ne se trouvait plus qu'à deux ou trois toises des serviteurs, pourtant, ceux-ci semblaient si absorbés dans leur tâche qu'ils ne s'étaient pas rendus compte de son approche. Sans doute leur étrange protection les gênait-elle pour entendre.

– Ohé ! cria-t-il pour signaler sa présence, repoussant d'une main gantée les mouches à miel qui l'environnaient.

La silhouette mince tourna son visage voilé dans sa direction. Une voix fraîche, celle d'un jeune garçon, lança d'un ton péremptoire qui sidéra le comte :

– Écartez-vous, monsieur, elles sont énervées.

– Elles défendent leur miel ?

– Non, leur roi, et avec une âpreté et une abnégation que pourraient leur envier nombre de soldats, rétorqua la voix autoritaire. Reculez, vous dis-je. Leur venin est puissant.

Artus s'exécuta. Il ne s'agissait pas d'un jeune garçon, mais d'une femme, admirablement tournée en dépit de son étrange déguisement. Ainsi Agnès de Souarcy se transformait-elle au besoin en apicultrice. Monge de Brineux avait raison : la lynx était courageuse, car ces mouches à miel, attaquant en légion, pouvaient se révéler mortelles.

Une bonne dizaine de minutes s'écoula, au cours desquelles il ne la quitta pas des yeux, surveillant ses gestes précis et rapides, admirant son calme destiné à ne pas affoler davantage les abeilles, écoutant les ordres qu'elle donnait d'une voix sans impatience à son valet, qui semblait une montagne de chair à côté d'elle. Artus oscillait entre l'amusement et l'embarras. Elle risquait d'être fort mécontente d'avoir été surprise vêtue de braies, dont il ne doutait pas qu'elles étaient bien plus adaptées qu'une robe à la récolte de miel. Cela étant, le travestissement des femmes était vivement désapprouvé[1], quel qu'en fût le motif, même si l'indomptable Aliénor d'Aquitaine en avait jadis usé.

Enfin, il parut que les deux récolteurs en avaient terminé avec les ruches. Ils s'avancèrent dans sa direction, le valet portant avec précaution deux seaux lourds du butin ambré, la dame de Souarcy dénouant son voile de protection, dévoilant les lourdes tresses blond roux qui s'enroulaient de chaque côté de sa jolie tête.

Arrivant à sa hauteur, elle commenta d'une voix plate :

– Elles vont s'apaiser et rejoindre leur roi. (Son ton changea brusquement, devenant mordant :) Vous me surprenez dans un accoutrement disgracieux et fort mal approprié, monsieur. Sans doute eut-il été préférable de faire annoncer votre visite par l'un de mes gens et de patienter jusqu'à mon retour au manoir.

Il avait rarement rencontré femme aussi parfaitement belle, jusqu'au haut front pâle, légèrement épilé à la mode du moment. Il ouvrit la bouche afin d'offrir les excuses qu'il avait préparées, mais elle le coupa :

– Souarcy n'est, je vous l'accorde, qu'une ferme. Cependant, j'entends qu'on y maintienne quelques manières et que l'on ne s'y comporte pas en rustre ! Votre nom, monsieur ?

Fichtre, la colère de la dame commençait de le décontenancer, lui l'homme de combat et de chasse, et l'une des lames les plus redoutables du royaume de France. Il était vrai qu'il avait fort peu l'habitude qu'on lui claque le nez de la sorte. Il se ressaisit et déclara d'un ton calme :

1. L'Église condamnait les vêtements pouvant engendrer une confusion dans la reconnaissance des sexes.

– Artus, comte d'Authon, seigneur de Masle, Béthonvilliers, Luigny, Thiron et Bonnetable, pour vous servir, madame.

Une vague glacée dévala le long des flancs d'Agnès. Le seul homme qu'il n'aurait jamais fallu rabrouer, peut-être même vexer. Certes, elle avait toujours douté qu'il intercède en sa faveur, pourtant cette ombre puissante était devenue une sorte de formule magique que l'on n'oserait jamais prononcer afin de ne pas être déçu de son manque de pouvoir. Un talisman lointain. C'était, au demeurant, la raison principale pour laquelle elle avait toujours refusé de se rapprocher de lui et de sa justice. S'il l'éconduisait comme elle le prévoyait, elle se retrouverait alors définitivement désemparée, seule contre Eudes, et ne pourrait plus se leurrer de la survenue d'un miracle. Or, plus que jamais, elle avait besoin de toute sa foi.

Elle ferma les yeux, soupirant bouche entrouverte, blême jusqu'aux lèvres.

– Vous sentez-vous bien, madame ? s'inquiéta-t-il en tendant vers elle sa main.

– La chaleur, la fatigue, rien d'important. (Elle se redressa et compléta :) Et seigneur de Souarcy. Vous oubliez Souarcy.

– Souarcy est sous la protection du baron de Larnay, madame.

– Qui est votre vassal.

– En effet.

Agnès plongea dans une tardive mais gracieuse révérence que son habit de paysan rendait troublante.

– Je vous en prie, madame. Je suis un butor, vous avez raison... En avez-vous terminé avec ces mouches à miel ?

– Gilbert les réinstallera. Elles l'aiment bien. C'est une âme lente et bonne. Veux-tu, Gilbert ?

– Voui, voui, ma bonne dame. J'ramènerai le miel aussi, et la cire, inquiétez-vous pas.

– Vous semblez épuisée, madame. Je vous offre Ogier jusqu'au manoir. Permettez-moi.

Il s'inclina, joignant ses mains en coupe afin qu'elle y pose le pied. Elle était légère et musclée et s'installa à califourchon sur la selle avec une belle aisance. Pour incongrue que fût cette posture de cavalier dans le cas d'une dame, il la trouva bouleversante. Elle n'avait nulle peur du destrier pourtant peu accommodant, hormis avec son maître. Elle se tenait admirablement en selle, formant avec le grand étalon noir un tableau d'une époustouflante beauté, et Artus commença de songer que Monge avait eu raison. Il hésitait maintenant à mentionner le pigeon qu'il avait abattu plus tôt, redoutant de gâcher un moment rare.

Trop tôt – car il avait savouré le silence de leur marche –, ils débouchèrent dans la cour du manoir. Agnès n'attendit pas sa main et se laissa glisser de selle contre le flanc d'Ogier, qui ne broncha pas.

Mabile était accourue, d'une pâleur qui conforta Agnès dans la conviction que cet homme-là était un atout qu'elle devait se ménager.

La fille se plia dans une profonde révérence. Ainsi, elle l'avait déjà rencontré chez son maître.

– Permettez, monsieur, que je me change. Mabile vous fera patienter de quelques rafraîchissements et d'une coupe de fruits frais.

– J'ai là, madame, commença-t-il d'un ton hésitant en tapotant la carnassière de cuir pendue à sa selle, une nouvelle dont je suis fort marri, croyez-le bien.

– Un gibier ?

– Une déplaisante erreur.

Il tira du carnier le pigeon maintenant raide, dont la gorge douce était enlaidie par une nappe de sang séché.

– Vigil...

– Il vient donc bien de chez vous.

– Certes, murmura Agnès, luttant contre les larmes qui lui noyaient le regard.

– Ah madame, je suis si désolé. Il volait au travers de mes bois, j'ai décoché et...

Mabile se rua vers l'animal comme une folle, couinant :

– Je vais le prendre, madame, ne vous...

– Laisse !

L'ordre claqua. Agnès venait d'apercevoir le message enroulé autour de la patte de l'animal.

– Laisse, je m'en charge.

La fille recula sous le regard perplexe du comte d'Authon. À son œil fuyant, au tremblement de ses lèvres, Agnès comprit qu'elle était l'auteur du message, mais parvint à rester impassible.

Un talisman. Cet homme lui offrait déjà un petit miracle, car elle ne doutait pas que la missive fût adressée à Eudes, expliquant comment communiquaient les deux complices : grâce au beau pigeon dressé, généreusement offert par son demi-frère. Le chagrin de la perte de Vigil s'estompa aussitôt, et elle se retourna en souriant vers celui qui ignorait l'importance de l'aide qu'il venait de lui apporter.

– Je suis... une brute. Je vous conjure de me croire, madame. J'étais certain qu'il s'agissait d'une petite faisane. Il volait assez haut et...

– Monsieur, je vous en prie. Votre méprise me chagrine car je tenais à l'oiseau, mais... d'aucuns n'auraient pas eu l'urbanité de me ramener l'animal. Accordez-moi quelques instants. Je vous rejoins bientôt.

Elle serra Vigil contre elle et monta vers sa chambre.

Parvenue à l'étage, elle bifurqua et héla du bas de l'échelle précaire :

– Clément ? J'ai besoin de toi.

– J'arrive, madame.

Une petite cavalcade, aussi légère que celle d'une souris, précéda l'apparition du visage en haut de la trappe.

– Vigil ?

– Oui. Descends. Il porte un message.

– Voilà donc leur lien !

– Le chasseur n'est autre que le comte d'Authon. Il m'attend dans la grande salle. Presse-toi.

L'enfant dévala l'échelle et la rejoignit dans sa chambre. Elle lui expliqua brièvement sa rencontre pour le moins imprévue, et dont elle n'osait pas encore juger qu'elle était providentielle. Il l'écoutait un sourire aux lèvres, démenti par la gravité de son regard pers.

– Changez-vous, madame. Je dégage la patte de l'oiseau.

Agnès hésitait. Elle n'avait que quelques minutes pour se vêtir. Que choisir ? Pas cette robe de cérémonie qu'elle avait confectionnée en taillant le somptueux coupon de soie offert par Eudes. Des oripeaux luxueux ne suffiraient pas à charmer cet homme-là. Car elle devait le charmer, son salut en dépendait. C'était un art dans lequel elle excellait, pourtant, aujourd'hui, une inhabituelle appréhension l'entravait.

– Il s'agit d'un code, madame. Les lettres sont figurées par des chiffres... sauf ceux-ci, qui sont romains... Probablement de véritables nombres. Il ne faut pas être grand clerc pour comprendre leur signification. XXIIX – XII – MCCXCXIV, 1294, ma date de naissance. Mabile transmettait les renseignements recueillis sur le registre de la chapelle. Peut-être se trouve-t-il dans ce message d'autres précisions qui nous éclaireront sur leur plan.

Elle tourna la tête vers Clément, qui par pudeur fixait la mince fenêtre ouvrant dans la muraille de sa penderie.

– Penses-tu parvenir à percer son mystère ? Il le faut, Clément.

– Je vais m'y employer. Le plus répandu consiste à utiliser un livre de référence, et il n'en est pas tant à Souarcy, surtout à portée de la domesticité. Mon premier choix sera donc ce psautier dans sa traduction en français, celui que vous avez offert à vos gens. Ma seule crainte est que les deux maniganciers aient été plus intelligents que prévu. Voyez-vous, les complices s'accordent sur une page et chiffrent les lettres de cette page. La finesse consiste alors à décaler le cadre de lecture de quelques lettres ou lignes, au lieu de prendre la première lettre de la première ligne. Il devient alors ardu et long d'y voir clair.

– D'où te viennent ces connaissances ?

– Les livres, madame, ils sont le réceptacle de tant de merveilles.

– Certes, mais ils sont rares et j'ignorais que notre modeste bibliothèque possédât de si nombreux trésors.

– Puis-je vous abandonner à votre toilette, madame ?

– Fais, mais ne te volatilise pas à ton habitude.

– Pas ce soir, madame. Je veille sur vous.

Elle réprima un sourire. Mais après tout, que ferait-elle sans lui, sans sa vigilance et son intelligence, dont elle découvrait chaque jour une nouvelle facette ?

Il se tourna avant de sortir et demanda d'une voix douce :

– Et quel gibier ferait celui-ci, madame ? Un cerf ?

– Il est assez racé et puissant pour cela, mais non. Il est bien plus retors. Le cerf fuit jusqu'à ce que résonne l'hallali. Il charge ensuite dans une courageuse et vaine volte-face. Celui-là calcule et anticipe. Il sait quand abandonner la stratégie au profit de la force, jamais l'inverse. Non, pas un cerf... un renard[1], peut-être.

– Hum... précieux, bien que ce soient des animaux presque impossibles à apprivoiser.

Il referma derrière lui la lourde porte hérissée de têtes de clous.

Sa robe de messe, d'une fine laine gris pâle, conviendrait à la perfection. Elle posa sur ses nattes un long voile léger maintenu au sommet de sa tête par un petit turban d'un gris plus soutenu. La ligne fluide de la robe rehaussait la grâce de sa silhouette et la faisait paraître plus grande, ce que permettait la haute taille de son invité. L'austérité gracieuse de sa tenue seyait à ce qu'elle pressentait de lui. Elle mâcha une pincée d'épices de chambre pour se parfumer l'haleine et versa une goutte de cette Bella Dona[2] qu'Eudes lui avait rapportée d'Italie l'année précédente, et dont elle avait fort peu l'usage. Elle n'avait utilisé le contenu de la fiole d'argent égayée de perles grises et de petites pierres de turquoise que pour en vérifier les effets. Le regard semblait se liquéfier d'un coup, gagner une étrange profondeur, une sorte de langueur de bon aloi.

Agnès passa par les cuisines, où elle était sûre de trouver Mathilde. La fillette surveillait d'un air gourmand les préparations d'Adeline et de Mabile.

– Mademoiselle ma fille, nous sommes honorées d'une visite d'importance. Le comte d'Authon. Je souhaite que vous fassiez excellente impression, puis que vous nous laissiez sans qu'il soit besoin de vous le demander.

1. Contrairement au loup, considéré comme sot et glouton en dépit de la terreur qu'il inspirait, le renard était symbole de ruse et d'intelligence.

2. Extrait de belladone que les belles Italiennes versaient au coin de l'œil pour aviver leur regard.

– Le comte d'Authon chez nous, madame ?

– C'est en effet une surprise de taille.

– Mais... ma robe est fort vieille et laide et...

– Elle est parfaite. De toute façon, aucune de nos toilettes ne pourrait rivaliser avec celles des dames de l'entourage de notre seigneur. Aussi, soyez digne, c'est la plus belle parure d'une dame. Allez vous repeigner et descendez aussitôt.

Lorsque Agnès rejoignit le comte dans la grande salle, il était assis sur un des coffres vaisseliers et jouait avec les chiens.

– Beaux molosses que vous avez là, madame.

– Ce sont de valeureux gardiens... Du moins l'étaient-ils jusqu'à votre arrivée.

Il sourit de ce compliment léger et répondit :

– C'est que je m'entends bien avec les animaux. Mes manières, sans doute.

Elle n'offrirait pas d'excuses pour la rebuffade de tout à l'heure. Ce serait une erreur, car il y détecterait aussitôt la servilité. Les plates flagorneries dont elle gavait Eudes ne sauraient s'appliquer à cet homme. Elles risquaient au contraire de l'ulcérer.

Mathilde, il fallait s'y attendre, pénétra dans la pièce moins d'une minute plus tard. Elle luttait contre l'essoufflement de sa précipitation, mais avança d'un pas modeste et calme vers son suzerain.

– Monsieur, commença-t-elle en plongeant dans une charmante révérence, votre venue en ces murs est un trop rare plaisir. Quant à l'honneur que vous nous faites, il illumine notre humble demeure.

Il s'avança vers elle, luttant contre un rire de bonne humeur :

– Vous êtes délicieuse, mademoiselle. Quant au plaisir et à l'honneur, croyez bien qu'ils sont miens. Si j'avais su que deux des plus éblouissantes perles du Perche logeaient à Souarcy, je n'aurais pas tant tardé à m'y arrêter. C'est crime de négligence de ma part.

La fillette rosit de bonheur sous l'énorme flatterie, et se retira après une nouvelle révérence.

– Votre demoiselle est un enchantement, madame. Quel âge a-t-elle ?

– Onze ans. Je m'emploie à sa grâce. J'espère pour elle un sort plus… fastueux que l'administration de Souarcy.

– À laquelle pourtant vous vous consacrez.

– Mathilde n'est pas née dans la ruelle[1] d'une chambre de domestique, fût-elle dame d'entourage.

Artus connaissait les origines bâtardes de la dame de Souarcy. Qu'elle en fasse étalage le déconcerta, avant qu'il ne comprenne qu'elle appliquait là le seul remède efficace à la médisance ou pis, à la raillerie. Déclarer hautement ce qu'elle était afin de ne pas le subir. Jolie lynx en vérité. Elle lui plaisait décidément.

Le dîner commença par un délice d'échanges, en dépit de la mine de carême de cette Mabile qui leur servait la cretonnée de pois nouveaux que l'on venait de cueillir. Le velouté, lié grâce à des jaunes d'œuf battus dans du lait chaud, avait belle tenue.

Artus constata que la dame était érudite, vivace, intelligente et capable de plaisanteries, une qualité rare chez les femmes de son rang.

Comme il la complimentait sur son flegme de tout à

1. Espace entre le lit et le mur ou deux lits.

l'heure alors qu'elle était environnée de mouches à miel peu amènes, elle lui conta sa première récolte en lui jetant un regard moqueur :

– ... elles se sont ruées en armée sur moi. J'ai hurlé et, dans un moment de sotte panique, je leur ai jeté au visage le seau de miel, pensant que si je leur restituais elles me laisseraient en paix... Que nenni ! Il a fallu que je remonte ma robe sur mes mollets et que je me sauve à toutes jambes vers le manoir... M'imaginez... Le turban de guingois, le voile à demi arraché... J'en ai perdu un soulier dans ma fuite. L'une de ces sauvages gardiennes s'est faufilée sous ma robe et je me suis fait piquer à la... enfin en haut du genou, d'où mon recours actuel aux braies. Bref, je me suis ridiculisée bellement. Heureusement, Gilbert était le seul témoin de ma piteuse retraite. Il a hardiment combattu les insectes, battant des bras comme une oie mécontente, tout cela pour me protéger. Il est rentré tuméfié et bien fiévreux.

Artus éclata de rire, imaginant la scène. Depuis quand n'avait-il pas ri, et surtout en compagnie d'une femme ?

Un souvenir blessant s'immisça dans son esprit. Le visage décomposé de terreur de la frêle demoiselle qu'il venait d'épouser alors qu'il approchait de sa trentième année. Madeleine, fille unique des Omoy, avait dix-huit ans, un âge plus que raisonnable pour devenir épouse et mère. Pourtant, elle jouait encore avec ses chiffons. Sa mère en pleurs et son père qui l'eut volontiers considérée comme une enfante encore quelques années, n'eut été la nécessité de conclure un accord marchand avec le comte, avaient accordé sa main à Artus. La Normandie, ses ports qui desservaient un large arrière-pays grâce à un réseau fluvial étendu, s'avéraient indispensables au désenclavement commercial d'Artus d'Authon, d'autant que la province était également riche en minerai de fer. Quant à Huchald d'Omoy, de pauvre mais belle noblesse, la manne financière que se proposait de lui apporter le comte d'Authon lui permettrait de redorer un blason terni par de calamiteux investissements. La jeune Madeleine d'Omoy scellait leur accord. On eut cru qu'un barbare l'avait arrachée à sa demeure. Ce mariage avait d'abord été pour elle une trahison, puis un interminable calvaire lorsqu'elle avait compris que l'éloignement géographique de ses parents ne lui permettrait de les rejoindre que très occasionnellement. Artus la revoyait, prostrée dans sa chambre qu'elle quittait à peine, assise sur un banc poussé sous l'une des meurtrières, le regard levé vers le ciel, attendant il ne savait quoi. Lorsqu'il le lui demandait, elle tournait vers lui un visage de cire, forçait un sourire pour répondre invariablement :

– Les oiseaux, monsieur.

– Vous les contempleriez plus à votre aise dans les jardins. Il fait doux, madame.

– Sans doute, monsieur. J'ai froid.

Elle ne bougeait pas.

Ses visites à la chambre de son épouse s'étaient espacées. Il n'y était pas le bienvenu, et n'eut été son besoin de descendance, n'aurait sans doute plus jamais importuné Madeleine de sa présence. Car, de désir, il n'en avait jamais ressenti. Ce petit corps amaigri et plat, qu'il osait à peine toucher de peur de le briser, faisait monter en lui une sorte de chagrin qui s'était peu à peu mâtiné de dégoût.

L'accouchement avait été un cauchemar. Elle avait geint des heures durant, pendant qu'il patientait dans le vestibule de sa chambre. Une hémorragie qui la vidait de son sang trop rare avait failli l'achever sitôt la délivrance. Pourtant, les soins que lui avait prodigués le mire et la ventrière semblaient lui avoir redonné quelque vie. Sans doute n'en voulait-elle pas. Elle s'était éteinte, sans un dernier mot, sans un dernier regard, comme une flamme chétive, trois semaines après la naissance du petit Gauzelin.

Il se surprit à jeter à Agnès des regards à la dérobée. Elle était d'une beauté saisissante, accompagnant ses paroles de petits gestes élégants de la main. Sous sa grâce, il en était certain, se dissimulait une volonté peu commune. Hugues de Souarcy avait fait une belle affaire en l'épousant à la demande de Robert de Larnay. Elle, beaucoup moins. Hugues n'était pas mauvais homme, bien au contraire, mais c'était un être lourd, que la guerre et la fréquentation assidue des tavernes n'avaient certes pas dégrossi. De surcroît, il était déjà bien vieux à l'époque de leurs épousailles. Quel âge avait-elle alors ? Treize, quatorze ans ?

Ils discutèrent de choses et de menus riens, s'amusant l'un l'autre, rivalisant de coq-à-l'âne pleins d'humour. Elle réfléchit avant de conclure :

– Ce *Roman de la rose** de messieurs de Lorris et de Meung m'a laissée, comment dire... sur ma faim. Le début est si différent de la fin. Si j'ai parfois trouvé le premier récit convenu, pour ne pas dire mièvre, la satire des « meurs femenins » que brossent Ami et la Vieille dans le second m'a agacée.

– C'est que le second auteur était un clerc parisien et qu'il n'a pas toujours su éviter les écueils de sa culture – qu'il étale volontiers – et de son milieu, ni ceux de la bouffonnerie.

– J'avoue, en revanche, une extrême faiblesse pour les lais et fables de Mme Marie de France*. Quelle perspicacité, quelle délicatesse. Elle y fait parler les animaux comme des humains.

L'occasion était trop belle, et Artus la saisit au vol.

– Je suis moi-même séduit par la finesse et par la langue de cette dame. Et qu'avez-vous pensé du lai intitulé *Yonec* ?

Agnès comprit sur l'instant où il voulait en venir. Dans ce

ravissant poème, prétexte à une réflexion sur le véritable amour, une femme mariée contre son cœur supplie le Ciel de lui envoyer un doux amant. Son vœu est exaucé, et l'amant lui arrive sous la forme d'un oiseau qui se transforme en prince charmant.

Elle tarda à répondre, baissant le regard vers le pâté de limaçon[1] aux oignons et aux épices qu'elle avait à peine entamé tant cette discussion l'avait captivée. Il se méprit sur son hésitation :

– Le qualificatif de rustre me sied comme un gant, ce soir. Oubliez, je vous prie, cette grossière question, madame.

– Et pourquoi cela, monsieur ? Messire Hugues n'était pas l'époux dont les jeunes filles rêvent à la nuit. Cependant, il était courtois et respectueux de son épouse. Ajoutez à cela que je n'ai jamais rêvé à la nuit. Il s'agissait là d'un luxe qui ne m'était pas accordé.

– Quel dommage, madame.

– Sans doute.

La peine soudaine que son imbécile curiosité avait fait monter chez cette jeune femme le blessa.

– J'ai le sentiment de m'être conduit comme un butor insensible.

– Non, car je ne l'eus pas toléré, monsieur, avec tout le respect qui est le mien... Hugues était ma planche de salut, ainsi que le disent les marins, je crois. Comme elle, il a été fiable. J'avais treize ans. Ma mère avait quitté ce monde alors que j'étais encore enfante, quant à la baronne, Dieu berce sa belle âme, elle préférait l'astronomie aux recettes conjugales. En résumé, j'ignorais tout de la vie d'épouse... de ce qu'elle suggérait de devoirs.

1. Escargot. On les trouvait sur toutes les tables et ils étaient tolérés aux repas maigres.

– Elle peut également comporter quelques plaisirs.

– À ce que l'on dit. Toujours est-il qu'Hugues ne fut jamais en défaut de patience. Sa seule grave erreur à mes yeux fut de laisser partir Souarcy à vau-l'eau. C'était un guerrier, pas un fermier, et encore moins un gestionnaire. La plupart des terres sont retournées à l'état sauvage, certaines devenant arides de façon irrémédiable.

– Pourquoi ne pas vous être rapprochée de votre frère, au décès de votre mari ? La vie à Larnay eut été moins difficile pour une si jeune veuve et son enfançon.

Le visage d'Agnès se figea, et le pli mauvais qui ferma soudain ses lèvres le renseigna mieux qu'une déclaration. Il changea aussitôt de sujet. Il venait d'apprendre ce qu'il cherchait depuis le début de la soirée.

– Ce pâté de limaçon est pure merveille.

Il sentit l'effort qu'elle fournissait pour revenir à une conservation légère, et une étrange tendresse l'envahit.

– N'est-ce pas ? C'est que ces petits animaux adorent la cornette[1] que nous faisons pousser. Elle leur donne un goût très suave que nous rehaussons d'un peu d'oignons frits. Nous consommons le reste du légume en potage ou en salade, quand ils nous en laissent quelques feuilles.

Mabile servit ensuite le bourbelier de sanglier rôti, luisant d'une sauce presque noire faite de verjus, de vin, de gingembre, de cannelle et de clous de girofle. Une purée de févettes à la fondue de pommes l'accompagnait. Sitôt la servante repartie en cuisine, Artus commenta :

– Cette fille est bizarre.

Elle redoute que je comprenne le sens du message enroulé autour de la patte de Vigil, voilà l'explication de sa

1. Sorte de petite laitue.

bizarrerie, songea Agnès. Elle planta son regard bleu gris dans les yeux sombres du comte et annonça :

– C'est un cadeau de mon demi-frère Eudes.

À son ton, il comprit qu'elle s'en serait volontiers passé, et qu'elle se méfiait de la fille.

Le dîner se poursuivit. Agnès l'avait remis sur un chemin plaisant, léger. L'échange, fort distrayant, s'émaillait à nouveau de boutades, d'anecdotes érudites, de citations poétiques. Pourtant, la récente pesanteur du comte n'avait pas fâché la dame de Souarcy, bien au contraire. Elle lui avait permis de lui faire sentir l'aversion qu'elle éprouvait pour son demi-frère. Aucun mot dangereux n'avait été prononcé, et si le comte était des amis d'Eudes, elle pourrait toujours affirmer qu'il avait mal interprété son humeur. La faute en reviendrait encore aux imprévisibles changements de nerfs des femmes.

Agnès était parvenue à son but : le contenter par sa présence et sa conversation. Elle le détailla sans doute pour la première fois. Il était très grand, une bonne tête et demi de plus qu'elle, pourtant de haute taille pour une femme, très brun, jusqu'aux yeux, ce qui, en cette région d'hommes châtain clair ou blonds de poil et bleus de regard, était inhabituel. Il portait les cheveux à hauteur d'épaule, ainsi que le voulait la mode pour les puissants. De rares fils argentés parsemaient sa chevelure ondulée. Il avait un beau nez droit, un menton qui trahissait l'autorité, l'impatience aussi. Il tenait sa lourdeur musclée avec une élégance assez rare. Des rides profondes sillonnaient son front hâlé par le grand air des chevauchées. En vérité, un beau spécimen.

– Vous m'observez, madame, prévint une voix grave, assez satisfaite.

Le sang monta aux joues d'Agnès, qui biaisa :

– Vous avez bel appétit, c'est grand plaisir pour ma maison.

– Le plaisir est pour moi, soyez-en certaine.

Elle discerna la lueur amusée qui brillait dans son regard.

Soudain, le sourire du comte mourut, et il leva la main dans un geste inconscient afin de lui intimer le silence. Il tendait l'oreille en direction de la porte basse.

Agnès déglutit avec peine. Clément.

Artus d'Authon se redressa et s'avança comme un chat vers la porte. Que devait-elle faire ? Hurler, suffoquer d'une toux providentielle ? Crier haut et clair : « Que se passe-t-il, monsieur ? » afin d'avertir l'enfant ? Non, le comte détecterait la ruse, et tout se passait jusque-là trop bien pour qu'elle le compromette.

Il tira violemment le battant. Clément s'affala comme un sac dans la pièce. Une main sans douceur le remit sur pieds en le tirant par l'oreille :

– Que fais-tu ici ? Tu nous espionnes ?

– Non, messire. Non, non...

Clément destina un regard de panique à Agnès. Artus pouvait décider de le fouetter au sang si bon lui semblait. Une dérobade était impossible. La dame de Souarcy réfléchissait à toute vitesse.

– Clément... Approche, mon doux.

– C'est l'un de vos gens ?

– Le meilleur d'entre eux. Mon homme de garde. Il vous surveillait afin de s'assurer que sa dame ne courait nul péril.

– Il est bien petit pour faire un homme de garde dissuasif.

– Certes, mais il est valeureux.

– Et qu'aurais-tu fait, si de mauvaises intentions m'avaient jeté sur ta dame, mon garçon ?

Clément sortit le couteau à dépecer qu'il portait toujours sur lui et déclara avec le plus grand sérieux :

– Je vous aurais tué, monseigneur.

Un éclat de rire secoua le comte. Entre deux hoquets joyeux, il déclara pourtant :

– Sais-tu, jeune homme, que je t'en crois capable ? Va te coucher, il n'arrivera rien de fâcheux à ta dame, sur mon honneur.

Clément fixa Agnès, qui acquiesça d'un léger signe de tête. Il disparut comme par enchantement.

– Vous provoquez, madame, de belles dévotions.

– C'est encore un enfant.

– Qui m'aurait lardé de coups de couteau s'il l'avait fallu, j'en suis certain.

Une déroutante pensée le traversa. Cette femme valait que l'on risque sa vie pour la protéger.

Mabile pénétra à cet instant dans la salle, une lueur de curiosité éclairant son regard :

– Mille pardons... Il m'a semblé que vous aviez besoin d'aide, madame.

– Si fait... Nous attendons le troisième service, rétorqua Agnès d'une voix trop sèche.

La fille baissa les yeux, pas assez vite toutefois pour que la dame de Souarcy n'y détecte le venin.

Le plat de rissoles aux fruits et aux noix qui constituait l'entremets ne tarda pas à apparaître. Mabile s'était recomposé un visage un peu plus avenant. Pourtant, Agnès allait devoir en finir avec cette fille et avec la mascarade qu'elles se jouaient depuis des mois, et cette perspective l'alarmait. Jusque-là, elle était parvenue à manipuler Eudes en simulant l'admiration et la confiance. L'incident du pigeon venait de saper cette tactique qui, pour sournoise qu'elle était, n'en avait pas moins été efficace durant des années. La guerre larvée qui l'opposait à son demi-frère allait exploser en pleine clarté, et elle n'était pas armée pour y faire face. Elle se serait battue : elle avait agi avec précipitation, de façon bien sotte, en exigeant qu'on lui remette le pigeon mort porteur d'un message. Si elle s'en était abstenue, elle aurait encore pu feindre quelque temps d'ignorer les véritables menées d'Eudes. L'arrivée miraculeuse du comte Artus, son évident plaisir à cette soirée, ajoutaient à son courroux envers elle-même. Si elle avait disposé d'un peu plus de temps, il aurait pu devenir un allié de poids. Sa hâtive colère envers cette fille avait tout gâché. Agnès fit taire son appréhension.

Une épaisse crème de cerises au vin servie sur des gaufres constituait l'issue.

– Vous me régalez d'un véritable festin, madame.

– Bien modeste pour un seigneur de votre qualité.

Il s'étonna de cette courtoisie convenue dans sa bouche, mais en comprit la cause en levant le regard vers la jeune fille qui les servait. Il ne s'agissait plus de la déplaisante face de carême qu'il avait vue jusque-là, mais d'une adolescente un peu lourde et empêtrée dans ses gestes.

– Adeline, tu prépareras la chambre de maître, celle de l'aile Sud, pour monseigneur d'Authon.

La gamine bredouilla un acquiescement et se précipita hors de la salle après une révérence maladroite.

– Elle n'est pas très finaude, mais elle est fiable, l'excusa Agnès.

– Contrairement à cette Mabile, n'est-ce pas ?

Agnès lui répondit d'un sourire vague.

– Je m'en veux, madame, de vous imposer ce tracas. Ma visite a trop duré, j'en ai peur. Je repartirai demain à l'aube. Accordez-moi, je vous en supplie, la grâce de ne pas vous déranger pour accompagner mon départ. L'un de vos valets sellera mon cheval.

– Et moi, je vous sais gré de la rare et trop courte distraction que vous m'avez offerte. Les soirées sont fort longues à Souarcy, et d'un pesant ennui que votre présence a fait fuir.

Il la fixa, souhaitant que l'habile formule soit davantage que la marque d'une exquise politesse.

Moins d'une heure plus tard, il était installé dans ses appartements, l'ancienne chambre d'Hugues de Souarcy, qu'Adeline avait préparée avec un soin maniaque, allant jusqu'à lancer un feu dans la cheminée, en dépit de la chaleur de la nuit. Il s'approcha des esconces[1] de métal qui protégeaient les flammes des cierges afin de les souffler. Leur nombre prouvait qu'ils avaient été allumés en son honneur. Un bien grand luxe pour une demeure de train modeste, car même si les ruches fournissaient de la cire, Agnès la vendait probablement plutôt que de l'utiliser. Il s'allongea sur le lit, se débarrassant juste de son surcot sans prendre la peine de se dévêtir, ni même d'ôter ses chausses, et resta yeux grands ouverts, fixant l'obscurité.

Artus s'avouait désorienté. Ce qui n'avait été que curiosité de sa part s'était transformé de bien étrange manière. Du coup, il avait oublié jusqu'à ces meurtres hideux.

Admettons, la dame lui plaisait fort, et ce genre d'attrait était devenu assez rare dans son existence pour qu'il s'en inquiétât, s'en émerveillât aussi. Fallait-il que sa vie fût vide pour que la dame de Souarcy l'envahisse si aisément. Certes, sa vie était devenue un désert... au demeurant, sans doute l'avait-elle toujours été. Un désert meublé d'obligations diverses, occupé d'intérêts qui lui permettaient d'oublier la désespérante lenteur des heures. Et voilà qu'une petite hui-

1. Petites lanternes en bois ou en métal qui permettaient de protéger les flammes des courants d'air ou de transporter l'éclairage.

taine de ces mêmes heures venait de s'écouler depuis son arrivée sans qu'il s'en aperçoive. Le temps avait en une seule soirée retrouvé son urgence. Cette dame venait d'en découdre avec l'ennui d'Artus et, pire, l'habitude qu'il avait prise de l'ennui. Prompte victoire que la sienne, pourtant, elle ne s'en doutait pas.

Il se méprenait. Agnès avait parfaitement mesuré le chemin parcouru au cours de ce repas. Si elle s'en félicitait, elle était assez lucide pour savoir qu'il ne s'agissait là que d'une bataille remportée, et que la guerre restait à faire.

Elle remontait vers sa chambre après avoir donné ses ordres pour le réveil du comte, prétendant ne pas s'apercevoir de l'absence de Mabile en cuisines. La malfaisante avait-elle fui pour trouver refuge chez son ancien maître ? Billevesées : pas en pleine nuit et à pied.

La lueur d'une lampe à huile l'arrêta en haut des marches de pierre.

Un murmure :

– Madame...

– Tu n'es pas encore assoupi, Clément ?

– Je vous attendais.

Il la précéda dans sa chambre éclairée par la parcimonieuse clarté de quelques chandelles de suif. On réservait les torches de résineux aux longs couloirs de pierres nues ou aux vastes salles, tant elles noircissaient les murs.

– Quelque chose de grave est-il survenu ? s'enquit Agnès après avoir refermé le lourd panneau de la porte.

– Si l'on veut. Le pigeon et son message ont disparu de votre chambre durant la soirée.

– Mais tu l'avais emmené avec toi vers tes combles, protesta la dame.

– Le temps de recopier le message. J'ai ensuite enroulé avec soin la bandelette de papier autour de la patte du volatile et l'ai redescendu chez vous. Je l'ai posé sur votre table d'atours.

– Tu savais qu'elle le subtiliserait, n'est-ce pas ? Voilà qui cxplique son absence entre les services.

– J'aurais peu risqué à le parier, rétorqua le garçon. Nous ne sommes pas prêts à rompre en visière[1] avec le baron, madame. Mabile n'est pas certaine que vous ayez remarqué le message ou, pis, que vous soupçonniez qu'il émane d'elle. Elle choisira de ne pas y croire parce que cet aveuglement l'arrange. Sans cela, elle devrait avouer l'échec de leur plan à son maître, et il ne l'en complimenterait pas. Nous devons gagner encore un peu de temps pour nous préparer à l'affrontement... surtout après la visite inopinée du comte.

Agnès ferma les yeux de soulagement et se baissa pour serrer l'enfant contre elle.

– Que ferais-je sans toi ?

– Je serais mort sans vous, je mourrais sans vous, madame.

– Alors, employons-nous à vivre tous les deux, mon Clément.

Elle déposa un baiser sur son front et le regarda quitter sans bruit sa chambre, les larmes aux yeux.

Elle demeura là quelques minutes, luttant contre le souvenir d'années de tristesse, de manque, de solitude, de crainte aussi. Elle bagarra pied à pied contre l'obstiné découragement qui lui donnait envie de se résigner, de déserter d'elle-même.

Une voix inattendue, une voix qu'elle connaissait comme la sienne, coula dans sa mémoire. Elle avait tant aimé les

1. Planter sa lance dans la visière de l'adversaire. Au figuré : attaquer de face.

mots de cette voix douce, calme et pourtant inflexible. La voix de son bel ange, celle de la baronne Clémence de Larnay. Comment se pouvait-il qu'elle se souvienne à peine de sa mère, quand chaque geste, chaque sourire, chaque agacement, chaque caresse de madame Clémence demeurait inscrit dans sa chair et dans son esprit ? Dieu qu'elle avait aimé cette femme, au point de songer parfois qu'elle était sa seule mère puisqu'elles s'étaient mutuellement choisies. Dieu que sa mort l'avait laissée orpheline.

Les larmes dévalèrent de ses yeux, de belles larmes. Elle s'entendit murmurer :

– Vous me manquez tant, madame.

La bouleversante sensation, soudain, qu'elle n'était plus seule.

Agnès se laissa envahir par toutes les années d'enseignement, de rires, de confidences et de tendresse qu'elles avaient partagées. Madame Clémence avait insisté pour que la fillette choisisse une constellation qui serait la leur. Agnès avait longuement hésité entre la Vierge, Orion, la constellation du Chien et tant d'autres, pour finir par adopter celle du Cygne, si brillante les nuits du début de septembre. C'était madame Clémence qui lui avait lu et relu les lais de madame Marie de France. Comme elles avaient aimé celui intitulé *Lanval*, histoire d'un preux chevalier auquel une fée accordait son amour tant qu'il en garderait le secret. La baronne lui avait appris le jeu d'échecs, la prévenant d'un mutin : « Je dois te confier que je triche. Toutefois, par amour de toi, je vais faire un effort de probité durant nos premières parties. »

Madame Clémence avait-elle été heureuse ? Peut-être durant les toutes premières années de son mariage, encore qu'Agnès n'en aurait pas juré. Au demeurant, leurs deux solitudes les avaient d'abord jointes. Solitude d'une belle dame vieillissante que ni son mari ni son fils ne semblaient plus distinguer des meubles habituels, et qu'ils traitaient avec une indifférente courtoisie. Solitude d'une toute petite fille, terrorisée à la perspective qu'on se débarrasse d'elle après le décès de sa mère, et qu'Eudes martyrisait en lui serinant qu'elle avait intérêt à être obéissante si elle ne voulait pas finir dans les rues. Au fond, Agnès reconnaissait qu'elle avait toujours eu peur, sauf lorsque la présence de madame Clémence lui avait communiqué le courage de se tenir debout et de faire face.

Une scène qu'elle avait oubliée s'imposa à sa mémoire. Que s'était-il passé, au juste ? Sans doute une des virées galantes du baron Robert, une de celles qui le ramenaient à Larnay bouffi de vin et sentant le ventre des filles jusque dans les cheveux. Il n'avait pas pris la peine de se faire annoncer, déboulant chez sa femme avec l'idée d'assouvir un dernier besoin. Agnès était assise à terre, aux pieds de madame Clémence qui lui lisait un conte. La baronne s'était levée à l'entrée avinée et vulgaire de son mari. Il avait bafouillé quelque chose qui avait fait blêmir madame Clémence mais que n'avait pas compris la petite fille.

La voix glaciale et péremptoire résonna dans l'esprit d'Agnès, tant d'années après :

– Sortez, monsieur. Sortez à l'instant !

Le baron avait levé la main, titubant vers sa femme, la menaçant d'une gifle. Au lieu de reculer, de crier, celle-ci s'était avancée vers lui et l'avait saisi à l'encolure du manteau en feulant :

– Vous ne m'impressionnez pas ! N'oubliez jamais d'où je viens, ni qui je suis. Pour qui vous prenez-vous, porc que vous êtes ! Allez trousser d'autres gueuses, s'il vous plaît, et laissez-nous en paix. Ne reparaissez pas devant moi avant d'être sobre et repentant. Sortez, répugnant soudard, à l'instant. C'est un ordre !

Agnès avait nettement vu le baron s'affaisser comme une baudruche. Sa tête s'était tassée sur ses épaules et le cramoisi de sa hure d'ivrogne avait viré au gris verdâtre. Il avait ouvert la bouche, mais aucun son n'en était sorti. La baronne n'avait pas lâché son regard, n'avait pas reculé d'un pouce.

Il s'était exécuté, ou plutôt, il avait obéi en grommelant un : « C'est un monde ! » fort déconfit pour un homme de son arrogance.

Dès que la porte des appartements de madame Clémence s'était refermée, celle-ci avait été saisie de tremblements. Devant l'inquiétude et l'incompréhension d'Agnès, elle avait expliqué d'une voix redevenue douce :

– La seule façon de mater un chien, c'est de gronder plus fort que lui, de remonter la queue et les oreilles et de découvrir les babines.

– Et ainsi il ne vous saute pas à la gorge ?

Madame avait souri en caressant les cheveux d'Agnès :

– Le plus souvent, il déguerpit... Mais parfois, il attaque, et dans ces cas-là, il faut se battre.

– Même lorsqu'on a peur qu'il vous morde ?

– La peur n'épargne pas les morsures, ma chérie. Bien au contraire.

Se battre.

Agnès avait toujours tenté jusque-là d'éviter le combat, de contourner l'adversaire, de ruser. La tactique avait donné quelques résultats durant des années. Bien médiocres, puisqu'elle se retrouvait aujourd'hui dans une situation plus périlleuse qu'avant son mariage, ou juste après le décès d'Hugues.

Ruser ? C'était l'explication qu'elle s'était concédée. Mais autant l'admettre : elle n'avait pas rusé, elle avait juste eu peur. Elle s'était rassurée en décidant qu'une position défensive était plus appropriée pour une dame, plus digne. Mais les charognards de l'espèce d'Eudes n'accordaient pas d'indulgence particulière aux dames, au contraire. Elles attisaient leurs envies de carnage parce qu'ils comptaient sur leur faiblesse et sur leur peur pour remporter une victoire rapide et sans danger.

Se battre. C'en était fini des dérobades, des faux-semblants. Elle allait attaquer à son tour, et sans davantage de miséricorde que son adversaire.

La mine de fer. La mine d'Eudes dont la rumeur affirmait qu'elle était presque épuisée. Son demi-frère, ses ancêtres avant lui, en avaient tiré la fortune des Larnay, et surtout une bienveillance intéressée des souverains qu'ils avaient servis. Et si le roi Philippe venait à apprendre que le gisement était devenu stérile ? Nul doute que les petites faveurs concédées à son propriétaire se tariraient, elles aussi, bien vite. Eudes se retrouverait seul, sans protection. Artus d'Authon redeviendrait alors son suzerain tout-puissant, or Agnès lui plaisait, elle en était certaine. On lit dans les hommes comme dans des livres lorsqu'ils sont honnêtes et qu'une émotion les prend de court. Plus de ruse, avait-elle affirmé ? Mais ruse de femme, n'est pas indigne tromperie. C'est une arme de combat, une des rares qu'on lui ait laissées.

Gronder plus fort, remonter la queue et les oreilles, découvrir les babines. Surtout, être prête à sauter à la gorge de l'ennemi. Pour vaincre.

Comment parvenir jusqu'au roi ? La réponse était simple : anonymement. Le seul intermédiaire auquel la dame de Souarcy puisse songer n'était autre que monsieur de Nogaret, qui veillait sur le royaume comme sur sa propre vie, racontait-on.

Un soulagement inespéré la fit glisser doucement vers le sol. Un long soupir l'apaisa tout à fait :

– Merci, mon ange, merci ma Clémence.

Lorsque le comte Artus remonta en selle le lendemain, le jour n'était pas encore levé. Rien ne le poussait à choisir une heure si matinale, si ce n'était l'espèce de crainte superstitieuse de rencontrer à nouveau, si vite, la femme qui lui avait ravi ses heures de sommeil. Car il n'avait pas fermé l'œil de cette courte nuit, troquant d'une minute à l'autre la sorte d'hilarité gamine qui lui donnait envie de rire contre une obsession incongrue qui le tendait.

Quel godelureau il faisait. L'image le fit pouffer. Quoi, voilà qu'à plus de quarante ans il se comportait comme un benêt à ses premières mamours ? Quelle merveille. Quelle réjouissante merveille.

Il se redressa et fournit un effort pour assombrir sa mine et rester à la hauteur de sa réputation de rabat-joie.

Quelques minutes plus tard, il chevauchait à travers champs, grisé par l'allure puissante et souple d'Ogier, que la nuit avait revigoré. Une angoisse soudaine le dégrisa net : et s'il se trompait, si cette femme était un leurre, si elle n'était pas le rêve qu'il n'avait jamais voulu s'avouer ?

Il mit le cheval au pas, rongé par cette perspective.

Cent toises plus loin, un sourire l'illuminait au souvenir de cette première récolte de miel qu'elle lui avait conté, laquelle s'était soldée par une piquante défaite.

La succession anarchique de ses émotions l'effara d'un coup. Palsambleu[1]... ne tombait-il pas en amour ! Comment... si vite ? Car pour ce qui était de l'attirance, l'affaire était conclue, pour sa part. Toutefois, l'attrait des sens était assez commun et versatile de l'avis de tous pour ne pas l'inquiéter...

1. Contraction de « Par le sang de Dieu », dont la forme initiale était jugée blasphématoire.

Alors que l'amour et ses plaies... À la vérité, il ne se rappelait pas les avoir jamais subis.

Un fou rire le coucha sur le pommeau de sa selle, contre l'encolure d'Ogier qui secoua sa crinière en guise d'accueil.

Rue de Bucy, Paris, juillet 1304

Dans l'implacable silence de cette fin d'après-midi, l'écho d'un pas sur des dalles de pierres. Francesco de Leone tendit l'oreille, tentant d'en préciser l'origine pour se rendre compte soudain qu'il s'agissait de son pas.

Il avançait le long du déambulatoire de l'église. Son manteau noir dépourvu de manches lui battait les mollets, frôlant par instants le jubé qui protégeait le chœur. Une large croix blanche à huit branches soudées deux à deux, cousue sur le vêtement, reposait sur son cœur.

Depuis quand progressait-il ainsi ? Sans doute assez longtemps puisque ses yeux s'étaient accoutumés à la demi-pénombre. Profitant de la faible lumière qui filtrait du dôme, il fouillait les ombres qui le narguaient. Elles semblaient se couler aux piliers, lécher le bas des murs, se glisser entre les balustres. De quelle église s'agissait-il ? Quelle importance ? Elle était de taille modeste, pourtant, il l'arpentait depuis des heures, finissant par reconnaître chacune des larges pierres d'un ocre qui semblait presque rosé sous la parcimonieuse clarté.

Il tentait de rejoindre la silhouette qui se déplaçait en

silence, à peine trahie par le chuchotement élégant d'une étoffe, une soie épaisse. Une silhouette de femme, une femme qui se dérobait. Une silhouette altière, presque aussi grande que lui. Soudain, il apercevait les cheveux de la femme, longs, très longs. Ils lui tombaient jusqu'aux mollets, vague ondulée qui se confondait avec la soie de sa robe. Une lancinante douleur le faisait haleter. Pourtant, un froid piquant régnait entre ces murs. Son haleine se concrétisait en buée, humidifiant ses lèvres.

Il avait pris la femme en chasse. Elle ne fuyait pas, se contentant de maintenir la distance qui les séparait. Elle tournait avec lui, le précédant toujours de quelques pas, semblant anticiper ses mouvements, longeant le déambulatoire extérieur pendant qu'il suivait l'intérieur.

Il s'immobilisait. Un pas, un seul, elle s'arrêtait à son tour. Un souffle lent, paisible, lui parvenait, mais peut-être l'imaginait-il. Il repartait : l'écho jumeau reprenait aussitôt.

La main de Francesco de Leone descendait doucement vers le pommeau de son épée, pourtant une tendresse dévastatrice lui faisait monter les larmes aux yeux. Il regardait, incrédule, sa main enserrer la boule de métal. Avait-il vieilli ? De puissantes veines saillaient sous sa peau pâle que des rides cisaillaient.

Pourquoi poursuivait-il cette femme ? Qui était-elle ? Existait-elle vraiment ? Voulait-il la tuer ?

Francesco de Leone se réveilla brutalement. La sueur lui trempait le visage, son cœur affolé lui faisait presque mal, et il haletait. Il leva le bras et tourna sa main. Elle était longue, carrée sans lourdeur. Une peau pâle et souple recouvrait le discret réseau bleuté de ses veines.

Il s'assit sur le rebord du lit à baldaquin de la chambre

que lui avait accordée Capella, luttant contre le vertige qui l'ébranlait.

Le rêve, le cauchemar, se précisait. Leone se rapprochait de son but. Le rêve était le futur, il en était maintenant certain.

Sortir d'ici. Profiter de l'aube pour se perdre, errer dans les rues de la ville. Cette chambre, cette demeure l'étouffaient. L'odeur qui y stagnait le prenait à la gorge.

Giotto Capella se rongeait les sangs. Il avait développé au fil des années une véritable aversion pour l'honnêteté. Il ne s'agissait pas chez lui d'un goût particulier pour le vice mais plutôt d'une sorte de superstition. Une équation s'était peu à peu formée dans sa tête : être honnête, c'est être vulnérable, être vulnérable, c'est être humilié.

Que pouvait-il savoir de l'humiliation, ce beau chevalier d'une prestigieuse famille ? Capella lui en voulait terriblement. Pas d'être bien né et d'ignorer le privilège d'une telle naissance, ni même de son implacable jugement sur la trahison d'Acre. Que croyait-il ? Que Giotto était idiot au point de ne pas avoir pris la mesure de son crime lors de sa transaction avec l'ennemi ? Tant de femmes, d'enfants, d'hommes pour trois cents livres d'or. Tant de hurlements, de sang. Il avait accepté le marché et s'était fait gruger. Non, Capella lui en voulait d'avoir apporté, jusque dans son bureau, la preuve qu'aucun souvenir ne meurt tout à fait. Car l'usurier avait fini par s'accommoder des siens. Certes, ils parvenaient encore à forcer l'entrée de son cerveau, surtout la nuit. Pourtant, leurs incursions s'espaçaient de plus en plus. Giotto devait ce confortable résultat à la belle théorie qu'il s'était forgée : après tout, qui pouvait être certain que les renforts seraient bien arrivés à temps pour sauver la citadelle d'Acre ? Et puis, peut-être qu'un autre que lui aurait livré les plans des égouts. Au bout du compte, ils seraient tous morts quand même. Le banquier s'était donc absous lui-même en se convainquant que ce carnage était inévitable, et qu'il n'était qu'un coupable parmi d'autres possibles. Et voilà qu'à cause de cet hospitalier qui n'avait jamais eu peur, les murailles blanches de soleil d'Acre ne quittaient plus son esprit. Voilà que l'honnêteté se frayait un chemin vers lui, accompagnée de son désastreux pendant : la lucidité. Voilà qu'il se disait que sans son crime, trente mille personnes vivraient encore.

En vérité, il détestait Leone, mais son instinct de petit prédateur l'avertissait que cet homme-là n'était pas de ceux dont on peut se venger. Il faut les tuer très vite pour qu'ils ne se défendent pas, et Giotto n'en avait pas le courage.

Avant la visite du messager de monsieur de Nogaret un peu plus tôt, en fin d'après-midi, il avait entretenu l'infantile espoir que peut-être un miracle le débarrasserait comme par un coup de baguette magique de son inquiétant invité. À chaque fois qu'il l'entendait partir, comme ce tôt matin, il priait pour qu'il ne revienne jamais. Tant de gens mouraient chaque jour dans cette ville... pourquoi pas un chevalier hospitalier ? L'imbécillité de ses vœux n'échappait pas à Giotto Capella. Il existait une autre possibilité, plus réaliste : s'il ne faisait rien, le chevalier ne rencontrerait jamais Guillaume de Nogaret, et peut-être partirait-il enfin ? Il pourrait à nouveau appliquer sa devise fétiche : « Remets toujours à demain ce que l'on te presse de faire aujourd'hui. » Elle lui avait porté chance et fortune jusque-là, mais risquait maintenant de lui faire faux bond, il en était conscient.

Le monde de Capella, celui qu'il avait tant œuvré à se construire, s'effritait sous les pas du chevalier. Il avait, en quelques jours, perdu goût à tout, et même l'appât du gain facile ne l'emplissait plus d'une joie fébrile. Autant l'admettre, puisque Leone l'avait contraint à l'honnêteté : ce qui le minait n'était pas tant le remords. C'était plutôt l'imminente publication de ses fautes. Faute avouée est à moitié pardonnée ? Sornettes ! Il n'y a que celles que l'on cache qui vous épargnent.

Revêtu de ses vêtements de nuit, le crâne protégé d'un bonnet de flanelle, Giotto Capella se rongeait donc les sangs, désespéré à l'idée qu'il tenait depuis quelques minutes une vengeance qu'il ne pourrait pas exercer de peur de représailles. Cet empêchement lui avait coupé tout goût pour son souper, et il fulminait. Le discret messager de monsieur de Nogaret était reparti quelques heures plus tôt. Leone ne l'avait sans doute pas vu se faufiler par l'entrée de service de l'immeuble. Monsieur de Nogaret requérait sa présence dès l'après-demain. Il ne pouvait s'agir que d'une histoire d'argent, le roi Philippe n'hésitant pas à emprunter de grosses sommes, quitte à expulser ensuite les prêteurs dans le but de ne pas honorer les dettes de son royaume. Si cela permettait par ailleurs de s'enrichir sur les autres – dont ses grands barons – en pratiquant une usure à peine voilée, c'était un moindre mal. Depuis son départ, Capella atermoyait : et s'il se rendait seul à cette convocation, et s'il prévenait messire de Nogaret de l'étrange exigence du chevalier ? Après tout, Giotto n'en était pas à une trahison près. Pourtant, le souvenir des silences de Leone l'en dissuadait. Il y a dans les silences bien plus d'aveux que dans les mots. Ceux de cet homme-là le clamaient : il était de la race des fauves que l'amour de Dieu avait convaincus de veiller sur Ses agneaux. Un fauve à la dangereuse pureté.

Une soubrette affolée pénétra dans sa chambre et bafouilla un incompréhensible :

– Je... je... y veut rien savoir, mon maître, c'est pas ma faute...

Francesco de Leone apparut derrière elle et la congédia

d'un geste. Il détailla l'accoutrement de Giotto Capella. Un homme en chemise et bonnet de nuit est moins coriace que le même habillé. Non que le chevalier redoutât une quelconque résistance de la part du banquier lombard. Ses menaces avaient impressionné Capella au point de lui jaunir la face un peu plus. Les mettrait-il à exécution, le cas échéant ? Peut-être. On ne doit de pitié qu'à ceux qui sont capables d'en éprouver, et celui-là avait monnayé le massacre de tant d'hommes, de femmes, d'enfants pour lesquels il n'avait pas eu un seul regard.

– Lombard, quand arranges-tu ma rencontre avec Nogaret ? demanda-t-il sans prendre la peine de saluer son hôte récalcitrant.

La coïncidence était trop énorme, et Capella comprit que le chevalier avait entraperçu le messager du conseiller du roi.

– J'attendais l'occasion.

– Et ?

– Elle m'est venue tout à l'heure.

– Quand comptais-tu m'en avertir ?

– Demain matin.

– Pourquoi ce délai ?

La douceur du ton du chevalier alarma Giotto, qui protesta dans un pénible chuintement :

– Qu'allez-vous imaginer !

– Venant de toi ? Le pire.

– C'est menterie !

– Prends garde, usurier... J'ai déjà tué tant d'hommes qui ne m'avaient rien fait. Toi, je te livrerai. Les bourreaux du roi ont pour le supplice un... enthousiasme qui force le respect.

L'ironie perceptible de cette sortie acheva d'inquiéter le banquier. Il tenta de prouver sa bonne foi en expliquant :

– Il est probable que nous soyons accueillis par Guillaume de Plaisians. Le connaissez-vous ?

– De réputation et bien vaguement. Il fut élève de Nogaret à Montpellier, je crois, puis juge au tribunal royal de cette ville avant de devenir juge mage de Beaucaire.

– Ne vous y trompez pas. C'est la deuxième tête plantée sur les épaules de messire de Nogaret. Il l'a rejoint l'année dernière au service direct du souverain, comme légiste. Dans son cas, l'expression « bras droit » serait approximative, car on se demande toujours qui de Nogaret ou de Plaisians est le penseur d'une réforme. Les deux hommes sont brillants, mais Nogaret n'est pas orateur, contrairement à l'autre qui vous harangue une foule au point de lui faire perdre le nord et de la retourner comme un gant. Je me souviens de sa diatribe l'année dernière contre Boniface VIII. Remarquable et redoutable... Ajoutez à cette facilité oratoire leur différence d'apparence. Guillaume de Plaisians est un beau gaillard. En bref, il est homme à ménager tout autant que messire de Nogaret.

Une question fugace traversa Francesco de Leone : pourquoi le prieur Arnaud de Viancourt n'avait-il pas mentionné cette « deuxième tête plantée sur les épaules de Nogaret », ainsi que l'avait décrite Capella ?

Alentours de la commanderie templière d'Arville,
Perche, juillet 1304

Le cheval noir de nuit piétinait. Son cavalier, ombre dissimulée dans une cape de bure, scrutait la pénombre de la forêt à la recherche de sa proie. Les serres de métal luisant qui terminaient sa main droite se crispèrent sur les rennes. Le spectre se redressa sur sa selle et exhala d'écœurement. Cette fois, ces imbéciles avaient choisi une fille, une très jeune fille, comme messagère. Qu'espéraient-ils ? Qu'elle résisterait mieux que les hommes qu'ils avaient sacrifiés jusqu'ici ? Des benêts. Pourtant, le mépris du spectre meurtrier cédait peu à peu place à l'impatience, peut-être même à l'inquiétude. La traque durait depuis plus d'une demi-heure. La jeune fille se déplaçait vite, sans un bruit. Comment se pouvait-il qu'elle ne fût pas épuisée ? Où se cachait-elle, dans quel taillis ? Pourquoi ne s'affolait-elle pas comme les autres avant elle ? Car tous n'avaient pas été empoisonnés au point de délirer. Pourquoi ne fonçait-elle pas, droit devant elle, dans une inepte tentative de fuite ?

Il raffermit la pression de ses mollets contre les flancs de sa monture qui s'énervait. L'animal percevait le doute qui commençait de s'infiltrer dans l'esprit de son maître.

Que venait faire cette fille à Arville ? Sa mission concernait-elle la commanderie templière ? Les messages papaux avaient jusque-là transité par l'abbaye des Clairets. La mauvaise humeur gagna le spectre. Il détestait s'éloigner de son habituel terrain de chasse. Il se ressaisit en songeant à l'effet que lui ferait ce premier meurtre de femelle. Lirait-il le même effroi dans le regard de sa victime lorsque celle-ci apercevrait la patte griffue ? Une chair de femme se déchirait-elle plus aisément que celle d'un homme ? Qu'on en finisse. La nuit tombait et il lui faudrait ensuite parcourir un long chemin pour rentrer.

Le regard du fantôme emmitouflé fouillait les ronces, les branches basses et les fourrés. Tant de calculs, de mensonges et de meurtres. Il lui avait fallu les tolérer puis les accepter. Quant à s'en repaître, là n'était pas son vice. La jouissance de tuer lui était inconnue, le déplaisir également. Il s'agissait au mieux d'un aléa, au pire d'un accessoire de sa tâche et s'il fallait en passer par là...

Tant d'années, tant de déceptions brûlantes, d'humiliations, d'injustes privations avaient engendré sa vie actuelle. Le grisant sentiment de n'être plus une transparence parmi d'autres avait fait le reste. Pour la première fois, son existence comptait, devenait déterminante et peu importait, au fond, la cause servie. Pour la première fois, le pouvoir était de son côté. Il ne le subissait plus, il le maniait.

Aplatie contre l'humus à vingt mètres des sabots du cheval, dissimulée sous une foison de fougères, Esquive guettait le poursuivant qui l'avait prise en chasse avant même qu'elle ne parvienne à remettre le message dont elle était porteuse. Elle n'ignorait rien des dangers de sa mission avant de l'entreprendre. Pourquoi avaient-ils envoyé de jeunes moines avant de la choisir comme émissaire ? L'idée de donner la mort leur était si étrangère qu'ils préféraient la recevoir. Pas elle, redoutable bretteuse grâce à son père. L'archange hospitalier, lui aussi, aurait pu, aurait su affronter le spectre et son cheval de nuit, mais il se trouvait encore si loin. Qu'avait-il conservé de leur première rencontre, des années plus tôt ? Sans doute peu de chose, du moins en ce qui la concernait.

Le cheval fit trois pas nerveux sur le côté, captant à nouveau toute l'attention d'Esquive, puis s'immobilisa. Le spectre malfaisant s'inquiétait, et son alarme se communiquait à sa monture.

En dépit de sa foi, de sa détermination héritée de son père, et surtout de son infini amour pour l'archange de Chypre, la panique avait d'abord saisi Esquive lorsque le grand étalon noir avait surgi de la brume crépusculaire. L'animal s'était rué sur elle et le spectre avait levé son effroyable gantelet.

Elle avait foncé, sa légèreté et sa rapidité de mouvement l'avantageant. Elle s'était ensuite fondue à la terre, devenant plus immobile qu'une racine pour reprendre son souffle et retrouver la pleine capacité de son intelligence.

Elle ne pouvait se permettre de mourir maintenant. L'importance des informations qu'elle transportait dépassait la sienne. Ensuite ? Ensuite, Dieu déciderait. Le trépas lui importait peu puisqu'elle emporterait avec elle son archange de chair et de sang.

Le spectre ne vit d'abord que deux lacs d'ambre pâle, deux lacs presque jaunes. Un regard immense. Puis une longue chevelure brune et bouclée. Enfin, une petite bouche en cœur et une peau si pâle qu'elle semblait lunaire. L'ordre claqua en même temps qu'une main fine tirait une courte épée d'un fourreau de ceinture.

– Démonte. Démonte et viens te battre.

Cet invraisemblable revirement fit hésiter le fantôme. La jeune fille poursuivit d'une voix étonnamment grave :

– Tu veux ma vie ? Viens la prendre. Je la vends chèrement.

Que se passait-il ? Rien n'allait comme prévu.

La suite fut si rapide que le spectre ne put y parer. La fille se jeta sur le cheval, épée brandie, et se fendit. La lame aiguë entama le large poitrail noir de l'animal, qui se braqua en hennissant de douleur et de surprise, désarçonnant son cavalier pétrifié d'incompréhension.

Une lueur féroce et joyeuse éclaircit encore davantage l'étrange regard d'Esquive. Elle sourit, recula de quelques pas et écarta légèrement les jambes, prête au combat.

Le spectre se redressa d'un mouvement de reins. La peur. La peur qu'il avait cru pouvoir dissoudre à jamais l'envahit à nouveau. L'abjecte peur de mourir, de souffrir, de n'être à nouveau plus rien. Il se débarrassa de son gantelet devenu ridicule et tira sa dague d'une main à l'assurance évanouie. Certes, il savait se battre, mais la posture de la jeune fille lui indiquait assez qu'il avait affaire à une fine lame.

Il jeta un regard éperdu autour de lui. Son exécration de lui-même, celle dont il pensait quelques instants plus tôt être parvenu à se défaire, le suffoquait. Il n'était qu'un pleutre, une âme faible qui s'était intoxiquée du pouvoir des autres en le croyant sien. Il détestait cette fille. C'était de sa faute si le passé avait ressuscité. Elle paierait pour cela, pour sa haine de lui-même. Un jour, il prendrait plaisir à la tuer, à l'entendre hurler, puis geindre, puis s'éteindre. Un jour. Plus tard.

Esquive comprit que son adversaire allait fuir. Elle hésita une fraction de seconde de trop entre sa rage, l'envie de pourfendre celui qui avait assassiné tant des leurs et l'importance vitale de sa mission. Le spectre le perçut-il ?

Il fonça vers le grand étalon noir qui s'était calmé à quelques dizaines de toises de là, pas assez vite toutefois pour éviter la large lame qui s'abattait sur son épaule droite. La douleur lui arracha un gémissement mais la peur, la haine le galvanisèrent. S'aidant de sa main gauche, il parvint à se hisser en selle. Monture et cavalier disparurent dans la nuit de la forêt.

Palais du Vatican, Rome, juillet 1304

Les premiers jours de juillet avaient amené avec eux une touffeur encore plus épouvantable que celle que l'on avait subie en juin. L'air semblait se raréfier au point qu'il fallait fournir un effort pour respirer. Nul souffle d'air n'apportait de soulagement, même éphémère.

Le camerlingue Benedetti avait été vaincu par cette obstinée vague de chaleur. Il s'était assoupi à sa table de travail, son front reposant sur sa main gauche, le nez dans son gracieux éventail de nacre.

La silhouette marqua un arrêt, tendant l'oreille. Elle tenait un petit panier d'osier dont l'anse avait été enrubannée de blanc. L'antichambre était déserte en cette heure de sustentation, et la respiration de l'archevêque paisible et régulière. Son regard se posa sur la coupe à moitié vidée de la macération de sauge et de thym que le camerlingue buvait après chaque midi, un remède contre les ballonnements de ventre. Un goût bien déplaisant mais adéquat puisqu'il masquait l'amertume de la poudre d'opium dosée de sorte à provoquer un assoupissement comateux.

Sans un bruit, sans un mouvement d'air, la silhouette

passa derrière l'imposant bureau marqueté d'ivoire, de nacre et de losanges de turquoise. La main gantée souleva une tapisserie représentant une Vierge timide et diaphane, autour de laquelle voletaient des anges, dévoilant un passage bas ménagé entre les épais murs. La chambre de réunion du souverain pontife se trouvait à l'autre extrémité.

La silhouette se courba et franchit les quatre toises qui la séparaient de la conclusion de sa mission.

La vaste salle était vide, ainsi qu'il était prévu. Benoît XI n'était pas rentré de sa restauration de midi. Il n'était pas connu pour ses vices, mise à part une bien modeste faiblesse pour la bonne chère, notamment celle qui lui rappelait les années douces durant lesquelles il avait été évêque d'Ostie.

La silhouette avança, foulant l'épais tapis aux motifs pourpres et or qui recouvrait presque tout le sol de marbre. La table de réunion évoquait la Cène et le fauteuil papal, lourdement orné et surmonté d'un dais blanc, trônait en son milieu. Elle déposa le panier sur la table, juste en face, grimaçant sous la gêne que lui occasionnait son épaule toujours endolorie. Des figues. De magnifiques figues mûres à souhait. Nicolas Boccasini en avait été si friand, avant de devenir Benoît.

La réunion de l'après-midi commença en retard, puisqu'il fallut réveiller le camerlingue Benedetti. Il était livide et des vertiges lui faisaient tourner la tête. Quant à son élocution difficile, elle étonna l'assistance, venant d'un homme dont le talent oratoire était réputé. Pourtant, le pape écoutait avec attention les conseils de son camerlingue. Honorius était sans doute le seul véritable ami qui se soit porté vers lui depuis son élection. Il lui en était d'autant plus reconnaissant que le prélat n'avait pas caché son admiration pour Boniface VIII. Benoît admettait volontiers qu'il n'avait ni l'autorité ni les manières jupitériennes de son prédécesseur. Il n'avait pas non plus la même vision impériale pour l'Église, cet homme qui sentait les larmes lui venir aux paupières à l'évocation du supplice du Christ et de la fuite de Marie. Aussi le soutien sans faille du camerlingue lui avait-il d'abord été précieux, pour lui devenir cher.

Le pape était inquiet. L'excommunication de Guillaume de Nogaret allait fortement déplaire au roi de France. Pourtant, il fallait abattre le poing sur la table. Une absence de sanction trahirait la crainte qu'il avait de cet implacable souverain, et pouvait leur faire perdre un peu plus de leur influence politique. Honorius Benedetti l'avait convaincu : attaquer Philippe le Bel directement risquait de se révéler suicidaire. En revanche, Nogaret faisait un acceptable bouc émissaire. Benoît écouta ses conseillers les uns après les autres, dégustant ses figues. Il était si soucieux qu'elles lui parurent âcres, et qu'il n'en tira pas le petit bonheur qu'elles lui procuraient d'habitude.

Palais du Louvre, alentours de Paris,
appartements de Guillaume de Nogaret, juillet 1304

Ils quittèrent la rue de Bucy peu après none.

Suivant Giotto Capella à deux pas pour indiquer sa position subalterne, le chevalier Francesco de Leone baissait la tête.

Les travaux de construction du palais de l'île de la Cité, souhaité par Saint Louis, n'ayant pas encore commencé, tous les pouvoirs de l'État étaient encore abrités par la rébarbative citadelle du Louvre, située juste derrière la frontière de la capitale, non loin de la porte Saint-Honoré. On s'y tassait comme on pouvait dans ce qui n'était toujours que l'austère donjon qu'avait fait bâtir Philippe II Auguste pour y centraliser la chancellerie, les Comptes et le Trésor.

La rue Saint-Jacques les mena jusqu'au Petit Pont. De là, ils traversèrent l'île de la Cité pour accéder au Grand Pont – encore nommé Pont au Change – qui débouchait sur la rue Saint-Denis. Ils bifurquèrent sur leur gauche, revenant sur leurs pas, mais sur la rive droite cette fois, pour atteindre « la grosse tour du Louvre ». Une foule disparate de marchands, de pêcheurs de Seine, de badauds, de mendiants, de filles publiques, de gamins, se pressait, se hélait, s'invectivait dans ce lacis de rues étroites et empuanties par les détritus. Des batteurs[1] ou des meuniers tirant leurs charrettes à bras s'insultaient, bouchaient les ruelles, se refusant le passage au prétexte que l'un était arrivé après l'autre.

Giotto maugréa, plus par habitude que dans l'espoir d'engager conversation avec son silencieux compagnon :

– Regardez-moi ces encombrements. C'est de pire en pire ! Vont-ils bientôt se décider à doubler ces ponts ? Nous avons fait triple chemin quand le Louvre est à quelques centaines de toises à vol d'oiseau de la rue de Bucy.

À quoi le chevalier se contenta de répondre d'un ton placide :

– Des bateliers assurent pourtant le passage des personnes et des marchandises entre le Louvre et la tour de Nesle, n'est-il pas vrai ?

L'autre lui jeta un regard de chien battu avant d'admettre :

– Oui... mais il faut les payer.

– Car vous ajoutez l'avarice à vos autres vices ? Moi qui pensais que les repas clairs que vous me faisiez monter n'étaient qu'un signe de votre intérêt pour ma santé.

Capella n'allait pas, en plus, payer deux traversées ! La goutte lui taraudait le pied, le mollet jusqu'au genou, tant pis, ils iraient à petite allure.

Un huissier les accueillit avec une morgue qui disait assez le contentement qu'il tirait de son petit rang. Ils patientèrent une bonne demi-heure dans l'antichambre de monsieur de Nogaret, sans échanger une seule parole.

1. Affineurs de métal qui transformaient les barres en feuilles avant de les livrer aux fabricants d'objets.

Enfin, on les mena. Leone rencontrait leur plus sérieux ennemi, car il ne pouvait s'agir de Guillaume de Plaisians, que Giotto avait décrit comme un beau gaillard. L'homme d'une bonne trentaine d'années qui se tenait derrière la longue table encombrée faisant office de bureau était de petite stature, presque chétif. Un bonnet de feutre d'un indigo luxueux couvrait son crâne et ses oreilles, affinant encore un visage émacié, allumé d'un regard intense que des paupières dépourvues de cils rendaient presque déplaisant. En dépit de la frénésie de l'époque pour un luxe vestimentaire ostentatoire, et de cette mode qui raccourcissait les vêtements masculins, Nogaret était resté fidèle à la longue robe austère des légistes. Il avait passé dessus un manteau sans manche, fendu sur le devant, dont le seul ornement était une bordure de vair[1]. Un feu rugissait dans la cheminée, et Leone se demanda si Nogaret ne leur faisait pas l'amitié d'être gravement malade.

– Asseyez-vous, bon ami Giotto, invita Guillaume de Nogaret.

Francesco de Leone resta debout, comme il convenait à un commis de maison de banque. Le légiste parut enfin le remarquer, et sans même le regarder demanda :

– Et qui est votre compagnie ?

– Mon neveu, le fils de mon défunt frère aîné.

– J'ignorais que vous eussiez un frère.

– Qui n'en a pas, messire. Francesco. Francesco Capella. Mon neveu nous a rendus bien fiers...

Nogaret, que les menus bavardages ennuyaient et dont la patience de salon n'était pas la qualité principale, écouta dans un demi-sourire. Les trente mille livres qu'il comptait emprunter au banquier valaient bien quelque complaisance.

1. La fourrure de petit-gris était prisée à l'époque. Il fallait capturer plus de deux mille écureuils pour fourrer un manteau masculin.

– … il fut durant trois années l'un des chambellans de notre regretté saint-père Boniface…

Une lueur d'intérêt s'alluma dans le regard à l'étrange fixité.

– … et puis, une affaire de femme… une bagarre, bref la disgrâce.

– Quand cela ?

– Peu de temps avant le décès de notre pape, que Dieu berce son âme.

– Si tant est que Son jugement le lave de ses multiples péchés, acquiesça Nogaret d'un ton aigre.

Nogaret était homme de foi, une foi exigeante qui lui avait fait détester Boniface, selon lui indigne de la grandeur de l'Église. Contrairement à son prédécesseur Pierre Flote, décidé à débarrasser définitivement la monarchie des ingérences continuelles du pouvoir papal, l'ambition de Nogaret était de permettre au roi de doter l'Église d'un irréprochable représentant de Dieu sur terre. Leone connaissait sa participation occulte aux grandes affaires religieuses qui avaient agité la France. Nogaret avait ensuite quitté les coulisses du pouvoir pour rejoindre la pleine clarté. Il avait notamment prononcé l'année dernière un virulent discours divulguant les « crimes » de Boniface VIII. En d'autres termes, il pavait le chemin au futur pape du roi, sans doute secondé par Plaisians.

Un ou deux noms de cardinaux pressentis, c'était ce que cherchaient le prieur et le grand maître afin d'intervenir.

La mort de Boniface VIII n'avait pas atténué l'animosité qu'éprouvait Nogaret pour lui. Quant à l'injure que le souverain pontife lui avait lancée publiquement en n'hésitant pas à le traiter de « fils de Cathare », elle le suffoquait toujours. Lorsqu'il avait appris le décès du pape, le conseiller s'était contenté de marmonner :

– Qu'il rencontre son Juge.

Nogaret n'en avait pas fini avec celui qu'il considérait au mieux comme une épouvantable disgrâce, au pire comme un envoyé du diable acharné à la perte de la Sainte Église.

Il détailla pour la première fois l'homme encore jeune dont l'humble posture le satisfaisait.

– Assieds-toi... Francesco, c'est cela ?

– C'est cela, messire.

– C'était un bel honneur et un grand privilège que ce service au pape. Pourtant tu l'as gâché, et pour une fille, en plus.

– Il s'agissait d'une dame... Enfin, presque.

– Galant homme ! Bref, d'une semi-fille. Et qu'en as-tu retenu, de ce prestigieux service ?

Le gros poisson était ferré. Le prieur avait eu raison. En dépit de sa vive intelligence, Nogaret était homme de passion, passion de l'État, passion du roi, passion du droit. La passion fait avancer, mais elle aveugle.

– Tant, monseigneur, soupira Leone.

– Cette multitude n'a pourtant pas l'air de te réjouir.

– C'est que le très saint homme était... enfin... L'amour de Notre Seigneur devrait s'imposer sans...

Un sourire fugace étira les lèvres minces de Nogaret. Il était appâté. Que savait au juste ce neveu d'usurier ? Même s'il ne s'agissait que de viles médisances, elles lui feraient du bien, le confortant dans son exécration de Boniface. D'autant que ces chambellans fouinent partout, ils s'échangent de petits secrets de pot de nuit ou d'alcôve, dont certains accouchent d'affaires d'État. La colique glaireuse et nauséabonde d'un grand peut annoncer une prochaine succession. Se tournant à nouveau vers Giotto Capella, il s'enquit :

– Et donc, votre neveu reprend le flambeau de la banque ?

– Oh non, messire, et c'est vive déception. Il n'a pas goût aux affaires d'argent, et je doute qu'il en ait le talent. Je cherche parmi mes prestigieuses relations un seigneur qui pourrait souhaiter se l'adjoindre. Il est fort intelligent, parle couramment cinq langues sans compter le latin, et cette malheureuse histoire de demoiselle a bien tempéré sa fougue. On dirait un moine. Il est très fiable et sait que le mutisme vaut plus que l'or dans notre profession.

– Intéressant... Je pourrais, pour vous être agréable, ami Giotto, l'accepter à l'essai.

– Quel honneur. Quel infini honneur. Quelle bienveillance, quelle générosité... Jamais je n'aurais espéré...

– C'est que je tiens à nos cordiales et fructueuses relations, Giotto.

Leone feignit une reconnaissance sans limite, tombant sur un genou, tête baissée, main sur le cœur.

– Allons... je t'attends demain dès prime*, nous prierons ensemble. Je ne connais pas de meilleur moyen que la prière pour se rejoindre.

Nogaret en vint enfin à ce qui le préoccupait à cœur. Un nouvel emprunt, trente mille livres, une somme ! Plaisians avait réalisé l'évaluation, au plus juste. C'était ce qu'allaient leur coûter les innombrables entrevues avec les cardinaux français, les différents entremetteurs qu'il faudrait rémunérer, sans oublier les « cadeaux » qu'attendraient la plupart des prélats pour renoncer à leur avidité de pouvoir suprême au profit d'un candidat unique, celui de Philippe. Quant au roi, son choix n'était pas arrêté. Peu lui importait l'identité de l'élu, pourvu qu'il cesse de mettre son nez dans les affaires de France. Le monarque était prêt à apporter son soutien et son Trésor à qui le lui garantirait.

Ni Giotto ni Leone ne furent dupes de l'explication fournie par le conseiller : préparer la levée d'une nouvelle croisade afin de reconquérir la Terre sainte. Philippe avait bien trop à faire en Flandre ou en Languedoc pour disséminer ses forces ailleurs. Néanmoins, il était de bon ton de se féliciter de tout nouveau projet de cet ordre, et Giotto ne dérogea pas à la règle.

– Et quelles conditions nous accordez-vous, messire, car il s'agit d'une somme qui sans être astronomique est fort conséquente ?

– Le taux d'intérêt fixé par Saint Louis.

Giotto s'y attendait.

– Et quant à l'usance[1] ?

– Deux ans.

– Ah ? C'est que c'est bien loin, et je ne sais si mes prêteurs...

– Dix-huit mois, c'est mon dernier mot.

– Fort bien, messire, fort bien.

Ils ressortirent de la grosse tour du Louvre peu après. Giotto se frottait les mains.

– Êtes-vous bien satisfait, chevalier ? Vous voilà dans la place.

– Ne t'attends pas à des remerciements de ma part, banquier. Quant à mon humeur, elle ne te concerne pas. Au fait, je demeure chez toi.

L'autre pinça les lèvres. Il s'était enfin cru débarrassé de cette présence qu'il croisait à peine et que pourtant il sentait jusque dans le froid qui rampait sous sa peau. Il fit contre mauvais cœur bonne figure et demanda :

– Et qu'avez-vous pensé de cet emprunt ? Cet alibi de croisade que l'on nous brandit sous le nez est bien utile. Il s'accommode de toutes les sauces. Trente mille livres, c'est une grosse somme, mais bien trop modeste pour lever une

1. Délai de paiement accordé pour un prêt à moyen terme.

armée de croisés et l'envoyer à l'autre bout de la terre. Notre ami Nogaret a d'autres idées en tête.

– Que t'en chaut-il ? Tu es payé, non ?

– Il m'en chaut, tout au contraire. Connaître la pensée des grands, c'est anticiper leurs besoins, et parer à leurs coups de l'âne. Et nous autres, pauvres prêteurs sans défense, sommes toujours à la merci d'une bonne ruade en guise de reconnaissance. Ainsi va le monde.

– Les larmes me suffoquent.

La rebuffade n'ébranla pas le méchant rat, qui insista :

– Et donc, qu'en avez-vous pensé ?

– Une chose fort intéressante, dont tu n'as peut-être pas encore pris la mesure.

– Laquelle ? demanda Capella.

– Tu viens de trahir monsieur de Nogaret. Tu lui as tendu un piège, et s'il venait à l'apprendre... débrouille-toi pour mourir très vite.

C'était si évident que Giotto n'y avait pas songé. Il s'était précipité vers l'avant pour fuir une menace et toute sa ruse, toute son habitude du calcul ne l'avaient même pas averti qu'il s'en créait une autre, bien pire que la précédente.

Dix minutes après leur départ, l'huissier fit pénétrer une silhouette engoncée dans une épaisse robe de bure dans le bureau de Guillaume de Nogaret.

– Alors ?

– Nous approchons du but, monseigneur. Tout est en place selon vos vœux.

– Bien. Poursuis ton travail. Ta peine sera rémunérée ainsi qu'il a été convenu. La plus parfaite discrétion est de rigueur.

– La discrétion est mon métier et mon talent.

Pris d'un doute, Nogaret demanda :

– Que penses-tu de nos affaires ?

– Je pense ainsi que vous me payez, messire. Vos affaires sont donc de la plus noble nature.

Château de Larnay, Perche, juillet 1304

Sexte* venait de s'achever lorsque le comte Artus d'Authon avait démonté dans la cour intérieure du château de Larnay. Il avait aussitôt songé à Agnès, à son enfance de bâtarde entre ces murs.

L'effervescence qui avait suivi son arrivée l'eut sans doute distrait en d'autres circonstances. Cependant, il avait passé les quelques jours qui s'étaient écoulés depuis sa rencontre avec la dame de Souarcy dans une tension qui avait rendu son humeur instable, et la demi-heure de patience qu'on venait de lui infliger ne l'améliorait en rien.

Une matrone fonça dans sa direction, s'éventant de son tablier en signe d'affolement :

– Monseigneur, monseigneur..., bafouilla-t-elle en s'agenouillant presque devant lui. C'est que mon maître est absent... Oh, mon Dieu, gémit-elle comme si la fin du monde s'annonçait.

Artus ne l'ignorait pas. Le commerce d'Eudes de Larnay l'emmenait chaque fin de mois jusqu'à Paris. C'était, au demeurant, ce qui avait poussé le comte à parcourir la quinzaine de lieues qui séparaient Authon du château du petit baron.

– Madame son épouse serait-elle souffrante ?

La femme comprit le reproche, et s'embourba dans ses explications.

– Que nenni, que nenni, elle est en belle santé, étant entendu que son terme approche, Dieu grand merci. Elle se prépare à vous recevoir dignement depuis qu'on lui a annoncé votre venue... Elle somnolait, aussi... Mais je suis une vieille folle jacassière... Suivez-moi, monseigneur, s'il vous plaît. Ma dame vous rejoindra sous peu.

Artus songea que la charmante bécasse dont le silence habituel recouvrait un désert d'intelligence devait se ronger les sangs dans sa chambre, maudissant l'absence de son mari, se demandant ce qu'elle devait dire, taire, éviter, proposer afin de ne pas mériter les foudres d'Eudes à son retour.

Enfin, Apolline de Larnay apparut, précédée par un pesant nuage aillé. Artus ne l'avait pas revue depuis l'évidence de sa grossesse, et son allure le déconcerta. Elle faisait partie de ces femmes auxquelles l'attente d'enfant ne seyait pas. Son visage d'habitude fort plaisant était enlaidi d'un masque grisâtre et des cernes violaçaient le haut de ses pommettes. Il tendit la main vers elle afin de lui éviter une révérence, et la salua d'un menteur :

– Madame, vous êtes radieuse.

– C'est que vous êtes homme de charité, monsieur, rétorqua-t-elle, lui prouvant qu'elle n'était pas dupe de sa flatterie. Mon époux est...

– ... absent, on me l'a appris. C'est fâcheux.

– Aviez-vous urgence à discuter ?

– Urgence serait excessif. Disons que je souhaitais l'entretenir d'un projet que j'ai formé.

Quelque chose avait changé chez elle. Une infinie tristesse semblait maintenant habiter la jolie oiselle sans cervelle qu'il avait connue.

– Eudes... Les affaires accaparent mon mari au point que je ne l'ai entraperçu qu'une fois en un mois.

– Les extractions minières sont fort contraignantes.

Elle leva le regard vers lui, et il lui sembla qu'elle luttait contre les larmes. Pourtant, elle répondit :

– C'était, en effet, son explication. (Puis, se reprenant, elle offrit :) Je manque à tous mes devoirs... La chaleur a dû vous accabler durant votre voyage. Une bolée de cidre devrait vous dessoiffer.

– Volontiers.

Elle donna des ordres pendant qu'il s'installait sur l'un des bancs de la grande table. Elle s'assit en face de lui, de trois quarts tant la proéminence de son ventre la gênait. Un silence embarrassé s'ensuivit, qu'il rompit :

– Saviez-vous que j'ai rencontré récemment votre sœur d'alliance, madame de Souarcy ?

Le visage de la petite femme grise s'illumina à la mention de ce nom :

– Agnès... et comment se porte-t-elle ?

– Fort bien, m'a-t-il paru.

– Et Mathilde ? Je ne l'ai pas vue depuis près d'un lustre[1].

– C'est maintenant une charmante et très jolie demoiselle.

– Comme sa mère. Madame Agnès a toujours été un éblouissement, et j'ai tant regretté jadis qu'elle n'accepte pas l'offre de mon époux de s'installer avec sa fille au château. La vie à Souarcy est si précaire, si difficile pour une veuve que rien ne prédisposait aux travaux agricoles. Nous aurions été

1. Cinq ans.

sœurs et j'aurais ainsi eu de la compagnie, la meilleure. Elle est si vive, si bonne.

– C'eut été une bien satisfaisante solution pour tout le monde. Et pourquoi l'a-t-elle repoussée ?

Une ombre voila le regard d'Apolline de Larnay. Elle mentit si mal qu'il sentit tout le chagrin qu'elle tentait de dissimuler :

– Oh, je l'ignore... Peut-être un attachement à ses terres.

Ce qu'il avait pressenti se confirmait : Eudes de Larnay avait de la protection de sa demi-sœur une idée qui confinait au sacrilège. Le petit baron avait jusque-là agacé Artus par sa fatuité, sa poltronnerie et ses habitudes de soudard avec les femmes, mais l'exaspération cédait place à l'aversion que lui inspirait ce genre de perversités[1].

La légèreté de beau papillon de la douce Apolline n'était plus que cendres, grises comme elle. Cela aussi, Eudes l'avait ravagé. Une peine diffuse envahit le comte à cette constatation, et il s'en voulut d'avoir mené aux demi-confidences cette jeune femme qu'il avait un jour trouvée bien sotte.

Il prit congé d'elle avec une amitié qu'il se sentait pour la première fois, en lui recommandant :

– Prenez grand soin de vous, madame. Vous et l'enfant que vous portez êtes précieux.

À quoi elle répondit dans un murmure :

– Croyez-vous, monsieur ?

Le retour vers Authon ne dissipa pas son malaise. Le soir tombait déjà lorsqu'il rejoignit Monge de Brineux, son grand bailli, qui l'attendait dans la bibliothèque.

1. Les interdits sexuels de consanguinité s'étendaient même à la parenté baptismale.

La pièce en rotonde, de taille modeste, était l'une des préférées d'Artus. Il y avait amassé une jolie collection de livres, rapportée de ses errances de par le monde. Il s'y sentait en territoire propice, environné de souvenirs dont il avait oublié la plupart des détails. Tant d'êtres croisés, tant de noms prononcés, tant de lieux traversés ; au bout du compte, si peu d'ancrages.

Monge dégustait un vin de fruits et se gavait de pâtes de coing au miel. Il se leva à son entrée en déclarant :

– Ah, monsieur, vous me sauvez de l'écœurement.

– Pourquoi faut-il que vous avaliez ces friandises par poignées ?

– Leur suavité m'apaise.

– J'attends donc la mauvaise nouvelle.

La perspicacité du comte n'étonna pas Monge de Brineux. Pourtant, son air sombre l'inquiéta :

– Quelque chose vous préoccupe, messire ?

– Il conviendrait d'accorder cette phrase au pluriel. Je n'y comprends rien. Mais allons Brineux, décochez.

– Un de mes sergents est arrivé ce midi à bride abattue. Une autre victime défigurée a été retrouvée dans les bois des Clairets, presque à l'orée. Il semble que celui-là soit mort il y a peu.

– Un moine ?

– De toute évidence.

– Presque à l'orée, dites-vous ?

– En effet, messire. C'était grande imprudence de la part du meurtrier.

– Ou habile calcul, rétorqua Artus. Ainsi, il pouvait être assuré que nous retrouverions la victime assez vite. A-t-on découvert la lettre *A* à proximité ?

– Tracée dans l'humus, presque contre sa jambe.

– Quoi d'autre ?

– Je n'en sais guère plus pour l'instant. J'ai donné ordre que l'on ratisse les alentours, expliqua le bailli.

Monge de Brineux hésita à revenir à leur conversation précédente. L'admiration mêlée d'amitié qu'il portait au comte n'en faisait pas pour autant l'un de ses familiers, ni même l'un de ses compagnons. Au demeurant, fort peu d'êtres pouvaient se vanter d'avoir su approcher Artus de si près. Il y avait chez son seigneur une sorte de distance sans hargne qui décourageait les confidences. Pourtant, Monge le savait homme juste et bon. Il se lança :

– Votre visite à madame de Souarcy vous a-t-elle convaincu de mes dires ?

– Certes. Je ne la vois pas en sanguinaire criminelle. C'est une femme érudite, d'excellente compagnie et sans aucun doute de piété.

– Et cette jeune veuve est fort belle, ne trouvez-vous pas ?

Au moment où il prononçait cette phrase peu subtile, Monge se maudit. Le comte comprendrait aussitôt où il voulait en venir. La suite lui donna raison. Artus leva son regard sombre vers lui, et Monge y décela une petite lueur ironique :

– Certes encore. Joueriez-vous les entremetteuses, Brineux ?

Un fard se répandit sous la barbe naissante de son bailli, qui demeura coi.

– Allons Brineux, ne faites pas cette tête. Votre souci de moi me réchauffe le cœur. Le mariage vous réussit trop bien, mon ami. Vous voyez des épousailles partout. Ne vous mettez pas martel en tête : je ferais un hoir tôt ou tard, comme mon père.

C'était surtout l'influence de Julienne qu'il fallait blâmer pour cette nouvelle propension de Monge à souhaiter le mariage à tous ceux dont il espérait le bonheur. Le comte était veuf depuis longtemps, sans descendance directe, avait-elle argumenté un soir. Quelle tristesse de voir un homme de ses dons vieillir seul, sans la tendresse d'une femme, avait-elle insisté. Monge avait tempéré le redoutable enthousiasme de marieuse de son épouse d'un : « Tout dépend de la dame. »

– Sans aller jusque-là..., bafouilla Brineux, un peu penaud.

– Croyez-vous véritablement que madame Agnès soit de ces dames de qualité que l'on trousse dans les vestibules ? Il est vrai que nous avons, vous et moi, profité des faveurs de quelques-unes.

– Je crois qu'il vaut mieux que je prenne congé de vous, messire. Je suis en train de m'embourber et de me couvrir de ridicule.

– Je vous taquine, mon ami. Restez, au contraire. J'ai besoin de vous pour tenter d'y voir plus clair. Rien ne semble avoir de sens dans cette affaire.

Monge s'installa en face d'Artus. Celui-ci était parti dans l'une de ses intenses réflexions. Le bailli le savait au regard fixe de son seigneur – un regard aveugle qui ne voyait plus rien de la pièce –, à la crispation de ses mâchoires, à la raideur de son dos. Il patienta. Ces plongées d'Artus en dedans de lui-même lui étaient devenues familières.

Il s'écoula quelques minutes d'un silence complet avant que le comte n'émerge du plus profond de son esprit en lâchant :

– Cela n'a aucun sens... quel que soit l'angle par lequel on l'examine.

– Que voulez-vous dire ?

– Brineux, nous sommes d'accord sur un point : Agnès de Souarcy n'a rien à voir avec ces meurtres.

– Ainsi qu'elle me l'a si lestement envoyé au visage, je ne la vois pas courant les sous-bois, armée d'un griffoir dans le but de dépecer le visage de pauvres moines... À moins d'imaginer une folie meurtrière passagère ou une possession sporadique. Ajoutez à cela que ces hommes, surtout le dernier, pesaient plus du double du poids de la dame.

– Les victimes auraient, pour les quatre dernières, si l'on compte ce nouveau meurtre, tracé une lettre *A* avant de décéder, et un mouchoir de batiste appartenant à la dame fut découvert non loin d'une d'entre elles. On cherche donc à l'impliquer.

– J'en suis parvenu à la même conclusion.

– Avant de poser les questions cruciales, c'est-à-dire « qui ? » et « pourquoi ? », interrogeons-nous sur l'habileté du meurtrier.

– C'est un abruti, asséna Brineux.

– Tout à fait, car il y avait des façons bien plus convaincantes d'incriminer Agnès de Souarcy... Ou alors, et c'est ce que j'en viens à redouter, nous ne comprenons rien à cette série de meurtres et nous nous fourvoyons depuis le début de votre enquête.

– Je ne vous suis plus.

– Je m'y perds moi-même, Brineux. Et s'il n'avait jamais été dans l'intention du criminel de nous orienter vers le manoir de Souarcy ? Si cette lettre signifiait tout autre chose ?

– Et le mouchoir de batiste, l'oubliez-vous ?

– Reste le mouchoir, vous avez raison, admit le comte.

Après un bref silence, Artus d'Authon reprit :

– La question que je souhaite vous poser est... bien délicate, ou plutôt fort indélicate.

– Je suis à vos ordres, monsieur.

– J'aimerais plutôt que vous y répondiez en ami.

– Ce sera mon honneur.

– Vous serait-il venu à la connaissance des rumeurs... des

ragots… concernant les relations d'Eudes de Larnay avec sa demi-sœur ?

Au pincement de lèvres de son bailli, Artus comprit qu'en effet, des clabaudages étaient parvenus jusqu'à lui.

– Larnay n'est pas un joli sieur.

– Ce n'est pas grande nouvelle, approuva le comte.

– Mais à un point qui blesse les oreilles. Il se conduit fort mal avec sa femme, c'est de vaste notoriété. La pauvre est plus cocue qu'une souveraine maure. On m'a conté qu'il n'hésitait pas à ramener des catins jusque dans les salles du château. Certaines filles publiques ont été retrouvées gravement battues après son passage. Aucune n'a voulu narrer sa mésaventure à mes gens, de peur de représailles.

– Et sa sœur ?

– On raconte qu'Eudes de Larnay aurait de la parenté et du sang commun une notion bien floue. Il couvre la dame de cadeaux dispendieux…

– Qu'elle accepte ?

– Refuser serait bien téméraire de sa part. J'ai appris qu'il était allé jusqu'à lui offrir un pain de sucre.

– Fichtre, il la traite en princesse ! commenta le comte.

– Ou en hétaïre ruineuse.

– Pensez-vous qu'ils… enfin qu'elle…

– Franchement, l'idée m'avait effleuré avant que je ne la rencontre. Après tout, Larnay pue peut-être du dedans, mais de l'extérieur il a plutôt agréable figure. Non, je ne la vois pas frotter son ventre sur celui de cette minable gouape[1]. D'autres détails concordent.

– Lesquels ?

Artus d'Authon se rendit compte à cet instant qu'une certitude sur l'indifférence sentimentale d'Agnès pour son

1. En picard ancien, « vin tourné » avant de devenir « voyou ».

frère – et si possible sur sa détestation – lui était devenue nécessaire, vitale.

– Agnès de Souarcy a toujours refusé l'« hospitalité » de son demi-frère, en dépit, je crois, de la réelle tendresse un peu apitoyée qu'elle éprouve pour sa sœur d'alliance, madame Apolline. Elle se garde autant que faire se peut de le rencontrer. S'ajoutent à cela les confidences d'une dame qui fit partie de l'entourage de feu la baronne de Larnay, la mère d'Eudes, et que l'on m'a répétées. Agnès a accepté sans hésitation le premier parti qu'on lui proposait, cela afin d'échapper aux instincts prédateurs de son demi-frère. L'infortune a voulu qu'Hugues meure prématurément sous les coups d'un cerf blessé, la livrant de nouveau à Eudes.

– Riche parti, en vérité, qu'Hugues de Souarcy !

– C'était sans doute préférable aux yeux de la dame que de rejoindre la couche d'un frère honni.

– Mais comment savez-vous tout cela ?

– Je suis votre bailli, messire. C'est ma charge, mon devoir et mon honneur que de laisser traîner ce que Julienne nomme « mes longues oreilles » pour vous servir.

– Et je vous en suis reconnaissant.

Manoir de Souarcy-en-Perche, juillet 1304

Clément avait passé toutes ces dernières journées à tenter de percer le code du message recopié, essayant toutes les combinaisons, variant les cadres de lecture, commençant au début de chaque psaume, puis décalant sa transcription de quelques lettres, de quelques lignes. En vain. Un doute l'avait assailli : et s'il s'était fourvoyé, si Mabile avait utilisé un autre livre ? En ce cas, lequel ? Il n'en existait pas tant que cela à Souarcy, et la plupart étaient rédigés en latin. Or, Clément en était certain, Mabile n'entendait rien à cette langue réservée aux personnes d'érudition. La piété ne devant pas être la vertu principale de la servante, peut-être avait-elle sélectionné un ouvrage lui correspondant davantage, en français et aisé d'accès pour elle. Où le cachait-elle ? La ribleuse[1] se trouvait avec Agnès, ainsi qu'ils l'avaient planifié plus tôt ce matin.

Adeline balayait les cendres de la grande cheminée lorsque Clément pénétra dans la cuisine :

1. Qui se faufile à la nuit comme un filou.

– Je cherche Mabile, mentit-il.

– L'est avec not'dame.

– Ah… Eh bien, je vais te tenir un peu compagnie en l'attendant. Les corvées passent plus vite en bavardant.

– Ça, c'est ben vrai.

– Tu travailles beaucoup, notre dame est satisfaite.

Adeline releva le visage et une roseur l'illumina :

– Elle est bonne.

– Oui, elle l'est. Pas comme… Enfin, j'ai eu l'impression que Mabile n'était pas très plaisante avec toi.

La bouche d'habitude molle de la fille se serra :

– L'est mauvaise comme une vraie gale.

– Pour sûr.

Adeline s'enhardit et renchérit :

– C't'un furoncle à la fesse, celle-là ! Mais laisse-moi te dire qu'un furoncle, ça fait mal au début, sauf que quand c'est mûr tu le perces et hop, c'est fini. Et puis, c'est qu'elle s'prend pas pour du jus de vase de nuit, celle-là ! Ces mines qu'elle fait… C'est pas parce qu'elle se fait…

Adeline se figea net et jeta un regard affolé à Clément. Elle en avait trop dit, et les éventuelles représailles de Mabile l'effrayaient quand même.

– Ce n'est pas parce qu'elle se fait culbuter par son ancien maître qu'elle doit péter plus haut que dessous son cul, acheva Clément pour la mettre en confiance. Ça reste entre nous.

Un sourire de soulagement alluma la grosse face de la fille, qui hocha la tête.

– En plus, comme elle sait un peu lire, elle se donne des airs, poursuivit Clément.

– Ah ça… Moi, j'ai pas besoin d'lire pour savoir préparer les mets. Mais elle… Toujours le nez dans son viandier[1] pour

1. Livre de recettes, la majeure partie à l'époque étant consacrée à la préparation des viandes.

impressionner. Attention, c'est vrai qu'elle est bonne cuisinière, j'dis pas, mais...

– Ah, ainsi elle possède un viandier ! s'exclama Clément. Moi qui croyais qu'elle savait tout cela...

– Hein, que c'est tricherie, approuva Adeline, parc'que moi, ce que j'sais faire, c'est dans ma tête, pas dans un livre !

– Tiens, je voudrais bien savoir si c'est là-dedans qu'elle a pêché la recette de sauce qui accommodait ce bourbelier de sanglier qui a tant impressionné messire le comte d'Authon. Parce que si elle l'a imité de quelqu'un, c'est sûr que le compliment ne lui revient pas.

– Ça, c'est vérité vraie, acquiesça une Adeline satisfaite. C'est qu'elle le quitte pas son viandier, des fois qu'on s'rendrait compte de ses duperies ! Elle le cache dans sa chambre.

– C'est pas Dieu possible !

– Si fait, opina Adeline, qui se rengorgeait de sa soudaine importance. (Une lueur s'alluma dans son regard :) Mais j'sais où t'est-ce.

– Je me doutais que tu étais futée !

– Pour sûr. L'est sous sa paillasse.

Clément discuta encore quelques minutes avec la fille puis se leva.

La porte de la cuisine n'était pas refermée derrière lui qu'il se ruait à l'étage des serviteurs. Il n'avait plus que quelques minutes avant qu'Agnès ne soit contrainte de lâcher Mabile, qui devait s'étonner de l'intérêt soudain que lui portait sa maîtresse.

Il trouva immédiatement le réceptaire culinaire dans la cachette mentionnée par Adeline. Sur la première page avait été tracé : « Recopié du sieur Debray, cuisinier de son très gracieux et très puissant sire Louis VIII le Lion. »

Le garçon hésita : devait-il le replacer sous le matelas et attendre une nouvelle absence de Mabile pour le confronter au texte du message, ou le subtiliser ? Le temps les pressait, et il opta pour la deuxième solution. Si Mabile s'apercevait de sa disparition avant qu'il le restitue, elle accuserait sans doute Adeline. Il conviendrait alors qu'Agnès protège la pauvre fille de l'ire de la servante.

Il rejoignit ses combles comme une ombre, et s'attela aussitôt à la tâche. Il devait faire vite. La guerre se précisait et de surcroît, il lui fallait retourner au plus tôt à la bibliothèque secrète des Clairets, tenter d'élucider un autre mystère : celui du journal du chevalier Eustache de Rioux.

Palais du Vatican, Rome, juillet 1304

Le camerlingue Honorius Benedetti était livide. Lui que la chaleur insupportait tant se sentait glacé jusqu'à la moelle.

Nicolas Boccasini, Benoît XI, haletait en serrant les doigts du prélat dans sa main moite.

Le devant de sa robe blanche disparaissait sous le rouge des vomissures. Les douleurs de ventre l'avaient ravagé toute la nuit, le laissant épuisé au petit matin. Arnaud de Ville neuve*, l'un des plus éminents médecins de ce siècle aux idées un peu trop réformatrices au goût de l'Inquisition, n'avait pas quitté son chevet. Son diagnostic était tombé, sans l'ombre d'une hésitation : le pape se mourait d'enherbement, et nul antidote autre que la prière ne pourrait le sauver. On avait donc tenté sans grand espoir des fumigations d'encens, des prières, et monsieur de Villeneuve s'était opposé à une saignée dont l'inefficacité vis-à-vis des empoisonnements était connue depuis monsieur Galien.

Benoît exigea d'un geste faible mais impatient qu'on le laissât seul en compagnie du camerlingue. Avant de quitter les appartements du pape agonisant, Villeneuve se retourna vers le prélat et murmura d'une voix que le chagrin altérait :

– Monseigneur aura, je le suppose, compris la nature de son inexplicable assoupissement d'hier.

Honorius lui jeta un regard d'incompréhension. Le praticien compléta :

– Vous avez été drogué, et à votre état de confusion de l'après-midi, à vos surprenantes difficultés d'élocution, je parierais pour de la poudre d'opium. Il fallait vous écarter pour atteindre Sa Sainteté.

Honorius ferma les yeux en se signant.

– Vous n'y pouviez rien, Éminence. Ces damnés toxicatores parviennent presque toujours à leurs fins. Je suis désolé, du fond de mon âme.

Arnaud de Villeneuve laissa ensuite les deux hommes à leur ultime échange.

Benoît n'entendit rien de ce monologue. La mort était entrée dans sa chambre, et elle méritait qu'il s'y consacre en compagnie du seul ami qu'il s'était découvert dans ce palais trop grand, trop lourd.

Une étrange odeur avait envahi la chambre, douceâtre et écœurante, celle de l'haleine de l'agonisant. La fin était proche, amenant avec elle le miracle du soulagement.

– Mon frère...

La voix était si faible qu'Honorius se pencha vers le saint-père, luttant contre les larmes qu'il retenait depuis des heures.

– Votre Sainteté...

Benoît eut un mouvement de tête agacé :

– Non... Mon frère...

– Mon frère ?

L'ombre d'un sourire tendit les lèvres desséchées de l'agonisant :

– Oui, votre frère. Je ne voulais être que cela... Ne souffrez pas. C'était inévitable et je ne redoute rien. Bénissez-moi, mon frère, mon ami. Les figues... Quel jour sommes-nous ?

– Le 7 juillet.

Peu après l'extrême-onction célébrée par son ami et confident, le pape tomba dans un coma haché par le délire.

– ... Les amandiers d'Ostie, quelle merveille... Une petite fille m'offrait tous les ans une pleine corbeille d'amandes... J'en étais si gourmand... Elle doit être mère, maintenant... Je Vous rejoins, Seigneur... C'était une erreur... J'ai essayé de m'acquitter au mieux, de prévoir au mieux... La Lumière, je vois la Lumière, Elle me baigne... À Dieu, mon doux frère.

La main de Nicolas Boccasini se referma en étau sur les doigts d'Honorius, puis la pression se relâcha d'un coup, laissant le camerlingue seul au monde et glacé.

Un soupir. Le dernier.

Une éternité de chagrin, une infinité de larmes. Les sanglots suffoquèrent Honorius Benedetti, qui se laissa aller vers l'avant, jusqu'à ce que son front repose dans la large tache rouge qui maculait la poitrine du pape défunt.

Il grelotta longtemps contre le torse de son frère mort avant de parvenir à se lever, à aller prévenir l'antichambre bondée de gens, et pourtant si silencieuse que l'on eut cru un tombeau.

Manoir de Souarcy-en-Perche, juillet 1304

L'aube commençait de repousser la nuit. Clément n'avait pas fermé l'œil depuis l'avant-veille. La fatigue lui faisait tourner la tête, ou était-ce la jubilation du succès ?

Une pensée tempéra aussitôt la satisfaction qu'il avait de lui-même. L'ignoble vipère. Il y avait dans les quelques mots transcrits du message qu'emportait Vigil avant d'être transpercé par une flèche toute la haine, toute la jalousie du monde. Ce fiel était concentré dans une recette de cuisine. Une bien appétissante recette quand on y pensait, celle de la « fève frésée en potaige[1] », une des gloires de Mabile.

> *Metz ta fève frésée emprès le feu et quand commencera à bouillir, exprimis l'eaue et la metz hors du pot, et y metz de rechef de fraîche par autant que surmonte quelque deux doyz et y metz du sel à ton advis[2]...*

Eudes et Mabile n'avaient pas fait assaut d'imagination, commençant leur code à la première lettre de la première ligne.

1. Purée de févettes.
2. Extrait du viandier du sieur Taillevent, éditions de J. Pichon.

Le texte avait de quoi faire frémir de dégoût. Après les précisions concernant la naissance de Clément, son absence de patronyme, le manque de parrain et de marraine, suivaient quelques mots abjects :

> *Chapelain Bernard sous le charme Agnès. Couche commune ?*

L'ignoble scélérate. Elle mentait sans vergogne pour satisfaire son maître. Une autre idée, bien plus convaincante, vint aussitôt à Clément. Non. Elle mentait pour le blesser, pour se venger de lui aussi. La haine viscérale que portait Eudes à sa demi-sœur était si brouillonne, si mêlée d'amour déçu, de désir inassouvi. Il voulait faire ramper Agnès tout en persistant à se convaincre que sans leurs liens de sang elle l'aurait aimé plus que quiconque. Mabile ne l'ignorait pas. Sa haine à elle était précise comme une impitoyable lame.

Clément patienta encore une heure et descendit à pas de loup vers la chambre de sa maîtresse pour lui narrer sa découverte.

Assise dans son lit, sa dame le considérait. La roseur de la colère avait peu à peu remplacé la pâleur qui avait envahi ses joues lorsqu'elle avait pris connaissance du billet.

– Je vais la confondre et la jeter dehors. La faire rouer de coups !

– Je comprends votre ire, madame, mais ce serait une erreur.

– Elle m'accuse de...

– De partager la couche de votre chapelain, en effet.

– Il s'agit d'un crime, pas seulement d'un égarement !

– J'en suis tout à fait conscient.

– Sais-tu ce qu'il adviendrait de moi si jamais l'on venait à ajouter foi à cette monstrueuse accusation ?

– Vous perdriez votre douaire.

– Et plus que cela ! Frère Bernard n'est pas un homme, c'est un prêtre. Je serais traînée devant le tribunal pour avoir poussé de façon démoniaque un homme de Dieu à la débauche des sens. Un succube, voilà ce que l'on ferait de moi, et tu n'ignores rien du sort qu'on leur réserve.

– Le bûcher.

– En conclusion du reste.

Elle resta silencieuse quelques instants avant de reprendre :

– Eudes attend ce message. Combien en a-t-il reçu grâce à la fidélité de Vigil depuis qu'il me l'a offert ? Peu importe. Le pigeon mort, nous n'avons nul moyen de substituer un autre billet à celui que lui destinait Mabile. Pis, je ne peux même pas me débarrasser d'elle sans éveiller les soupçons de mon demi-frère. Que faire, Clément ?

– La tuer, proposa-t-il avec le plus grand sérieux.

Le regard d'Agnès s'agrandit :

– Que veux-tu dire ?

– Je peux la tuer. C'est aisé, il existe tant de plantes. Je ne serais pas coupable d'un péché capital, puisqu'il ne s'agit pas d'un être humain mais d'une vipère.

– Es-tu fou ? Je t'interdis... On ne tue que lorsque l'on est menacé, dans sa chair.

– Elle nous menace. Elle menace votre vie, donc la mienne.

– Non... Tu ne tacheras pas ton âme. Tu m'entends ? C'est un ordre. Si quelqu'un doit renvoyer cette sorcière en enfer, c'est moi.

Clément baissa la tête en murmurant :

– Je le refuse. Je refuse que vous soyez damnée. J'obéirai, madame, j'obéis toujours pour vous plaire.

La damnation ? Elle frayait avec sa possibilité depuis si longtemps qu'elle finissait par ne plus en avoir peur.

– Clément… il doit exister une autre parade à sa méfaisance. Il me faudrait des renseignements précis sur l'état de la mine de monsieur de Larnay. Je donnerai ordre que l'on te prépare une monture. Nos lourdes bêtes d'hersage ne vont pas très vite, mais elle t'évitera la fatigue du voyage et son allure imposante découragera les petits filous.

Le temps leur fit défaut.

Rentrant dans sa chambre au soir, Mabile découvrit plus vite que redouté la disparition de son réceptaire culinaire. Elle fonça au bout du couloir qui desservait l'étage des serviteurs et, sans se préoccuper de frapper, poussa la porte d'Adeline comme une furie. La malfaisante se rua sur la forme endormie, l'agrippant aux cheveux et la bourrant de coups de poing.

La grosse fille voulut hurler, mais une main féroce se plaqua sur ses lèvres, et la pointe d'un couteau imprima sa morsure dans la peau de son cou. Une voix feula à son oreille :

– Où est-il, gueuse ? Où est mon viandier ? Rends-le moi à l'instant ! Si tu cries, je t'étripe. Tu m'entends ?

– J'l'ai pas, j'l'ai pas, j'te jure sur les Évangiles ! C'est pas moi, pleurnicha Adeline.

– Qui alors ? Fais vite, vilaine, ma patience est à son terme.

– Ça doit être le p'tit Clément. Y m'a demandé où qu'y se trouvait, le viandier, j'veux dire ! Alors, j'y ai expliqué, pour sûr.

– La peste soit de cette fouine de gamin !

Les idées se percutaient dans l'esprit de Mabile. Elle avait manqué de finesse. Contrairement à ce qu'elle avait cru pour se rassurer, ils avaient bien trouvé le message destiné à Eudes de Larnay. Sans doute cette odieuse verrue de gosse avait-il posé le pigeon mort bien en évidence dans la chambre de la dame de Souarcy, certain qu'elle tenterait de le récupérer. La disparition du réceptaire prouvait qu'il avait compris la nature du code et que, sans doute, il l'avait déchiffré.

Elle ne pouvait plus demeurer au manoir. Agnès avait assez d'arguments pour exiger son châtiment.

Comment se pouvait-il que cette sale bâtarde gagne toujours ? Pourquoi Clément l'aimait-il au risque d'encourir la vengeance de Mabile ? Et Gilbert ? Et les autres ? Pourquoi ?

Une paix soudaine inonda Mabile. Elle avait cru abhorrer la dame de Souarcy. Il n'en était rien. Elle s'était contentée de lui vouloir du mal. La haine, la vraie, celle qui dévaste tout, commençait maintenant. La haine la portait et elle ne reculerait plus devant rien. La haine occultait toute peur, tout regret.

La morsure de la lame quitta la gorge d'Adeline, qui sanglotait toujours.

– Écoute-moi bien, idiote ! Je retourne dans ma chambre. Si jamais je t'entends te lever avant le matin, si jamais je t'entends appeler, tu es morte. Tu as compris ? S'il le faut, pisse sur ton matelas, mais que je n'entende pas un mouvement !

L'autre secoua la tête frénétiquement.

Mabile sortit de sa chambrette. Il ne lui restait que quelques heures pour mettre assez de distance entre elle et les gens d'Agnès de Souarcy.

La nouvelle de la disparition de Mabile ne surprit pas Agnès, et encore moins Clément, qui avait recueilli en cuisine les aveux d'une Adeline au visage bouffi de larmes.

– Espérons qu'un ours l'aura déchiquetée, commença

Clément comme ils se trouvaient dans la grange à foin qui avait hébergé le cadavre emmené par les hommes du bailli.

– Ils se méfient, eux aussi, des vipères.

– Comptez-vous envoyer des gens à sa recherche, madame ?

– Elle a plusieurs heures d'avance, et ce ne sont pas nos chevaux de labour qui peuvent la rattraper. Et même s'ils la retrouvaient, qu'en ferais-je ensuite ? N'oublie pas qu'elle est la propriété de mon demi-frère. Je devrais de toute façon la lui remettre afin qu'il fasse justice.

– En effet, mieux vaut la laisser errer dans la forêt. Selon Adeline, elle a dû fuir aussi vite qu'elle le pouvait. Elle n'a pas emporté grand-chose, peu de vivres et encore moins d'eau ou de vêtements. Qui sait...

– N'en espère pas trop, Clément.

– Alors, c'est que la guerre est à nos portes.

Agnès passa la main dans les cheveux de l'enfant en murmurant d'un ton dont l'extrême lassitude le glaça :

– Que voilà donc une admirable façon de résumer notre situation. Laisse-moi, maintenant, je dois réfléchir.

Il sembla hésiter, mais s'exécuta.

Agnès remonta dans ses appartements. Une lassitude sans fin alourdissait sa démarche. Dès que la porte de sa chambre se fut refermée, l'apparente maîtrise qu'elle avait affichée afin de rassurer Clément l'abandonna. Si Mabile parvenait à répandre son venin, Eudes la croirait ou prétendrait accorder foi à ses perfidies. Si son demi-frère concluait alors que les imprécisions du registre de la chapelle au sujet de la naissance de Clément et de la mort de Sybille avaient eu pour but de dissimuler l'hérésie de cette dernière, Agnès était perdue. Ses supposés crimes relèveraient d'une procédure inquisitoire. Les sanglots la suffoquèrent, et elle tomba à genoux sur les dalles de pierre.

Qu'allait-elle faire... que pouvait-elle faire ? Des questions sans fin se heurtaient dans son esprit, toutes plus insolubles les unes que les autres.

Qu'allait devenir Clément ? Il serait livré au baron de Larnay... À moins qu'elle ne parvienne à le décider à s'enfuir... Il ne partirait jamais sans elle... Elle l'y contraindrait... Il ne fallait surtout pas qu'il se doute de ce que sa dame risquait, sans quoi il s'accrocherait à elle dans l'espoir de la secourir, oubliant son âge, sa naissance et ce qu'il savait devoir dissimuler.

Et Mathilde ? Il fallait protéger Mathilde... Mais où l'envoyer ? Elles n'avaient nulle famille, hormis Eudes... Peut-être l'abbesse des Clairets l'accueillerait-elle pour quelque temps ? Mais si Agnès était accusée d'avoir encouragé un prêtre au nicolaïsme, elle serait déchue de son douaire et de ses droits maternels...

Une incohérente prière lui échappa :

– Je vous en prie, Seigneur ! Ne les punissez pas pour mes péchés. Faites de moi ce que bon Vous semble, mais épargnez-les, ils sont innocents.

Combien de temps pleura-t-elle ainsi ? Elle n'en avait aucune idée. Elle lutta contre l'épuisement qui lui faisait fermer les yeux.

La peur n'épargne pas les morsures, ma chérie, bien au contraire.

La rage souleva Agnès et elle se fustigea.

Cesse à l'instant !

Redresse-toi ! Qu'es-tu pour ramper de la sorte !

Si tu t'écroules, ce sera la curée. Ils se jetteront sur toi pour te mettre en pièces.

Si tu t'écroules, ils te prendront Clément, Mathilde, ton nom et tes biens. Songe au sort qu'ils réserveront à Clément.

Si tu t'écroules, tu auras mérité ce qui t'échoit et tu seras coupable du mal qui retombera sur l'enfant.

Gronder plus fort, remonter la queue et les oreilles, découvrir les babines pour obvier aux dangers qui la menaçaient.

Se battre.

Taverne de la Jument-Rouge,
Alençon, Perche, juillet 1304

L'inquisiteur Nicolas Florin avait troqué sa robe contre des chausses et un chainse sur lequel il avait enfilé un doublet[1] de futaine puis une cotte[2] d'un gris soutenu, un peu démodée et parfaite pour passer inaperçu. Un chaperon de couleur taupe dont la pointe s'enroulait autour de son cou lui permettait de dissimuler la tonsure qui l'eut fait repérer sitôt entré dans cette taverne de la rue du Croc. Peu de clients étaient attablés en ce début d'après-midi.

Il repéra l'homme qui lui avait donné rendez-vous à sa mise opulente, et s'approcha de sa table. L'autre l'invita à s'asseoir sans un sourire de bienvenue, et attaqua dès que le tenancier leur eut servi un nouveau cruchon de vin.

– Ainsi que vous l'a expliqué hier mon messager, il s'agit d'une affaire délicate, et la plus grande discrétion est de rigueur.

– J'entends bien, acquiesça Nicolas en dégustant son vin.

1. Vêtement porté sur la chemise (chainse), fait d'un lainage léger ou de futaine (mélange de lin et de coton).

2. Tunique longue.

Un objet percuta son genou sous la table. Il s'en saisit. Une bourse bien grasse, comme prévu.

– Il y a là cent livres, cent autres suivront à la conclusion du procès, annonça Eudes de Larnay dans un murmure.

– Je n'ai pas compris comment vous étiez parvenu jusqu'à moi.

– Il n'y a que trois inquisiteurs nommés pour la région d'Alençon.

– Cela ne m'éclaire toujours pas sur vos moyens pour éliminer les deux autres candidats.

– Peu importe, rétorqua Eudes, mal à l'aise. L'important est que les informations que l'on m'a fournies s'avèrent exactes. Maintenant... si cette... affaire ne vous intéresse pas, restons-en là, conclut-il sans grande conviction.

Nicolas ne fut pas dupe : l'autre avait besoin de lui, sans quoi il n'eut pas pris le risque d'une telle entrevue. Cependant, il n'avait nulle intention de perdre deux cents livres, une petite fortune, aussi abonda-t-il dans son sens :

– Vous avez raison, revenons à nos affaires.

Eudes prit une inspiration qu'il espéra discrète. Il avait répété son petit discours des dizaines de fois.

– Ma demi-sœur, madame Agnès de Souarcy, est une femme de peu de morale et de vilaines mœurs. Quant à son amour pour notre Sainte Mère l'Église... le moins que l'on puisse dire est qu'il manque de sincérité...

Nicolas ne crut pas un mot de ce préambule. Il avait développé un don précieux pour deviner les menteurs, aidé en cela par un prodigieux talent de dissimulateur qui lui faisait renifler les calculs des autres. L'abruti ! Que croyait-il, le petit baron ? Que Nicolas avait besoin de justifications pour traîner quiconque devant un tribunal inquisitoire ? L'argent lui suffisait amplement. Quant aux preuves et aux témoignages, il était assez habile pour les forger tout seul ou pour les susciter. Allons, le vin était bon, le baron de Larnay était le premier vrai client d'une liste qu'il espérait longue et profitable. Les héritiers impatients, les vassaux revanchards ou jaloux, ou encore les commerçants furieux ou spoliés ne manquaient pas. Il pouvait perdre un peu de son temps à écouter l'autre débiter des sornettes.

– Elle a une liaison charnelle avec un homme de Dieu qu'elle a détourné de son sacerdoce, sans doute grâce à des moyens magiques. Il s'agit de son jeune chapelain, un certain frère Bernard. Le pauvre fou est subjugué par elle, au point de trahir sa foi. Ajoutez à cela qu'elle entretient depuis des années un révoltant commerce avec un simple d'esprit qui lui est dévoué comme un chien.

Tiens, tiens, voilà qui pouvait l'aider. Sa patience était récompensée.

– Vraiment ? Un commerce de quel ordre ?

– Des potions, des poisons et des philtres en échange de ses charmes.

– Avez-vous preuves ou témoignages de ce que vous avancez ?

– Le témoignage d'une personne de grande piété qui vécut dans le cercle de madame de Souarcy, et je gage que nous en obtiendrons d'autres.

– Je n'en doute pas. La démonologie se confond de plus en plus avec la chasse contre les hérétiques. La chose est fort compréhensible. Qu'est l'adoration des démons sinon l'hérésie suprême, un impardonnable crime contre Dieu ?

Eudes n'avait que faire de ces subtilités, il poursuivit :

– Des morts étranges et affreuses sont survenues dans son entourage, des moines.

– Fichtre ! Mais ces crimes de sang dépendent de la haute justice du seigneur d'Authon et de son bailli ?

– Qui ne font pas grand-chose depuis qu'ils l'ont rencontrée.

– Voulez-vous insinuer que cette dame aurait envoûté le comte Artus et monsieur de Brineux ?

– Ce n'est pas exclu. Cependant, il sera plus difficile d'en faire état, étant entendu le rang et la réputation de ces deux hommes.

– En effet.

Dès son arrivée à Alençon, Nicolas, en manipulateur avisé, avait consacré une partie de son temps à se familiariser avec les puissants et les influents de la région. Il était hors de question pour lui de se mettre à dos le comte d'Authon, ami du roi, et cette réserve s'étendait à Monge de Brineux. Il se renseigna :

– Madame de Souarcy jouirait donc d'appuis d'importance, même si elle les obtient par des moyens démoniaques ? demanda Florin d'une voix douce.

Eudes comprit qu'il avait commis une erreur de tactique. Mais l'envie de traîner Agnès dans la boue l'aveuglait. Il rectifia, trop vivement, dans le but de rassurer l'inquisiteur :

– Ce n'est qu'une bâtarde. Pourquoi a-t-il fallu que mon père, qui n'était pas à un près, la reconnaisse sur le tard !

Sa virulente sortie fit se redresser quelques têtes dans la salle. Il baissa la voix :

– Elle ne possède presque rien en propre, et je doute que le comte Artus et monsieur de Brineux la soutiennent si elle venait à être convaincue de sorcellerie. Ce sont hommes d'honneur et de piété.

Eudes s'interrompit soudain. Un soupçon dérangeant lui

trottait dans la tête depuis un moment, mais la rancœur et la passion lui obscurcissaient l'esprit.

– Poursuivez, je vous prie, l'encouragea Nicolas.

La voix suave de l'inquisiteur mettait Eudes mal à l'aise. Il s'acharna pourtant :

– Enfin, et sans doute le plus grave... Seigneur inquisiteur... Agnès de Souarcy a protégé jadis une hérétique avec une telle amitié que l'on peut se demander si elle n'en avait pas épousé les thèses. D'ailleurs, elle a élevé son fils posthume, qui lui est dévoué jusqu'à la mort.

Une moue gourmande plissa les belles lèvres de son interlocuteur.

– Des détails, par pitié... Vous me faites languir.

La phrase se termina dans un soupir.

– Le registre de la chapelle ne porte aucun patronyme pour l'enfant – Clément – ni pour sa mère – Sybille – et nulle messe d'obsèques n'a été célébrée. Les noms et qualités des parrain et marraine n'y figurent pas non plus. En dépit du crucifix planté au-dessus de sa tombe, Sybille a été enterrée un peu à l'écart de la terre consacrée réservée aux serviteurs du manoir.

– Voilà qui est tout à fait intéressant, commenta Nicolas.

L'hérésie demeurait le prétexte idéal pour accuser quelqu'un. Les charges de sorcellerie, voire de possession démoniaque, plus difficiles à prouver, devenaient du coup un peu accessoires.

Nicolas reprit :

– Selon votre souhait, cette dame sera jugée pour hérésie et complicité d'hérésie. Souhaitez-vous que... ses aveux soient tardifs ?

Sur le coup, Eudes ne comprit pas le sens exact de sa phrase. Puis sa signification le heurta de plein fouet, et il blêmit :

– Entendons-nous bien... il est hors de question que... qu'elle... (sa voix était si inaudible que Nicolas dut se pencher vers lui)... la flagellation est suffisante. Je veux qu'elle ait peur, qu'elle sanglote, qu'elle se croie perdue, et que l'on marbre son joli dos et son joli ventre de coups de lanière de cuir. Je veux que ses biens en douaire soient confisqués comme il est d'usage, et qu'ils reviennent à sa fille, dont je serai nommé tuteur. Je ne veux pas qu'elle meure. Je ne veux pas qu'on l'estropie ni qu'on la défigure. Les deux cents livres sont à ce prix.

L'annonce tempéra la bonne humeur de Nicolas. Les choses devenaient moins savoureuses. Il se consola : bah, il ne manquerait pas d'autres jouets un peu plus tard. Mieux valait encaisser l'argent, le début de sa fortune.

– Il en sera fait selon vos souhaits, monsieur.

– Séparons-nous, maintenant. Mieux vaut ne pas être aperçus ensemble.

Il avait envie d'être seul, débarrassé de cette séduisante présence qui finissait par l'alarmer.

Nicolas se leva et le salua d'un sourire lumineux avant de sortir.

Le trouble désagréable qui avait envahi plus tôt le baron gagnait en ampleur. Quelque chose n'allait pas, quelque chose était très fautif. Il serra ses tempes dans ses paumes et avala son verre d'un trait.

Comment en était-il arrivé là ? Certes, il voulait qu'Agnès rampe, qu'elle le supplie. Il voulait la terroriser et lui faire rentrer dans la gorge le mépris qu'elle éprouvait pour lui. Il voulait récupérer son douaire. À ce point ?

Qui, de Mabile ou de lui, avait eu le premier l'idée de la livrer au tribunal inquisitoire ? Il n'en était plus certain.

Mabile lui avait raconté sa rencontre avec un moine qui

avait refusé de dévoiler son visage, et dont les rares mots lui étaient parvenus déformés par la grossière laine de sa capuche. Était-ce ce moine, dont elle n'avait vu qu'une silhouette, qui lui avait suggéré le nom de Nicolas Florin et ce plan qui commençait d'inquiéter Eudes ?

Manoir de Souarcy-en-Perche, juillet 1304

Mathilde jeta sa robe, qui s'échoua au pied du lit.

– Not'jeune dame, ben... c'est quoi donc ? couina Adeline en se précipitant pour ramasser le vêtement.

– Sors, idiote ! Sors de ma chambre à l'instant ! Quelle agonie que cette balourde de fille !

Adeline ne se fit pas prier, et s'enfuit de l'appartement de sa jeune maîtresse, dont elle connaissait assez les crises nerveuses pour les redouter. Mathilde l'avait déjà giflée à plusieurs reprises, n'hésitant pas un jour à lui lancer au visage sa brosse de cheveux.

Mathilde fulminait. Pour un peu, elle aurait fondu en larmes. Des guenilles, voilà ce qu'elle était contrainte de porter. À quoi servait d'être si jolie de l'avis de tous, si on devait s'enlaidir de hardes difformes ? Elle n'osait même pas porter le ravissant peigne de cheveux que lui avait offert son cher oncle Eudes, tant il aurait juré sur ses quelques tenues démodées et de vile qualité... Son doux oncle qui, lui, la traitait en demoiselle.

Toute cette boue, toutes ces odeurs intenables, ces valets grossiers et sales qu'elle frôlait... Sa vie au manoir était un calvaire. Seul ce gueux prétentieux de Clément s'en accommodait. Une vraie engeance, celui-là. Il avait l'outrecuidance de lever le nez lorsqu'elle lui donnait un ordre comme s'il n'en recevait que de la dame de Souarcy, sa mère.

Madame sa mère... Comment Agnès de Souarcy supportait-elle cette vie ? Quelle honte de la voir déguisée en homme, pire, en serf, partir récolter le miel. Quelle flétrissure qu'elle en soit réduite à compter les porcelets nouveau-nés comme une paysanne. Les hautes dames ne s'abaissaient pas à pareil labeur. Sa mère aurait bientôt les mains aussi abîmées que celles d'une manante !

Pourquoi sa mère n'avait-elle pas accepté l'offre si généreuse du baron de Larnay, et rejoint son château ? Elles y auraient mené une existence en accord avec leur rang. Son oncle Eudes donnait maintes fêtes où se mêlaient belles dames et valeureux chevaliers. Il louait même des troubadours pour enchanter leur repas composé de mets délicats et exotiques. On y riait, on y dansait au son des chifonies[1], des chevrettes[2] et des citoles[3]. On y discutait d'amour en termes légers bien que courtois.

Il avait fallu qu'Agnès de Souarcy s'entête, privant ainsi sa fille des plaisirs auxquels elle avait droit de naissance.

L'amertume envahit la jeune fille. À cause de sa mère, elle ne porterait jamais de magnifiques fourrures, de somptueuses toilettes. À cause de son obstination, elle ne rencontrerait jamais ce que le monde recelait de plus raffiné. Toujours à cause de ses stupides résolutions, Mathilde, son unique enfante, serait sans doute privée d'un mariage auquel elle aurait pu prétendre.

1. Probablement l'ancêtre de la vielle.
2. Instrument à vent évoquant une petite cornemuse.
3. Instrument à cordes à sonorité très douce.

Elle imagina en frémissant ce que lui réservait le futur dans cette insupportable porcherie de Souarcy, et les larmes lui montèrent aux yeux. Une vie de manante, à creuser la terre de ses doigts pour lui arracher de quoi survivre, à se déguiser en gueuse pour aller récolter le miel ! Elle était si malheureuse, elle ne méritait pas un tel sort. Un épouvantable chagrin la jeta sur son lit. Ce qu'on lui imposait depuis des années était une infamie. Si la mère voulait se dessécher pour préserver son incompréhensible fierté, la fille n'avait pas à être condamnée au même destin.

Le chagrin céda place à la rancœur.

Mathilde, elle, était née dans les liens sacrés du mariage, et d'un sang dont elle n'avait pas à rougir, celui des Larnay du côté de son grand-père Robert, et des Souarcy du côté de son père.

Elle ne fanerait pas entre les murs humides et tristes de Souarcy. Elle ne compterait pas les œufs du pigeonnier comme si sa vie en dépendait. Elle ne se déshonorerait pas en marchandant des stères de bois contre quelques toises de lin. Contrairement à sa mère. Jamais.

Quant à Clément, il pouvait crever avec sa dame si bon lui en semblait. Son sort n'intéressait pas le moins du monde Mathilde. Il l'avait assez saoulée de sa supériorité toutes ces années !

Abbaye de femmes des Clairets,
Perche, juillet 1304

Une sorte de frénésie douloureuse avait envahi Clément. L'irrémédiable écoulement des heures se transformait en maléfice.

Agnès avait gardé le silence mais il n'était pas dupe. Si Eudes voulait croire à la liaison impardonnable de la dame de Souarcy avec son chapelain, s'il devinait la vérité au sujet de Sybille, il pourrait requérir l'intervention d'un des inquisiteurs d'Alençon. Un tremblement secoua le garçon.

Clément se souvenait de cette scène comme si elle s'était produite la veille. Il avait cinq ans. Gisèle, la nourrice qui s'occupait de lui, l'avait conduit un soir avant le coucher dans la chambre de sa dame. Les deux femmes, qu'il savait très liées, s'étaient longuement consultées du regard. Agnès avait murmuré :

– N'est-ce pas prématuré ?

À quoi Gisèle avait répondu :

– Nous ne pouvons plus différer. C'est trop dangereux.

D'autant qu'elle soupçonne la vérité sans la comprendre. Je la surveille et m'en suis aperçue.

Sur le moment, Clément s'était demandé de qui les deux femmes discutaient.

– Mais elle est encore si jeune... Je crains que...

La nourrice avait tranché d'un ton ferme :

– Cette sensibilité n'est plus de mise. Réfléchis à ce qui ce produirait si d'autres venaient à découvrir notre secret.

Agnès de Souarcy avait commencé dans un soupir. Elle lui avait expliqué ce qu'il devait savoir au sujet de sa naissance, afin qu'il comprenne que seule une absolue discrétion pouvait les sauver. Sa mère, Sybille Chalis, avait été séduite par la pureté évangélique vaudoise* alors qu'elle n'avait pas quinze ans. Elle avait abandonné sa famille, des bourgeois cossus du Dauphiné, pour rejoindre ses frères et sœurs dans la clandestinité et être ordonnée prêtre. Leur petite congrégation avait été dénoncée, mais la jeune fille avait pu fuir de justesse. Se cachant, marchant de nuit sans trop savoir où elle allait, quémandant un peu de pain contre quelques heures de travail, il était inévitable qu'elle fasse une mauvaise rencontre. Deux brutes ivrognes l'avaient violée, rouée de coups et laissée pour morte. Sybille se savait déjà enceinte lorsqu'elle était arrivée à la tombée du soir devant le manoir. Agnès l'avait accueillie, sans se douter qu'elle venait de devenir complice d'une hérétique. Cependant, même si la toute jeune femme lui avait avoué sa foi, la dame de Souarcy ne l'aurait pas fait chasser par ses gens. Agnès avait marqué une courte pause avant d'énoncer le pire aux yeux de Clément : sa mère n'avait pu tolérer l'idée de son âme enfermée dans une chair souillée. Elle s'était laissée mourir de privations et de froid sur le sol de la chapelle, au cours de cet hiver meurtrier de 1294.

Gisèle, sentant que sa maîtresse ne parviendrait pas à avouer le reste, avait conclu :

– Elle t'a poussé hors d'elle en expirant. C'était le 28 décembre.

Clément était assommé et de grosses larmes avaient dévalé de ses yeux. Il avait lu dans le grand regard fixe d'Agnès qu'elle revivait ces scènes de cauchemar. Elle avait passé une main tremblante sur son front avant de reprendre d'une voix heurtée :

– Tu n'es pas un garçon, Clément. C'est pourquoi nous avons tant insisté pour que tu ne te baignes jamais avec les autres enfants des serviteurs, que tu t'écartes d'eux et de leurs jeux...

Il – elle – s'en doutait déjà, ayant constaté que son corps ressemblait davantage à celui des fillettes.

– Mais... pourquoi..., avait-il balbutié.

– Parce que je n'aurais pu garder une orpheline de mère à mon service. Tu serais devenue une des innombrables données à Dieu qui finissent dans un couvent. Eudes de Larnay l'aurait exigé et je n'aurais pu m'y opposer. Je ne le voulais pas pour toi... Ta naissance ne t'y aurait pas réservé de place enviable. (Agnès avait fermé les yeux un court instant. Sa voix semblait plus ferme lorsqu'elle avait repris :) Les orphelines de petit sang n'ont d'autre choix que la servitude, parfois pire... mais tu es encore trop jeune. Elles ne peuvent avoir accès au savoir, et leur vie est d'une dureté que je souhaitais t'éviter... Si mon frère et ses semblables venaient à apprendre ton véritable sexe... Plus tard. Il faut que tu comprennes, petit Clément, que nul ne doit jamais connaître la vérité à ce sujet. Jamais... Enfin... peut-être un jour plus faste viendra-t-il où... Ton sort serait si cruel. Le comprends-tu ?

– Oui, madame, avait-il bredouillé entre ses larmes.

Il – elle – avait ensuite pleuré toute la nuit, se demandant si cette mère à laquelle il avait tant songé, l'imaginant belle comme une étoile et douce comme un rayon de soleil, avait aussi espéré qu'il meure avant de naître. Que valait donc sa vie si nul, pas même sa mère, ne l'avait souhaitée ? La question l'avait ensuite hanté durant des semaines, avant qu'il ne trouve le courage de la poser à sa dame. Elle avait plongé son regard dans le sien, incliné la tête sur le côté, son voile effleurant sa taille, avant de sourire, un si beau sourire, si désespéré :

– Ta vie m'est infiniment précieuse, Clément... Clémence. Je te le jure sur mon âme.

Il avait Agnès. Sa vie se résumait à celle de sa dame. Après tout, elle le nourrissait, le protégeait comme l'eut fait une mère. Elle l'aimait, il en était certain. Quant à lui, il l'adorait, tout simplement.

Pour ce qui était du reste, cette inversion de sexe, au fond, peu lui importait. Sa dame avait eu raison. Être une fille orpheline et de petite naissance, enfantée par une hérétique, revenait à n'être rien, ou pire que rien. Il continuerait de se penser au masculin pour sa sauvegarde et celle d'Agnès. Et puis, la vie de garçon était tellement plus fascinante que celle que l'on réservait aux filles...

Clément essuya les larmes qui lui trempaient les lèvres et le menton d'un revers de sa manche. Assez. Assez de cette mémoire. Le passé était fini. Il fallait se consacrer à l'avenir. Il fallait se consacrer à vivre alors même que tant de menaces s'amoncelaient au-dessus d'eux.

Pourquoi, comment sentait-il qu'il lui fallait percer le mystère du journal du chevalier Eustache de Rioux et de son corédacteur ? En quoi les ratures, les interrogations, les tâtonnements de ces hommes qui étaient peut-être décédés depuis longtemps pouvaient-ils les aider, Agnès et lui ? Pourtant, un instinct difficile à analyser le poussait. Il ne comprenait rien à ce charabia d'astrologie, d'astronomie, de calculs mathématiques, de commentaires rageurs ou enthousiastes et de confidences tronquées :

> *La Lune occultera le Soleil le jour de sa naissance. Son lieu de naissance est encore imprécis. Reprendre à ce sujet les paroles de ce Varègue – un bondi, rencontré à Constantinople – qui faisait commerce d'ivoire de morse, d'ambre et de fourrures.*

Quelles paroles, où étaient-elles consignées ?

> *Cinq femmes, au centre la sixième.*

Une figure géométrique, une métaphore ? Quoi ?

> *Le premier décan du Capricorne, le troisième de la Vierge étant variable, quant au Bélier, quel qu'en soit le décan, il serait trop consanguin.*

S'agissait-il d'une naissance ? Et de qui ? À venir ou passée ? Mais que signifiait « consanguin » dans le cas d'un signe astrologique ?

> *Les premiers calculs étaient erronés. Ils n'ont pas pris en compte l'erreur commise sur l'année de naissance du Sauveur. C'est une chance, cette bévue nous donne un peu d'avance.*

Se pouvait-il que l'on ait commis une erreur sur la date de naissance du Christ ? Et une avance pour quoi faire ?

Clément feuilleta le long carnet, luttant contre l'exaspération et le découragement.

Il fallait tout reprendre, repousser l'énervement, la panique qui le menaçaient.

Qu'était ce dessin barré d'un trait sur lequel il butait depuis des heures ? On eut dit une sorte de disque. Une colonne de chiffres romains précédés d'initiales et de symboles le bordait dans chaque marge. Les mêmes lettres revenaient à des positions différentes : T, So, L, Me, Ma, V, J, Sa, GE1, GE2, As, accompagnées des symboles représentant les signes du zodiaque. Il ne fallait pas être grand clerc pour deviner que certaines des initiales désignaient les planètes, sauf GE1, GE2, As qui ne lui évoquaient rien[1], quant aux chiffres romains, ils figuraient les différentes maisons du zodiaque. Les deux colonnes décrivaient des thèmes astraux ou des cartes du ciel. Clément les compara. Leur similitude était presque parfaite, à l'exception de deux planètes : Jupiter en Poissons et Saturne en Capricorne pour l'un, et Jupiter en Sagittaire et Saturne en Poissons pour l'autre. Le Capricorne, c'est-à-dire du 22 décembre au 20 janvier. N'eut été la gravité de l'heure, la coïncidence l'aurait amusé. Il était né le 28 décembre à la nuit.

La première fois qu'il avait détaillé le croquis raturé, la légende griffonnée dessous l'avait anéanti :

> *Équatoire[2] réalisé en suivant les descriptions de Ibn as-Samh, mathématicien arabe. Il s'agit d'une conception née de l'absurdité soutenue par Ptolémée. Les chiffres obtenus ainsi sont inutilisables puisque la Terre n'est pas immobile ! Ils se sont donc tous fourvoyés.*

Dieu du Ciel ! Une telle aberration était-elle concevable ? Comment cela, la Terre n'était pas immobile ? En ce cas, où se dirigeait-elle ?

Ptolémée, astronome et mathématicien grec, avait affirmé que l'univers était fini et plat, ayant la Terre en son centre, immobile. Sa voisine immédiate était la Lune. Sui-

1. Uranus, Neptune et Pluton furent découvertes plus tard.
2. L'appareil permettait de déterminer la position des planètes dans le système décrit par l'astronome grec Ptolémée (IIe siècle avant J.C.). Ce système figé et totalement erroné perdura dix-sept siècles, ayant les faveurs de l'Église.

vaient, presque en ligne droite, Mars, Vénus et le Soleil. Tout le monde s'accordait à reconnaître la justesse de ce système, surtout l'Église, aussi les sœurs écolâtres en vantaient-elles la pertinence. Comment se pouvait-il qu'Eustache de Rioux et son compagnon d'écriture le qualifient d'absurdité ? Pourtant, le chevalier, du moins l'écrivain aux lettres carrées et un peu raides, insistait en bas de page :

> *Il convenait de reprendre tous les calculs en se fiant à la théorie de Vallombroso, ce que nous avons fait.*

Clément avait eu beau parcourir tout le carnet à plusieurs reprises, il n'avait trouvé nulle autre mention de ce Vallombroso.

Au verso du croquis qui avait mérité l'ire de monsieur de Rioux ou de son corédacteur, figurait une phrase qu'ils avaient souhaité faire disparaître au point d'en gratter les lettres d'une lame. Le papier en conservait la cicatrice. Clément l'avait examinée avec soin, approchant sa lampe à huile, tentant de faire parler la page par transparence. Il était parvenu à distinguer les guillemets qui encadraient les lettres arrachées de la pulpe. Il s'agissait donc d'une citation. L'encre infiltrée dans l'épaisseur de la pâte de chiffons révélait quelques lettres, insuffisantes pour permettre de se faire une idée du sens : « ... l... me... na... il... per... t... » Sous la phrase, un autre dessin, celui d'une rose largement ouverte.

Étaient-ce là les paroles du négociant Varègue que le chevalier avait citées plus haut ?

Un détail avait échappé à Clément lors de sa première lecture : l'écriture carrée disparaissait tout à fait quelques pages plus loin, lorsque de curieuses surfaces en taille et forme d'amande, disposées en croix, avaient été tracées d'une plume aérienne. En haut de la page, une indication : « Croix de Freya », laquelle n'aidait pas Clément puisqu'il ignorait qui était ce ou cette Freya. Au centre de chacune des larges amandes figurait l'une de ces lettres cunéiformes indéchiffrables dont il avait appris l'existence dans d'autres ouvrages. Ces étranges écritures transcrivaient de très anciennes langues. Une flèche partait de chacune d'elle, terminée par un mot inconnu.

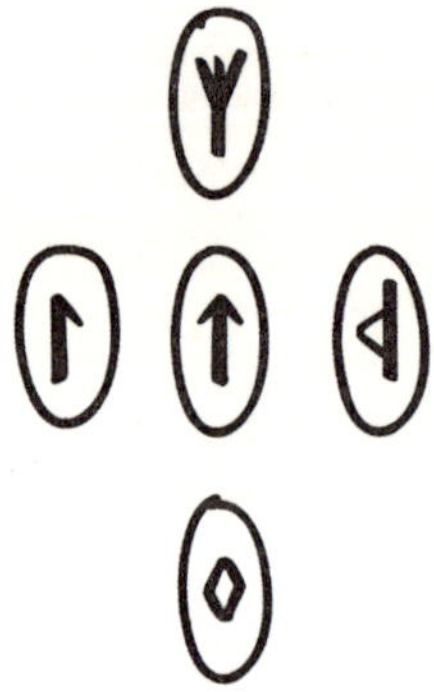

L'amande de la branche gauche se nommait ou signifiait « Lagu-droit », celle de l'extrémité droite « Thorn-renversé ». L'amande qui constituait le cœur de la croix était distinguée des mots : « Tyr-droit », celle de la branche haute « Eolh-droit », quant à l'amande située tout en bas, elle se nommait « Ing-renversé ». Si les noms n'évoquaient rien dans l'esprit de Clément, l'alternance des « droits » ou « renversés » était implicite : il s'agissait d'une sorte d'oracle, puisque les cartomanciens procédaient de façon similaire avec leurs cartes.

Clément hésita. Il pouvait apprendre les lettres et leurs correspondances ainsi que les deux thèmes par cœur. Cependant, il sentait toute l'importance de leur exactitude et redoutait de se tromper en les reproduisant une fois rentré dans ses combles. La tentation était grande de s'approcher du haut pupitre d'écriture, devant lequel on se tenait debout, et d'utiliser la plume creuse et l'encrier qui y patientaient. Il n'y résista pas très longtemps et se rassura : il prendrait garde de ne rien déranger, et surtout de ne rien abandonner qui signale son intrusion. Restait à trouver une feuille afin de recopier les colonnes. Il inspecta la bibliothèque, en vain. Le papier était un luxe, et on le conservait avec soin dans des cabinets fermés. Il lutta quelques secondes contre la solution qui lui trottait dans la tête. Arracher une des deux dernières pages du journal, vierges puisque le corédacteur avait interrompu ses notes avant la fin du carnet. Le geste lui semblait si sacrilège qu'il dut s'y reprendre à trois fois avant d'en trouver le courage.

Satisfait de sa copie, il fit disparaître toute trace de son travail en nettoyant le tuyau du penne et ses doigts à l'aide d'un coin de sa tunique trempé de salive.

Afin d'inverser le calcul et de remonter jusqu'à une date qui lui indique si ces combinaisons désignaient une naissance ou la survenue d'un événement, il lui fallait trouver le système utilisé par le chevalier et son compagnon, en d'autres termes cette théorie de Vallombroso. Quant aux lettres cunéiformes, leur signification devait bien être consignée quelque part.

L'enfant consacra les dernières heures de la nuit à consulter tous les manuels de physique, d'astronomie et d'astrologie, ainsi que tous les lexiques réunis dans la bibliothèque, sans rien découvrir qui ressemblât à ce nom ou qui l'éclairât quant au contenu des amandes.

Vallombroso, Vallombroso... Il reprit ses recherches. Le petit matin s'installait lorsqu'il tomba sur ce qu'il considéra comme un geste de Dieu. Il venait de découvrir un *Consultationes ad inquisitores haereticae pravitatis* rédigé par Gui Faucoi[1], accompagné d'un mince manuel pratique résumant d'épouvantables recettes.

Leur lecture le laissa atterré, au-delà de toute fureur.

1. Guy Faucoi, dit le Gros, pape sous le nom de Clément IV. Fin XIIe-1268. Anciennement soldat et juriste.

Palais du Louvre, Paris, juillet 1304

Guillaume de Nogaret n'avait pas fermé l'œil de la nuit après l'annonce du décès du pape Benoît XI. Il avait pesé le pour et le contre des heures durant, se tournant, se retournant sur sa couche, imaginant les pires retombées pour le royaume de France. L'idée qu'un être ait poussé l'abjection jusqu'à empoisonner un pape le suffoquait d'indignation, non qu'il eût éprouvé une admiration particulière pour le défunt saint-père. En amoureux de la loi, Nogaret exigeait que tout se réglât grâce à elle. La loi servait aussi à faire destituer un pape, même à titre posthume. Il n'était donc pas besoin de l'assassiner.

Ce meurtre était une catastrophe personnelle et politique. Nul n'ignorait que Benoît XI avait décidé de l'excom munier pour punir Philippe le Bel de son coup de force contre Boniface VIII. Si elle survenait, cette excommunication mortifierait Nogaret, homme de grande foi, et jetterait une ombre pesante sur sa future carrière politique En d'autres termes, il avait plus que quiconque d'excellentes raisons de fomenter cet empoisonnement. Au-delà de son propre avenir, celui du royaume le tortura au cours des heures glissantes qui annonçaient l'aube.

Ils n'étaient pas prêts. Nogaret et Plaisians avaient entrepris de tisser leur toile pour pousser leurs pions sur l'échiquier de la papauté. Ils avaient tablé sur les quelques années de répit relatif que leur procurerait le pontificat de Benoît, qu'ils souhaitaient court. Pas à ce point, toutefois.

Le sommeil se refusant à lui avec obstination, il était à peine quatre heures du matin lorsqu'il décida de se lever pour prier, puis de s'atteler au travail.

Francesco de Leone, dit Capella pour les besoins de sa mission d'espionnage, était déjà plongé dans la lecture d'un cartulaire lorsque Nogaret poussa la porte conduisant à son bureau. Le conseiller hésita entre l'agacement de n'être pas seul durant quelques heures et la satisfaction d'avoir recruté un secrétaire si assidu. La seconde l'emporta, peut-être parce qu'il avait envie de parler en cordialité.

– Tu es bien matinal, Francesco.

– Non, c'est le travail qui l'est, messire. Il semble s'être accumulé comme par enchantement au cours de la nuit.

La réplique tira un faible sourire à Nogaret, qui approuva :

– C'est l'effet qu'il produit souvent.

– Monseigneur..., hésita Francesco avec un art consommé, que devons-nous penser du décès épouvantable de notre pape ?

– « Nous » qui ? « Nous » l'État ou « nous » toi et moi ?

– « Vous » et « l'État » sont-ils dissociables ?

La flatterie était habile et Nogaret ne la perçut pas. En revanche, elle le contenta au point que son humeur chagrine s'apaisa un peu. Il répondit dans un soupir qui n'était plus si pesant :

– Sans doute pas, sans doute plus. Vois-tu, Francesco, je

ne sais qu'en penser. Certes, cette menace d'excommunication me rongeait, même si je savais qu'il s'agissait pour Benoît de marquer son autorité sur le royaume de France. (Il sembla soudain fondamental à Guillaume de Nogaret d'insister sur un point, peut-être parce qu'il était conscient que l'homme qu'il venait d'engager était d'une vive intelligence et qu'à ce titre, il méritait le respect d'une autre intelligence.) Sache-le, je te jure devant Dieu que je n'ai jamais pris part à cette tentative d'attentat d'Anagni contre Boniface. J'étais venu lui signifier une citation à comparaître devant le futur concile œcuménique. Je me suis trouvé sur place au mauvais moment. Nous avions de bonnes chances de faire destituer ce pape indigne par un tribunal religieux. Un coup de force était donc inutile.

Leone le fixa sans mot dire durant quelques instants, puis déclara d'une voix lente et sincère :

– Je vous crois, messire.

Cet homme si puissant disait la vérité, il en était certain, lui qui reconnaissait le mensonge comme la silhouette d'un vieux compagnon.

Un soulagement disproportionné envahit Nogaret. Il s'en étonna : après tout, Francesco Capella n'était qu'un secrétaire, neveu d'un des usuriers les plus charognards de la place de Paris. Que lui importait son jugement ? Il poursuivit :

– Pour répondre à ta question... Cette mort prématurée risque de nous occasionner un déplorable contretemps. Nous ne sommes pas prêts à agir en coulisses... à moins de nous débrouiller pour retarder l'élection du nouveau pape.

– Comment procéder ?

– En comptant sur les plus bas instincts de l'homme, lesquels n'ont pas épargné l'écrasante majorité de nos cardinaux. La cupidité, l'envie, la jalousie et le goût du pouvoir.

Francesco jugea qu'il en avait assez appris pour cette

journée, et qu'il risquait d'éveiller la méfiance de Nogaret par trop d'insistance. Il changea de sujet :

– Je vérifiais en vous attendant le registre des comptes de la cour et...

Leone fit mine de s'embourber de gêne.

– Et quoi ? Allons parle, Francesco.

– Eh bien... Les comptes de monsieur de Marigny sont... comment dire... Enfin... De grosses sommes d'argent lui ont été attribuées sans qu'il soit mention de leur utilisation...

– Il y a trois Marigny : Enguerran, principal chambellan du roi, très bien en cour auprès de madame Jeanne de Navarre, la reine ; Jean, le frère d'Enguerran, évêque de Beauvais, et Philippe, clerc du roi et évêque de Cambrai. Duquel parles-tu ?

– Surtout du dernier. Quant à monseigneur Charles de Valois*, c'est un gouffre !

Une moue de déplaisir accueillit cette remarque. Nogaret expliqua :

– Le seul frère germain du roi est intouchable. Notre roi éprouve pour lui une tendresse qui l'aveugle parfois. C'est ainsi et nous ne pouvons que nous en accommoder. Monseigneur Charles dépense avec largesse l'argent des autres. Il nous faut le tolérer tout en renseignant avec habileté notre souverain.

Leone s'étonna qu'il ne demande pas de précisions sur les prélèvements opérés en faveur de Philippe de Marigny. Il insista d'une voix candide :

– Monsieur de Marigny, Philippe, a puisé dix mille livres dans le Trésor en moins de six mois. C'est une somme ! Ses lettres de retrait étaient rédigées de la main de monsieur Enguerran et contresignées du roi, sans qu'il soit mention de l'utilisation de ces fonds.

– Si le roi les contresigne, nous n'avons pas à nous en préoccuper, rétorqua sèchement le conseiller.

Leone approuva d'un humble clignement de paupières et s'absorba dans son travail.

À quoi devait servir cet argent dont la dépense était approuvée par le roi ? Les prélèvements avaient débuté six mois auparavant, bien avant la mort de Benoît XI. De surcroît, Nogaret avait été contraint de faire appel à Giotto Capella pour réunir les fonds nécessaires au trucage de la prochaine élection papale. L'argent accordé à Philippe de Marigny était donc destiné à une autre mission, assez secrète pour que nulle justification ne figure sur le registre du Trésor. La soudaine acrimonie de Guillaume de Nogaret prouvait qu'il était au courant.

Une petite heure s'écoula. Le chevalier de Leone travaillait sans lever la tête. La tâche que le conseiller du roi lui avait confiée, pour fastidieuse qu'elle fût, n'exigeait pas grande concentration, et son esprit s'occupait ailleurs. Bientôt. Bientôt, il le sentait, il en aurait terminé de sa mission en ce lieu. Mais Arnaud de Viancourt, le prieur de la commanderie de Chypre, n'avait pas besoin de l'apprendre aussitôt. Un prétendu suivi d'enquête permettrait à Francesco de prolonger son séjour en France, assez longtemps pour mener à bien sa quête personnelle. Ensuite ? Ensuite, le monde ne serait plus celui que l'on connaissait aujourd'hui. Les hypocrisies, les calculs, les matoiseries, tout cela serait effacé. Les idoles tomberaient... Il fallait d'abord parvenir à la commanderie d'Arville, propriété des chevaliers du Temple, qui n'offriraient pas leur aide à un chevalier hospitalier, du moins pas celle dont Leone avait tant besoin.

Guillaume de Nogaret produisit un son de gorge irrité. Le chevalier leva la tête des colonnes de chiffres qu'il épluchait depuis son arrivée.

– Prenons quelques minutes de repos, Francesco. Ton oncle n'a pas menti. Tu parles admirablement le français.

– Le mérite ne m'en revient pas, messire. Ma mère était française. (Leone changea aussitôt de sujet.) Votre tâche semble, en effet, vous fâcher.

– Ces traités de mariage me donnent le tournis. Il faut tout y prévoir, même et surtout l'imprévisible.

– De quel mariage s'agit-il, si je puis me permettre cette indiscrétion ?

– Il n'y a pas là grand mystère. De celui de monseigneur Philippe[1], comte de Poitou, deuxième fils de notre roi. Madame Jeanne de Bourgogne, fille d'Othon IV, comte de Bourgogne, et de la comtesse Mahaut d'Artois, deviendra son épouse. Le comté d'Artois est une permanente délicatesse... Alors celui de Bourgogne ! Bref, il faut détailler toutes possibilités : les morts, les naissances, les mariages, les annulations, les stérilités... le tournis, te dis-je.

Sentant que monsieur de Nogaret regrettait sa mauvaise humeur de tout à l'heure, le chevalier lui adressa un regard de commisération et attendit la suite. Elle ne tarda pas :

– Il fait si sombre entre les gros murs tristes de la citadelle du Louvre. Ne regrettes-tu pas la lumière romaine et les fastes du palais papal ?

– La lumière naissante des petits matins romains... Quelle pure merveille. (Le sourire conquis de Francesco mourut.) Certes, elle me manque... Mais je ne regrette pas mes années au service de Boniface.

Le conseiller tenta de dissimuler sa curiosité en arrangeant sa plume à écrire. Qu'il était piètre menteur et dissimu-

1. 1294-1322. Il deviendra roi sous le nom de Philippe V le Long à la mort de son frère aîné, Louis X le Hutin. Il se maria en 1306 à Jeanne de Bourgogne.

lateur, songea Leone en se morigénant. Il devait prendre garde de ne pas entrer en sympathie avec Nogaret. Nogaret était l'ennemi, et il convenait de ne pas l'oublier. Celui-ci tenta de feindre, sans grand succès, un intérêt de simple courtoisie :

– Vraiment ? Il s'agissait pourtant d'une fonction bien honorifique et qui, de plus, n'était pas sans avantages matériels.

– En effet...

Leone simula à merveille l'hésitation, appâtant davantage le conseiller :

– À mon tour, Francesco, de redouter l'indiscrétion. Mais ton travail me satisfait grandement, et je crois que nous sommes partis pour une longue et fructueuse collaboration. C'est donc un souci de... père qui me fait soupçonner qu'autre chose que cette histoire de... dame a motivé ton départ.

Leone écarquilla les yeux et le fixa comme si sa perspicacité le suffoquait.

– En effet..., répéta-t-il.

– Je m'en voudrais de...

– Messire... si un roi juge votre honneur et votre foi à la hauteur de son amitié, un modeste commis serait bien fou de ne pas vous accorder sa confiance. C'est que... c'est si compliqué à confier. Car nous sommes en confidence, n'est-ce pas ?

– Tu as ma parole, assura Nogaret, qui le pensait vraiment.

Le cas échéant, et si elles se révélaient importantes, il pourrait utiliser les divulgations de son secrétaire sans jamais nommer ses sources. Ainsi ne trahirait-il pas sa promesse.

– Eh bien, voyez-vous, messire de Nogaret, il y a eu tant de menteries, tant de machinations, tant de vilaines accointances sous le règne de Boniface. Car il s'agissait bien d'un règne. Il voulait devenir empereur, l'état de pape le laissant insatisfait.

Nogaret était convaincu de tout cela, en grande partie

parce que l'exécration qu'il éprouvait pour le défunt souverain pontife l'aveuglait parfois. Toutefois, l'entendre de la bouche d'un chambellan, italien de surcroît, qui avait servi Boniface durant des années, le confortait aimablement.

– Et cela t'outrait ?

– Certes... mais je crains de vous déplaire en vous en expliquant les raisons.

– Si tel est le cas, je te le dirai et nous éviterons à l'avenir de confronter nos idées. Poursuis.

– Le royaume des âmes, la défense de notre foi, la pureté de notre engagement envers Dieu, tout cela, selon moi, est placé sous l'autorité et la sagesse du saint-père. En revanche... la construction, la direction et la protection des États reviennent au roi ou à l'empereur. C'est ce que Boniface refusait d'admettre.

Nogaret était de plus en plus satisfait d'avoir engagé le neveu de Giotto Capella. Il approuva :

– C'est également notre sentiment. Mais tu évoquais de vilaines accointances et des machinations...

– Oh oui...

Nogaret rongea son frein, attendant qu'il poursuive sans le brusquer de peur de le voir se refermer comme une huître. Francesco de Leone cherchait frénétiquement un mensonge convainquant. Pour qu'un mensonge soit convainquant, il doit être simple, fondé sur des bases de réalité, et surtout plaire à celui à qui on le destine.

– L'évêque de Pamiers, Bernard Saisset*... que le roi Philippe a fait exiler après son complot contre lui...

– Oui ? Eh bien ?

– Saisset manquait de finesse, c'était un sanguin, un être aisément manipulable.

La stupéfaction avait figé Nogaret :

– Tu veux dire que c'est Boniface qui a tiré les ficelles de cette rébellion de Saisset contre le roi et non l'inverse, comme nous l'avons toujours cru ?

– C'est cela. J'étais présent lors d'une des rencontres entre le pape et l'évêque. Saisset était un pantin. Il suffisait d'agiter un chiffon devant ses yeux pour qu'il charge.

– Doux Jésus, murmura Nogaret.

Il s'écoula quelques instants de silence puis le conseiller reprit :

– Et... ces rumeurs qui me sont venues aux oreilles...

Francesco patienta. Il savait où voulait en venir Nogaret. Cependant, la question était délicate et son vis-à-vis pesait chacun de ses mots tant l'accusation qu'elle recouvrait était grave :

– Ces rumeurs... comment dire... épouvantables, selon lesquelles Boniface se serait livré, lui ou l'un de ses acolytes, à la sorcellerie pour affermir son pouvoir ?

Cette diffamation avait en effet couru. Leone n'y avait jamais accordé aucun crédit. Il avait rencontré tant de faux sorciers, de prétendus magiciens, de tous pays, de toutes peaux, et aucun qui pût démontrer un pouvoir convainquant une fois confronté à l'épreuve de la lucidité et de la science. En revanche, il connaissait l'origine des ragots sulfureux qui avaient jeté une ombre supplémentaire sur la personnalité du précédent pape. L'espace d'un bref instant, il se demanda si la manœuvre la plus efficace ne consisterait pas à abonder dans le sens du conseiller. L'homme était d'une vive intelligence théorique, mais l'univers occulte le rendait crédule. Un instinct, mais également la nécessité de convaincre Nogaret de son absolue franchise afin de gagner sa sympathie, l'en dissuadèrent :

– Franchement, je n'ai jamais assisté à rien de tel, ni n'ai eu de raison de former ce genre de soupçons. Puis-je vous confier un secret ?

– Certes, il sera en sécurité avec moi.

– J'ai remplacé auprès de Sa Sainteté un certain Gachelin Humeau. C'était... ah, comment le décrire en peu de mots... Disons qu'il avait du devoir, de l'honnêteté et de la reconnaissance, des notions bien personnelles. Humeau était un parasite, un voleur sournois, un fouineur qui aimait à déterrer de petits secrets pour les vendre aux plus offrants. Il a été pris la main dans le sac après avoir dérobé quelques manuscrits de la bibliothèque privée du pape. La disgrâce n'a pas tardé et elle était méritée. Gachelin Humeau a disparu après s'être vengé comme il le savait, en clabaudant contre Boniface et ses camerlingues.

L'histoire était partiellement vraie, et les faits s'étaient produits non pas quatre, mais cinq ans auparavant.

Gachelin Humeau avait décidé d'arrondir les émoluments que lui procurait sa charge de chambellan en dérobant – parfois sur commande – divers objets précieux, et surtout des manuscrits uniques dont nul, hormis le pape et les camerlingues, ne connaissait l'existence. Un inventaire discret de la bibliothèque avait eu lieu afin de préciser quels livres avaient été dérobés. Une bonne quinzaine, dont cinq se révélèrent être des exemplaires uniques. Parmi ceux dont la perte était inestimable : un parchemin écrit de la main d'Archimède*, dont Humeau affirmait qu'il contenait d'extraordinaires avancées en mathématiques, un effrayant ouvrage de nécromancie qu'il évoqua en se signant, et un traité d'astronomie dont le titre peu évocateur était *Théorie de Vallombroso*. Le voleur jura que si le contenu de ce dernier venait à être connu, l'univers entier serait ébranlé. Gachelin Humeau s'était enfui avant d'être arrêté, redoutant, à juste titre, que l'Inquisition ne parvienne à lui faire avouer la cachette dans laquelle il protégeait ses précieux et redoutables larcins. Il les avait ensuite monnayés dans le plus grand secret, amassant une somme considérable qui lui permettait d'envisager sereinement l'avenir. L'un de ses clients n'était autre que le chevalier Francesco de Leone, qui lui avait commandé puis acheté, à prix d'or, deux ouvrages. C'était ainsi qu'il avait découvert l'endroit d'où reprendre sa quête. Les manuscrits, leurs affolantes et magnifiques révélations étaient maintenant en lieu sûr. Avant de disparaître tout à fait, Humeau avait tenu à jeter son venin, empoisonnant un peu plus la réputation du pape.

Nogaret digéra les paroles de son secrétaire avant de déclarer :

– Je te remercie de ta sincérité, Francesco. Elle est bien placée, et sois assuré que je l'apprécie.

Parce que Nogaret croyait à la confiance de son secrétaire, il se sentit soulagé de lui accorder la sienne. La position de conseiller du roi était si solitaire, si menacée. Trouver en cet homme encore jeune, assis en face de lui, une amitié inattendue lui donnait chaud au cœur.

Francesco de Leone se replongea dans son rébarbatif inventaire. Nogaret assisterait cet après-midi au Conseil du roi. Il disposerait alors de plusieurs heures pour traquer un indice qui le renseigne sur l'identité des cardinaux français que le conseiller tenterait de séduire, voire d'acheter.

Leone avait depuis quelques jours le sentiment aigu que le temps pressait. Des forces malveillantes et souterraines étaient à l'œuvre, travaillaient avec acharnement. Il n'avait jamais douté de leur obstination, ni de leur férocité, mais leur proximité devenait évidente. L'Ombre se rapprochait pour digérer la Lumière naissante. L'Ombre aurait recours à toutes les armes, à tous les artifices, même les plus vils, pour que persistent les ténèbres qui la nourrissaient.

Il lui fallait se rapprocher de la commanderie templière d'Arville au plus vite. Il n'était pas assez fou pour espérer que la clef de Lumière se trouve entre ses murs, mais il savait que dans ses pierres ou sous ses dalles se dissimulait l'outil indispensable pour la forger.

Maison de l'Inquisition, Alençon,
Perche, juillet 1304

Installé dans le petit bureau que la maison de l'Inquisition lui avait attribué, Nicolas Florin rayonnait. Lui que son départ de Carcassonne avait alarmé s'en voulait maintenant de ses effrois « de fillette », ainsi qu'il les nommait. Jusqu'à Bartolomeo, qu'il avait cru un peu regretter, pour s'apercevoir bien vite que le jeune dominicain et ses atermoiements l'ennuyaient à mourir. Qu'il était transparent, le moinillon ! Nicolas avait voulu vérifier s'il pouvait le séduire. Il y était parvenu avec tant d'aisance que cette victoire l'avait aussitôt lassé. La séduction était une arme et, à l'instar des autres, il convenait de vérifier sa fiabilité et sa puissance sur des cibles très différentes. En dépit de sa robe, Bartolomeo était perméable, si peu défendu. Une pucelle empotée et pas très intelligente, voilà qui le résumait à merveille. Une proie indigne de Nicolas. Il est vrai qu'à Carcassonne, celui-ci n'avait pas eu le choix de ses gibiers. Il était entouré de vieilles barbes sentencieuses, des moines confits dans leur dignité et leurs ridicules querelles dogmatiques. Qu'en avait-il à faire, que Francesco Bernardone, qui prendrait après une vie de pauvreté et de passion pour le Christ le nom de François d'Assise, ait vidé les hangars de marchandises de son père, riche drapier, afin de financer la restauration de San Damiano ? Le père avait fini par le déshériter, et Nicolas trouvait la sanction fort appropriée. Quant à cette interminable controverse au sujet du manteau de saint Martin de Tours – l'avait-il véritablement offert à un mendiant dans lequel il avait cru reconnaître le Sauveur ? Après l'avoir tranché en deux moitiés, ou d'une pièce ? –, on lui en avait rebattu les oreilles jusqu'à la nausée. Certes, ces épineuses arguties n'avaient d'autre but que de départager les tenants de la pauvreté du Christ et des apôtres, donc de la nécessaire pauvreté de l'Église, et leurs nombreux et très virulents opposants. Nicolas n'en avait cure. S'il avait été riche de naissance, il se serait employé à le rester, et la religion ne l'aurait jamais tenté. Il était pauvre, mais la robe et la fonction d'inquisiteur allaient lui permettre de transformer cette indigence en état temporaire.

Un souvenir fugace lui revint. Sa mère, énamourée de son fils unique. Elle était si habile à délivrer les nobles dames de l'entourage de madame d'Espagne, si sotte aussi. Qu'était-elle devenue après son départ ? Quelle importance ? Son père, cet érudit peureux, cet amoureux des belles vignettes historisées[1] et des lettrines[2] ornées de rinceaux[3]. Ses doigts tachés d'encres aux teintes vivaces et de poudre d'or. Il mélangeait la seiche ou la galle du chêne, le blanc d'œuf ou la poudre de clou de girofle[4], oubliant que le comte pour lequel il s'acharnait jusqu'à se crever la vue préférait la guerre et le ventre des femmes aux manuscrits. De la valetaille, tous les deux, rien

1. Encarts dessinés d'une scène, le plus souvent richement colorée.

2. Grandes initiales en début de chapitre ou de paragraphe, le plus souvent ornées d'entrelacs.

3. Ornements de courbes végétales stylisées.

4. Pigments ou liants très employés dans la composition des encres.

d'autre ! Le parfait minois de Nicolas, sans oublier sa talentueuse duplicité, lui avaient valu la faveur de nombreuses dames et de quelques messieurs. Son intelligence le placerait bientôt au-dessus d'eux tous. Nul ne pourrait lui résister, et il n'aurait plus à courber l'échine devant aucun. Même les grands seigneurs du royaume tremblaient devant l'Inquisition. Un seul maître : le pape, et il était bien loin.

Le pouvoir de la terreur. Il en jouissait maintenant et il comptait en abuser.

Le beau dédommagement que ces tortures, cette mort qu'il pouvait dispenser comme bon lui semblait. Il est si facile d'accuser quelqu'un d'hérésie ou de possession. Il est si facile de lui faire avouer des crimes que l'on a inventés pour lui. Nul besoin de bourreaux, Nicolas les écartait pour œuvrer lui-même. Quelques minutes passées avec lui dans la salle de Question. Rien d'autre. Nicolas l'avait amplement vérifié. Si l'accusé avait du bien, une négociation était possible. Dans le cas contraire, il mourait, et sa terreur, sa souffrance indemnisaient Nicolas. Dans un cas comme dans l'autre, il gagnait. Cette constatation lui arracha un pouffement heureux.

Robert le Bougre, quel impeccable modèle. Un raz-de-marée de hurlements, de sang, de viscères répandus, de pieds écrasés, d'yeux crevés, de chair dépecée. Cinquante morts en quelques mois, victimes de son bref passage à Châlons-sur-Marne, à Péronne, à Douai, à Lille. Le grand bûcher du mont Saint-Aimé : cent quatre-vingt-trois parfaits cathares ou prétendus tels, carbonisés en quelques heures.

Pauvre, pauvre insipide Bartolomeo... Jamais il ne connaîtrait la grandeur et encore moins la jouissance qu'elle procure.

Allons, il allait devoir se consacrer à cette affaire d'Agnès de Souarcy que l'on venait de lui porter, accompagnée d'une belle bourse, la première. La seconde lui serait remise après la disgrâce de l'accusée. Pourquoi pas la mort ? Mais le baron commanditaire avait insisté sur le fait que la jeune veuve ne devait pas mourir, que ce soit sur la table de question ou sur le bûcher. Quant à la torture, elle devrait être appliquée avec le plus de ménagement possible, ce que rendait possible la différence des sévices infligés aux femmes, plus « charitables » que ceux que l'on réservait aux hommes[1]. Il n'en avait pas fallu davantage à Nicolas pour comprendre qu'il s'agissait là de la punition souhaitée par un amoureux incestueux, éconduit de surcroît.

Une femme, une dame, quel plaisir. Elles sont si troublantes lorsqu'elles se tordent de terreur. Celle-là surtout, puisqu'on la lui avait décrite comme fort belle.

Quelle déception ! Bah, après tout, il était grassement payé. Une autre victime stupide lui permettrait de dissiper sa frustration. Les faux coupables ne faisaient pas défaut.

Les arguments que lui avait fournis le bailleur pour étayer sa procédure inquisitoire étaient un peu désordonnés, aussi Nicolas avait-il résolu de forger les preuves lui-même. Le motif d'hérésie était le plus propice. Il connaissait toutes les ruses de ces procès. Aucun accusé – même innocent comme l'agneau nouveau-né – ne pouvait sortir de ses griffes.

Il étendit les bras devant lui de contentement, et se renversa dans son fauteuil en fermant les yeux. Une sorte d'instinct l'avertit d'une présence, et il les rouvrit.

Elle se tenait immobile devant lui, sans qu'il l'ait entendue pénétrer dans le bureau. Une silhouette, lourdement

1. Les hommes subissaient surtout le supplice de l'estrapade (qui consistait à faire tomber de tout son poids le condamné au bout d'une corde à plusieurs reprises), de l'eau et du feu, les femmes, le plus souvent, la flagellation.

emmitouflée d'une robe de bure brune dont la capuche était abaissée sur ses yeux. Une hargne instantanée remplaça la bonne humeur de Nicolas. Qui osait entrer ainsi sans être annoncé ? Qui avait l'outrecuidance de mépriser ainsi son importance et sa fonction ?

Il se leva et ouvrit la bouche pour tancer l'intrus, mais une main gantée sortit d'une manche large et lui tendit un court rouleau de papier.

Une succession d'émotions contradictoires le submergea à mesure qu'il prenait connaissance de son contenu : la stupéfaction, la peur, l'avidité, et enfin une joie féroce.

La silhouette patientait, sans prononcer une parole.

– Que dois-je en penser ? murmura Nicolas, la voix tremblante de satisfaction.

Une voix basse, déformée par l'épaisseur de la capuche qui dissimulait le visage, résuma :

– Elle doit mourir. Trois cents livres pour une vie, c'est bien plus qu'il n'en faut.

L'idée d'un petit chantage destiné à faire grimper le prix du sang tenta Nicolas :

– C'est que...

– Trois cents livres ou ta vie, choisis vite.

La platitude de la voix de son vis-à-vis le renseigna sur le sérieux de cette menace.

– Madame de Souarcy mourra.

– Homme avisé... Tu séjourneras en l'abbaye des Clairets durant le temps de grâce. Tu te rapprocheras ainsi de ton nouveau... jouet. Aucun ordre, aussi riche et puissant soit-il, ne peut s'opposer aux démarches d'un seigneur inquisiteur, et les gentilles moniales s'inclineront. Tu ne te trouveras alors qu'à quelques lieues de ta proie : la douce Agnès.

Château d'Authon-du-Perche, juillet 1304

La nouvelle de la mort en couches de madame Apolline de Larnay ne surprit pas Artus d'Authon, même si elle l'affecta plus qu'il ne l'aurait supposé. L'agonie assaillait déjà les yeux de la femme grise lorsqu'il l'avait vue la dernière fois. Son ventre aussi : sa fille nouvelle-née, une autre, n'avait survécu que quelques heures à sa mère. Nul doute que leur perte n'assombrirait pas outre mesure le petit baron.

Le décès de cet être que, pourtant, il avait jadis un peu méprisé, lui procurait un étrange chagrin, celui que l'on éprouve devant un irréparable gâchis.

Il se surprit à retracer l'histoire d'Apolline. Elle faisait partie de ces femmes qui ne se révèlent que par envie d'être aimée de l'élu de leur cœur. Eudes n'avait rien d'un élu et ne l'avait jamais aimée. Elle était donc restée enfermée en dedans d'elle-même, regardant les années passer. Elle n'en était sortie que pour quelques brefs instants : lorsqu'il l'avait visitée deux semaines auparavant.

Mais qu'avait-il, à la fin ? Pourquoi tout lui semblait-il si douloureux depuis quelque temps ? Après la dévastation causée par le décès de son fils, il était parvenu à s'aménager peu à peu une vie sans grand intérêt mais presque indolore. Certes, il n'avait jamais été de ces hommes joyeux ou légers qui plaisent en société. Pourtant, depuis la mort de Gauzelin, plus rien ne l'avait blessé. Que se passait-il ? Pourquoi l'injuste fin de madame Apolline le touchait-elle à ce point ? Tant de femmes mouraient en couches. Il se découvrait depuis quelque temps une nervosité, une sensibilité qu'il n'avait jamais cru posséder.

Cette femme... Un sourire lui vint, le premier de cette morose journée, qui faisait suite à une journée tout aussi maussade. Il s'encouragea à la lucidité, ainsi gagnerait-il du temps. Admettons : elle ne lui avait pas quitté l'esprit depuis son retour de Souarcy. Elle s'immisçait dans ses nuits, ou au beau milieu d'une réunion avec ses fermiers, ou lors d'une chasse, lui faisant rater sa cible. Il s'était surpris à calculer les différences d'âge : il avait près de vingt ans de plus qu'elle, mais après tout son défunt mari en avait eu plus de trente. Et puis, l'âge des hommes comptait peu puisqu'on leur demandait de pourvoir, de respecter et de protéger en échange d'amour et d'obéissance, et que la fécondité les accompagnait toute leur vie. Oui, mais... Elle était veuve, et le statut des veuves nobles avec enfant était sans doute un des plus appréciables pour une dame. Faute de fortune personnelle, elles jouissaient, à tout le moins, d'un douaire, puisqu'il était inconcevable d'abandonner dans le besoin celles qui avaient rempli leurs obligations d'épouse et de mère. Sans plus de père ni de mari, elles devenaient maîtresses de leur destin. Cet accidentel statut expliquait que nombre de nobles ou de bourgeoises ne souhaitassent pas s'unir à nouveau. Agnès de Souarcy se trouvait-elle dans ces dispositions d'esprit ? Qu'en savait-il ? Et puis, qui disait qu'elle l'avait trouvé séduisant, voire simplement plaisant ?

Lorsqu'il en eut fini de ses lancinantes questions sans

réponse, une humeur sombre remplaça l'espèce d'énervement qui l'empêchait de trouver le repos.

Son poing heurta avec violence la table de travail, faisant sursauter l'encrier en forme de coque de navire, qui manqua se renverser.

Une fille publique, voilà ce qu'il lui fallait. Avenante et satisfaite des deniers qu'il lui offrirait. Une fille qui ne susciterait aucune interrogation de sa part. Un moment de plaisir rémunéré, sans conséquence ni souvenir. Cette perspective le lassa avant même qu'il ne l'explore plus avant. Il n'avait pas envie d'une fille.

Monge de Brineux se fit annoncer, interrompant ses pénibles réflexions.

– Nous avons avancé en ce qui concerne la cinquième et dernière victime.

– Avez-vous pu cerner son identité ?

– Nous n'en sommes pas rendus à ce point. En revanche, sa mort a dû être effroyable.

– Comment cela ?

– Il est sans doute mort d'hémorragie interne.

– Quels sont vos arguments ?

– L'intérieur de la bouche était lacéré par une multitude de fines coupures[1]. Selon moi, on lui a donné à manger un aliment dans lequel on avait inclus du verre pilé. Lorsque la victime s'en est aperçue, il était trop tard. Le pauvre bougre s'est vidé de son sang en dedans de lui-même.

– C'est ainsi que l'on se débarrasse des fauves dans cer-

1. On ne pratiquait pas d'autopsie, ni même de dissection, pour des motifs surtout religieux. La médecine a donc longtemps dépendu des travaux d'Hippocrate et de Galien, maître de l'anatomie, et, dans une moindre mesure, d'Avicenne. On commencera de pratiquer des dissections à l'université de Montpellier en 1340.

tains pays. Mort atroce, en vérité. Et les autres ? Avez-vous avancé ?

– À très petits pas. J'ai requis l'avis d'un médecin théologien de la Sorbonne.

– Et ?

– Tant de science pour une aide si minime.

– Je vois. Quel fut son diagnostic ?

– Que les victimes étaient mortes de mort violente. Rien d'autre.

– Ah, la pénétrante conclusion ! Voilà qui nous éclaire, ironisa Artus. Vous auriez dû vous associer l'aide de Joseph, mon médecin.

– C'est que ces gens-là ne sortent jamais de leurs amphithéâtres et ne s'approchent pas à moins d'une toise de leurs malades ou des morts qu'on leur confie de peur de la contagion. Ils se contentent d'apprendre par cœur et de ressasser ce que d'autres ont trouvé il y a plus d'un millénaire. Ils peuvent vous saouler jusqu'au demain de latin, mais pour ce qui est de traiter un furoncle ou un cor au pied...

– Nous en aurons le cœur net, Brineux, je vous l'assure.

– Oui, mais quand, comment ? Il s'agissait de moines, au moins pour quatre d'entre eux. L'un était un émissaire de Sa Sainteté Benoît XI, lequel vient de décéder des suites d'un empoisonnement. Cette affaire qui aurait pu demeurer une crapulerie locale prend des tournures d'incident politique. Il nous faut avancer, et vite.

Artus le pressentait depuis plusieurs jours. Les délicatesses du royaume de France avec la papauté n'avaient pas besoin d'un émissaire retrouvé mort carbonisé, sans la moindre trace de feu.

Abbaye de femmes des Clairets,
Perche, juillet 1304

Éleusie de Beaufort écoutait sans broncher le jeune dominicain qui s'était fait annoncer un peu plus tôt. Jeanne d'Amblin, la sœur tourière, l'avait mené jusqu'à son bureau, une gravité de mauvais augure figeant son visage d'habitude lumineux.

Tout comme elle, Jeanne, Yolande de Fleury, Annelette Beaupré, la sœur apothicaire, et surtout Hedwige du Thilay, la sœur chevecière[1] dont un oncle par alliance était mort durant la répression de Carcassonne, étaient femmes assez intelligentes pour émettre, parfois et à mots couverts, des critiques sur les moyens choisis par Rome pour défendre la pureté de la foi. Sans doute d'autres partageaient-elles leurs réserves, Adélaïde et même Blanche de Blinot durant ses instants de lucidité, mais elles étaient plus timorées. En revanche, ces doutes épargnaient la plupart de ses filles et Éleusie se prenait à le regretter.

1. Religieuse intendante qui réglait la mense (revenus d'une abbaye), surveillait et payait le maréchal-ferrant, les chanteurs, les vétérinaires, etc.

De fait, en dépit de sa foi absolue, de son obéissance, l'alarmante évolution de l'Inquisition blessait l'abbesse. Sauver l'âme des égarés afin qu'ils puissent rejoindre le troupeau de Dieu primait, mais que des moines puissent requérir la torture et la mort au nom du message d'amour et de tolérance du Christ lui demeurait incompréhensible. Bien sûr, leurs mains n'étaient pas tachées de sang puisqu'ils remettaient les condamnés au bras séculier afin qu'il exécute la sentence de mort à leur place, mais cette confortable hypocrisie ne la convainquait pas, d'autant que nombre de seigneurs inquisiteurs présidaient maintenant aux séances de torture.

Lui revenait le blâme, courageux et presque millénaire, d'Hilaire de Poitiers, à l'encontre d'Auxence de Milan :

> *Je vous interroge, vous qui croyez être des évêques : de quels soutiens ont usé les apôtres pour la purification des Évangiles ? Sur quels pouvoirs s'appuyaient-ils pour prêcher le Christ ? (...) Aujourd'hui, hélas ! (...) l'Église menace de l'exil et du cachot. Elle veut se faire croire par la contrainte, elle que l'on a crue jadis jusque dans l'exil et le cachot.*

Cependant, ces dominicains et ces franciscains avaient tous pouvoirs et sur tous, c'est-à-dire sur elle aussi.

Qu'il était beau et rayonnant, ce frère Nicolas Florin. Il avait requis l'hospitalité pour un petit mois à l'abbaye avec un aplomb qui disait assez que sous les formules de politesse se cachait un ordre. Étrangement, une aversion difficile à contrôler avait envahi l'abbesse dès son entrée dans le bureau. Elle s'en étonnait, elle qui s'était toujours méfiée des réactions impulsives. Pourtant, il y avait quelque chose chez ce jeune homme qui l'angoissait sans qu'elle parvienne à le définir.

– Des recherches dans le cadre d'une enquête, dites-vous ?

– En effet, ma mère. J'aurais dû être accompagné de deux autres frères, ainsi qu'il est souhaitable, mais l'urgence...

– Je ne crois pas me souvenir d'un seul cas d'hérésie en Perche, mon fils.

– Et de sorcellerie, d'accointances avec le démon... ? Car vous avez eu vos succubes et vos incubes, n'est-ce pas ?

– Qui fut épargné ?

Il lui adressa un sourire semblable à celui d'un ange, et approuva d'une voix tendre et peinée :

– Quel triste mais juste constat. Vous comprendrez, j'en suis certain, que je ne vous révèle pas le nom de la personne sur laquelle j'enquête. Ainsi que vous le savez, notre procédure est fort clémente et juste. J'irai lui signifier qu'elle dispose d'un mois, le temps de grâce, pour avouer ses fautes Si elle persiste dans son erreur, le procès commencera. En revanche, si elle admet ses péchés, elle sera probablement pardonnée et son nom restera confidentiel afin de lui épargner la vindicte de ses... voisins.

Il joignit ses belles mains fines, priant pour qu'Agnès de Souarcy s'obstine à jurer de son innocence. Si la description qu'on lui avait faite de la dame était justifiée, il y avait toute chance pour qu'il en soit ainsi. En cas contraire, sa parade était prête. Il pourrait toujours affirmer qu'elle était ensuite revenue sur ses aveux, les relaps étant considérés comme les pires criminels. Aucun n'évitait le bûcher. La parole de la dame de Souarcy ne valait rien contre celle d'un seigneur inquisiteur. Le petit baron bailleur allait avoir une bien mauvaise surprise, lui qui souhaitait juste terroriser et déshonorer sa demi-sœur. Sa propre duplicité grisait Nicolas. Il était maintenant de taille à tenir tête et à passer outre les ordres d'un baron.

– Il faut au moins deux témoignages pour justifier l'accusation, insista Éleusic de Beaufort.

– Oh… J'en ai obtenu davantage, sans quoi, je ne serais pas ici. Là encore, ainsi que vous le savez, notre vœu est avant tout de protéger. Aussi ces témoins et leurs déclarations demeurent-ils secrets. Nous souhaitons leur éviter des représailles.

Un ange brun, le visage un peu incliné vers son épaule. Son front illuminé d'un éclat presque irréel évoquait à Éleusie la clarté qui tombait les matins d'hiver des géminés[1] de l'église Notre-Dame de l'abbaye. Les longues paupières étirées vers les tempes voilaient de leur transparence bleutée un regard d'une infinie profondeur, celle de la mort.

Un masque. Derrière la peau pâle, un écorché rongé de vermine. Des chairs décomposées, des lambeaux de peau verdâtres, des humeurs visqueuses et nauséabondes. Les joues se liquéfiaient, les orbites se creusaient, les dents se déchaussaient. Carapaces rougeâtres, pattes grouillantes, mandibules voraces, crochets impitoyables fouillaient les chairs. Une odeur de charogne. Un cri immense soulevait une cage thoracique vidée de ses viscères, les côtes rongées par d'obstinées mâchoires. Il en sortait soudain le museau rougi de sang d'un rat.

La bête était sur eux.

Éleusie de Beaufort se cramponna des deux mains au rebord de sa grande table de travail, retenant le hurlement qui montait dans sa gorge. Une voix, très loin, lui parvint :

– Ma mère ? Vous sentez-vous bien ?

1. Fenêtres groupées par deux, séparées le plus souvent d'une mince colonne.

– Un étourdissement, rien de grave, parvint-elle à articuler avant d'ajouter : Vous êtes le bienvenu, mon fils. Permettez-moi de me retirer quelques instants. La chaleur... sans doute.

Il prit congé sans tarder et Éleusie resta debout, seule au milieu de ce grand bureau dont les contours se diluaient.

Elles étaient revenues. Les visions infernales. Nul endroit ne l'en protégerait plus jamais.

Manoir de Souarcy-en-Perche, juillet 1304

Il était si beau, si jeune, si lumineux qu'Agnès songea stupidement qu'il devait être charitable.

Lorsque Adeline était venue lui annoncer en butant sur ses mots qu'un seigneur-moine venu tout exprès d'Alençon l'attendait dans la grande salle commune, vêtu d'une cape blanc cassé et d'une robe noire, elle avait aussitôt compris. Son hésitation avait été brève : il n'était plus temps de reculer.

Il patientait debout, son haut crucifix dressé entre ses mains jointes.

– Monsieur ?

– Frère Nicolas... J'appartiens à la maison d'Inquisition d'Alençon.

Elle haussa les sourcils, feignant la surprise, luttant contre l'emballement de son cœur. Il lui sourit et elle se fit la réflexion qu'il s'agissait du sourire le plus émouvant qu'elle eût jamais vu. Une sorte de chagrin sembla noyer les yeux sombres du dominicain, et il murmura d'un ton douloureux :

– Il nous est venu aux oreilles, madame, ma sœur en Jésus-Christ, que vous auriez, dans le passé, hébergé une hérétique plutôt que de la livrer à notre justice. Il nous est venu aux oreilles que vous auriez élevé son fils posthume dans des circonstances si troubles qu'on y voit œuvre de démon.

– Il s'agirait donc de cette suivante nommée Sybille qui ne m'a servie que peu de temps avant de décéder de faiblesse au cours de sa délivrance ? L'hiver avait été si meurtrier, tant étaient morts.

– En effet, madame. Tout nous porte à croire qu'il s'agissait d'une hérétique en fuite.

– Billevesées. Ce sont ragots de mauvaise femme jalouse et je peux même vous donner l'identité de votre informatrice. Je suis pieuse chrétienne...

Il l'interrompit d'un élégant geste de la main :

– Comme attesté par votre chapelain ? Le frère Bernard ?

– La mère abbesse des Clairets ainsi que la sœur tourière qui me visite souvent – Jeanne d'Amblin – devraient en témoigner devant Dieu.

Après quelques jours passés dans l'abbaye, quelques habiles questions, Nicolas l'avait compris. Aussi avait-il mis de côté l'accusation de commerce charnel avec un homme de Dieu. Il ne l'utiliserait qu'en dernier recours. Il biaisa :

– L'heure n'est pas au procès, et encore moins à la condamnation. L'heure est au temps de grâce, ma sœur. (Il ferma les yeux, le tourment tendant son visage angélique :) Confessez. Confessez et repentez-vous, madame, l'Église est bonne et juste, elle vous aime. Elle vous pardonnera. Nul n'apprendra ma visite, et vous aurez lavé votre âme de ses souillures.

L'Église lui pardonnerait, mais elle serait remise entre les mains du pouvoir séculier qui confisquerait son douaire, donc sa fille et Clément. Elle hésita, doutant être de force à résister à une procédure inquisitoire, et décida de gagner un peu de temps.

– Mon frère... J'ignore les crimes odieux dont vous m'accusez. Cela étant, j'ai toute confiance en votre robe et en votre fonction. Me suis-je laissé abuser ? Ai-je fait preuve d'une candeur coupable ? Je dois sonder mon âme à ce sujet... Quoi qu'il en soit, son fils Clément a été élevé dans le respect et l'amour de notre Sainte Église, et ignore tout des lamentables erreurs de sa mère... si elles étaient avérées.

Il rangea son crucifix dans la poche ventrale de son surcot et avança vers elle, mains tendues, un sourire de félicité aux lèvres.

> *Un masque... un écorché rongé de vermine... Carapaces rougeâtres, pattes grouillantes, mandibules voraces, crochets impitoyables fouillant les chairs. Une odeur de charogne... des côtes rongées par d'obstinées mâchoires... le museau rougi de sang d'un rat.*

La vision était si réelle qu'Agnès suffoqua. D'où lui venaient ces intenables images de mort, de souffrance ? La bête était devant elle. Elle recula.

Nicolas pila à quelques pas d'Agnès, tentant de percer le mystère de ce joli visage de femme qui venait de se décomposer. L'espace d'un fugace instant, il lui sembla qu'il avait déjà vécu cette scène, peu auparavant, sans toutefois parvenir à en préciser les circonstances. Une émotion dont il avait cru être débarrassé à tout jamais lui dessécha la gorge : la peur. Il la repoussa et sauta sur l'occasion que lui offrait l'étrange réaction d'Agnès de Souarcy :

– Redouteriez-vous l'accolade d'un homme de Dieu, madame ? Vous êtes-vous fourvoyée encore plus gravement sur des chemins démoniaques ?

– Non, souffla-t-elle de façon presque inaudible.

Cet homme était un des avatars du Mal. Il aimait le Mal. La preuve s'était imposée à elle, sans qu'elle sache d'où elle lui venait. Pourtant, depuis quelques secondes, depuis cette effroyable hallucination, elle n'était plus seule. Une ombre puissante luttait à ses côtés. Plusieurs. Une énergie qu'elle croyait disparue l'inonda. Elle se laissa guider, reprenant avec audace :

– Non... Votre déclaration m'a bouleversée. Sybille m'a-t-elle grugée ? A-t-elle profité de ma bienveillance, de mon ingénuité ? Quelle épouvantable perspective. Et puis, j'ai si peur que Clément n'apprenne l'insupportable vérité au sujet de sa mère, il en serait détruit, mentit-elle avec l'aisance que lui communiquaient les ombres amies.

Ce furent encore elles qui la poussèrent vers l'ange diabolique, qui écartèrent ses bras, qui les refermèrent en signe d'amour et de confiance sur les épaules de cet homme qui lui donnait la nausée.

Il n'était pas venu recueillir ses aveux. Il réclamait sa vie, les ombres le chuchotaient dans l'esprit d'Agnès, qui bruissait maintenant de voix autres que la sienne. Clémence ? Agnès n'en était pas certaine.

Lorsqu'elle relâcha son étreinte, une sorte de colère avait envahi le regard sombre qui la fixait. La lutte serait plus acharnée que Nicolas ne l'avait imaginé. Si elle admettait l'hérésie de la suivante devant le tribunal inquisitoire tout en affirmant que son erreur avait été commise de bonne foi, ses juges seraient enclins à l'indulgence. Elle s'en sortirait avec un ridicule pèlerinage, au pire quelques neuvaines. Il pouvait dire adieu aux cent livres du baron qu'il n'avait aucune intention de restituer après la mort de sa demi-sœur, auxquelles s'ajoutaient les trois cents autres promises par l'étrange messager. Il pouvait dire adieu à son plaisir.

Puis la menace que Nicolas s'était appliqué à oublier le

frappa de plein fouet : sa vie était en danger s'il échouait. La silhouette ne ferait pas de quartiers, elle en avait le pouvoir. Alors qu'il s'était jusque-là contenté de mépriser cette future victime de ses jeux, il commença à la détester.

Agnès était tombée à genoux en prière, dès après son départ. Elle suppliait les voix de revenir dans son esprit. Mais elles s'étaient tues sitôt que l'inquisiteur avait disparu.

Devenait-elle folle ? Elle pria durant ce qui lui parut des heures. Une sorte de délire l'habitait. À cet instant même, elle aurait tout donné pour que les ombres reviennent séjourner en elle, pour qu'elles l'apaisent.

– Mon ange ? sanglota-t-elle très bas.

Un soupir dans sa tête, comme une caresse.

Clément retrouva Agnès recroquevillée sur les dalles de la salle commune. Un instant de pure terreur. Il se précipita quand l'idée qu'elle était morte lui effleura l'esprit. Elle dormait. L'enfant caressa les lourdes tresses qui s'enroulaient autour de la tête de sa maîtresse et appela :

– Madame... ? Il faut vous éveiller, madame. Que s'est-il passé ? Pourquoi...

– Chut... Il est venu, et c'est le Mal qui m'a serrée contre lui. Tu dois partir à l'instant, Clément. (Elle coupa court à la protestation qu'elle sentait monter, exigeant d'une voix sans appel :) C'est un ordre, et je ne tolérerai aucune résistance. (Elle se radoucit aussitôt et poursuivit, toujours assise au sol :) Fais-le pour l'amour de moi. La procédure inquisitoire vient de commencer.

Les yeux de Clément s'élargirent d'effroi et il frissonna :

– Mon Dieu...

– Tais-toi et m'écoute. Il s'est passé quelque chose d'extraordinaire, si extraordinaire que j'hésite à te le confier, car je suis moi-même dans une telle confusion d'esprit que je ne parviens plus à assembler mes idées.

– Quoi, madame, quoi ?

– Une présence, plusieurs, plutôt... C'est si compliqué à décrire. La certitude que j'étais soutenue par une sorte de puissance bienveillante.

– Dieu ?

– Non. Quoi qu'il en soit, elles m'ont insufflé une aisance, une énergie qui me dit que je peux défaire cet être de malfaisance, l'inquisiteur, un certain Nicolas Florin. Il est... C'est une émanation du pire, Clément... Comment te dire... Eudes est mauvais, mais celui-là est maudit. Tu dois disparaître parce que, si tu as été ma force toutes ces années, tu constitues maintenant ma plus grande faiblesse. Tu le sais comme moi. Si cet homme parvient à convaincre les imbéciles superstitieux qu'il choisira comme juges que tu es un incube, ton jeune âge ne te protégera pas, au contraire. S'il découvre que nous avons dissimulé ton véritable sexe, ce sera encore pire. Sa logique sera implacable à leurs yeux puisque tu es enfant d'hérétique. Ils accepteront ensuite tout ce que ce monstre leur fera accroire. Il faut que tu partes, Clément. Pour moi.

– Et Mathilde ?

– Je demanderai à l'abbesse des Clairets de l'accueillir quelque temps.

– Mais je peux vous..., tenta-t-il d'argumenter.

– Clément, je t'en prie ! Aide-moi : pars. Pars bien vite.

– Est-ce vraiment vous aider, madame ? Ne cherchez-vous pas seulement à me protéger ?

– Je cherche à nous protéger, tous.

– Mais où aller, madame ?

Un sourire désespéré lui répondit d'abord.

– Oh... Il est vrai que l'on ne se pressera pas pour nous tendre la main. La seule protection à laquelle j'ai pu songer est celle du comte Artus, et j'ignore s'il me l'accordera pour toi. S'il se défaussait par peur des conséquences, fuis, n'importe où. Jure-le-moi sur ton âme. Jure !

Il hésita, puis céda devant son insistance :

– Je le jure.

Elle serra l'enfant contre elle et il enfouit son visage dans les cheveux soyeux qui embaumaient l'eau de romarin. Une peine effroyable lui donnait envie de fondre en larmes, de s'accrocher à sa dame. Toute sa force semblait être aspirée en dehors de lui. Sans elle, il était perdu, sans elle, il ne savait plus dans quelle direction avancer. Il pouvait tout si c'était pour elle, il le savait. Mais le vide immense qui s'élargissait à mesure qu'elle parlait lui glaçait le corps, lui saccageait l'esprit.

– Merci, mon doux. Je vais préparer une lettre que tu remettras au comte. S'il refusait de te cacher... J'ai amassé quelques sous d'or*, peu de chose, mais ils te permettront d'atteindre un port et de payer ton voyage vers l'Angleterre, seul royaume qui ait su résister à la tentation inquisitoire. Va faire seller un cheval, préparer quelques vivres et quelques vêtements, puis rejoins-moi dans ma chambre.

Lorsqu'elle desserra les bras, il crut qu'il mourait, là, à ses pieds.

Le sentit-elle ? Elle murmura à son oreille :

– Je n'ai plus peur, Clément. Je vais vaincre, pour toi, pour moi, pour nous tous et pour les ombres amies. N'oublie jamais que je te garde en moi, même si nous sommes séparés. N'oublie jamais que l'amour me guide et qu'il est plus fort que le reste lorsqu'il se bat. N'oublie jamais.

– Je n'oublierai pas, madame. Je vous aime tant.

– Prouve-le en ne revenant pas tant que je n'aurais pas défait cet être de ténèbres.

Dans quelques courtes années, Clément serait une jeune fille. La mystification qui avait permis à Agnès de la conserver auprès d'elle deviendrait alors si ardue à poursuivre. Comment Clément, Clémence, réagirait-elle lorsqu'elle apprendrait toute la vérité sur sa naissance ? Ce pesant secret partagé par trois femmes, dont deux étaient mortes.

Dans quelques courtes années... si Dieu leur prêtait vie à toutes les deux.

Agnès regarda disparaître l'enfant, s'étonnant de ce qu'il avait grandi en quelques mois. Ses braies lui arrivaient à mi-mollets et ses talons dépassaient de ses sabots. Elle s'en voulut stupidement de ne pas l'avoir remarqué plus tôt. Il lui sembla soudain fondamental d'y remédier avant son départ, comme si cette attention banale constituait un lien certain avec le futur, comme si elle témoignait qu'ils seraient bientôt réunis.

Et si elle se berçait de mensonges, si elle n'était pas de taille à résister au procès, à venir à bout de cette si belle créature infernale ? Et si elle ne revoyait jamais Clément ? Si elle mourait ? Et si le comte Artus se révélait n'être qu'un plaisant masque, s'il devenait pleutre ? S'il renvoyait Clément ou, pire, s'il le livrait à l'Inquisition ?

Assez ! Assez, et à l'instant !

Un mois allait s'écouler, le mois de grâce. Elle avait le temps de réfléchir, de préparer sa défense, d'envisager des stratégies de rechange. Clément l'y avait déjà aidée, un soir qu'il rentrait de l'une de ses mystérieuses escapades.

Un courage qu'elle n'espérait plus depuis le silence de ses ombres lui était revenu. Elle n'était plus seule, même si elle avait choisi d'écarter Clément. Elle ne lui avait pas menti. Il représentait sa pire faiblesse en ce moment. Elle se sentait capable de tout, sauf de résister à une menace pesant sur sa jeune vie. Lui disparu, à l'abri, elle pouvait les affronter. Une idée incongrue, une idée qu'elle n'aurait jamais eue quelques jours auparavant s'imposa : elle ne ferait pas de quartier. Eudes avait tissé la toile qui l'étouffait. Si elle sortait victorieuse de cette épreuve, elle lui ferait rendre gorge, sans pitié. Le temps du pardon, des atténuations était terminé.

Elle se dirigea vers les cuisines et ordonna d'un ton posé à Adeline de chercher des vêtements à la taille de Clément et de lui préparer un ballot de vivres, sans éclairer la curiosité muette de l'adolescente.

Château d'Authon-du-Perche, août 1304

Des pluies torrentielles avaient failli gâcher les moissons, plus tardives en Perche qu'en Beauce. Il s'en était fallu de peu, et tous avaient travaillé jour et nuit pour battre de vitesse les intempéries.

Artus avait galvanisé ses troupes de paysans et de serfs, chevauchant d'une ferme à l'autre, houspillant les uns, félicitant les autres. On l'avait vu retrousser les manches de son chainse de lin fin, calmer et mener une charrette attelée de deux lourds chevaux de Perche afin de ramasser le blé fauché. Les femmes s'étaient extasiées sur sa belle musculature, les hommes l'avaient admiré de ne pas craindre si vile et harassante besogne. Il avait partagé le cidre, le gros pain et le lard avec eux, il s'était écroulé comme eux pour une courte heure de repos sur des bottes de paille, et avait juré comme un soldat que « ce foutre de temps ne lui en remontrerait pas, mort de Dieu ! ». Ils avaient travaillé sans relâche durant deux jours et deux nuits.

Artus d'Authon était rentré fourbu, trempé, crotté jusqu'aux oreilles et puant. Avant de s'écrouler comme une masse sur son lit, sans même se dévêtir, une constatation l'avait réconforté : il n'avait pas pensé à elle depuis le matin... enfin, à peine.

Il dormit toute la nuit et une bonne partie de la journée qui lui fit suite. Un bain chaud l'attendait à son réveil et Ronan, qui avait déjà servi son père, patientait, armé de pied en cap d'une brosse, de savon et de draps essuyoirs.

– Les puces de foin vous ont mangé, monseigneur, constata le vieil homme.

– Elles en sont toutes mortes, plaisanta Artus. Ah... Attention, vil tortionnaire, mes yeux ne sont pas sales, inutiles d'y mettre du savon.

– Pardon, monseigneur. C'est que cette crasse qui vous recouvre... Eh bien, c'est crasse bien tenace.

– C'est de la vraie. Celle de la terre. J'ai faim, Ronan, très faim. Dois-tu me torturer encore longtemps avec cette brosse ?

– Il nous reste les cheveux, monseigneur. J'avais gardé le meilleur pour la fin. Un jeune garçon est arrivé à la nuit. Il semblait exténué.

– Qui ?

– Un certain Clément, qui prétend avoir déjà eu l'honneur de vous rencontrer chez sa maîtresse.

Artus d'Authon se leva d'un bond dans son grand baquet, produisant un tel remous qu'une vague d'eau savonneuse et grisâtre trempa le plancher. Il cria presque :

– Qu'en as-tu fait ? Est-il toujours entre nos murs ?

– Les cheveux, monseigneur, les cheveux ! Je vous raconte la suite si vous vous installez tranquillement au fond de votre bain et me laissez remettre un peu d'ordre et de propreté dans cette... chose qui vous couvre la tête.

Ronan en avait vu d'autres, d'abord avec feu le comte d'Authon, puis avec Artus, qu'il avait vu naître.

– Cesse de me parler comme une nounou, maugréa celui-ci.

– Pourquoi cela ? Je suis votre nounou.

– C'est bien ce que je craignais.

Artus aimait Ronan. Il représentait la permanence de ses souvenirs, les plus jolis et les pires. Il était le seul à avoir osé braver la fureur meurtrière de son maître après la mort du petit Gauzelin. Il lui avait monté ses repas dans ses appartements sans un mot, sans une ombre de crainte alors qu'Artus le menaçait des pires morts s'il récidivait. Il avait récidivé, encore et encore. La seule fois où Artus avait demandé pardon à autre qu'à Dieu, c'était à Ronan. Cette gifle mauvaise qu'il avait assénée à son plus fidèle serviteur, qui l'avait fait tomber à terre. Ronan s'était relevé, la marque des doigts d'Artus s'empourprant sur sa joue. Il avait fixé le comte, un chagrin terrible dans le regard, en déclarant :

– À demain, monseigneur. Que la nuit ne vous soit pas ennemie.

Le lendemain, Artus, encore plus défait, avait demandé pardon, la tête baissée en allégeance. Ronan, les larmes aux yeux, s'était approché, le prenant dans ses bras pour une unique fois depuis son enfance :

– Mon pauvre petit, mon pauvre petit. C'est chose si injuste... Je t'en conjure, n'oublie pas dans cette effroyable épreuve ta bonté et ta grandeur, parce que alors la mort aurait gagné sur tous les fronts.

C'était sans doute à cause de cette gifle que la fureur d'Artus s'était atténuée. Il avait repris le chemin de la vie.

– Vite, éclaire-moi, qu'en as-tu fait ? répéta Artus en fermant les yeux sous les coups de brosse de Ronan, qui menaçaient de lui arracher la peau du crâne.

– Je lui ai donné à manger, une couverture et une paillasse dans les communs en attendant votre avis. Un des valets s'est occupé de son cheval. Le garçon détient une lettre dont il m'a montré le rouleau tout en refusant de me la confier. Elle vous est destinée, à vous seulement. L'histoire qu'il m'a contée semblait véritable. J'espère n'avoir pas fait preuve de naïveté à son endroit.

– Non pas, non pas. Tu as très bien agi. Doucement, doucement... Il s'agit de cheveux, pas d'une crinière de trait.

– On pourrait s'y méprendre, monseigneur.

– Alors, et ce Clément ? Quelle histoire ?

– Sa dame lui a ordonné de rejoindre vos terres. (Ronan eut un soupir et poursuivit :) Il est effrayé, j'ai cru comprendre qu'il ne voulait pas la quitter mais qu'elle le lui avait ordonné. Il vous attend.

– Est-ce bientôt fini avec cette brosse ? Ça y est, je suis propre comme un sou d'or neuf !

– En parlant de sous neufs...

Ronan s'interrompit. Une curieuse émotion tendait sa voix lorsqu'il reprit :

– Il m'a demandé combien lui coûterait le repas que je lui ai offert hier à la nuit. Il m'a expliqué qu'il avait sept sous d'or, toute la fortune de sa dame, qu'elle lui avait offerte à son départ. Il ne voulait pas les dilapider quand elle avait eu tant de mal à les gagner. Aussi préférait-il se contenter d'un peu de pain et de soupe. J'ai eu grand mal à lui faire admettre que je ne tenais pas auberge et qu'il s'agissait de votre hospitalité.

Prenant prétexte de la piqûre du savon, Artus ferma les yeux. Son cœur se retournait quand il l'avait cru mort à jamais. La précieuse douleur qui éclatait dans la poitrine était fulgurante. L'amour avait tant déserté sa vie qu'il avait l'impression de le redécouvrir. L'amour immense de Clément pour sa dame, celui de sa dame pour ce garçon valeureux, le sien pour Agnès. Sept sous d'or. Toute sa minuscule fortune. À peine le prix d'un joli manteau ourlé de vair.

– Oui, oui... J'ai fini, prévint Ronan. Et oui encore, le garçon est reposé, rassasié et vous attend, monseigneur.

Artus sortit du bain, se laissa sécher en piétinant d'impatience.

Artus faisait les cent pas, les mains croisées dans le dos, le buste incliné. Le grand regard pers ne le quittait pas, accompagnant ses moindres gestes. Clément lui avait tout expliqué en peu de mots. L'Inquisition, les prétendues révélations de Mabile, la venue de ce dominicain, le temps de grâce qui filait comme les grains d'un sablier. Il lui avait dit, des sanglots dans la voix, la peur de madame Agnès qu'il soit arrêté, torturé. Il lui avait relaté le serment qu'elle l'avait contraint à prêter sur son âme : partir et ne pas reparaître. Fuir, la laisser affronter seule l'Inquisition. Et puis, il avait dû s'arrêter parce que les larmes noyaient ses paroles et qu'il avait si peur pour elle.

Le comte d'Authon s'approcha à nouveau de sa table pour y relire une dixième fois la lettre d'Agnès.

> *Monsieur,*
>
> *Croyez que je déplore le tracas que je m'apprête à vous causer. Croyez aussi que je suis votre humble et fidèle arrière-vassale et que votre arbitrage sera le mien.*
>
> *Je me trouve aujourd'hui dans une situation dangereuse et fort délicate. Il m'appartient d'y faire face, et j'y suis préparée, du moins je l'espère. Dieu me guidera.*
>
> *Là n'est pas l'objet de ma supplique, car il s'agit bien d'une supplique. Vous connaissez Clément. Il m'a fidèlement ser-*

vie, et est cher à mon cœur. C'est une âme pure et fiable. À ce titre, il mérite protection.

Lorsque j'ai compris que je devais l'éloigner de moi afin de garantir sa sécurité, n'est-il pas étrange que seul votre nom et votre souvenir me soient venus ?

Si vous jugiez, après l'avoir entendu, que vous ne pouvez accueillir Clément en votre maison, je vous supplie, avec toute mon obéissance et mon respect, de le laisser partir sans en avertir personne. Je lui ai offert sept sous d'or, tout ce que je possède. Il devrait pouvoir survivre quelque temps grâce à cette somme. Pour cela, mon infinie gratitude vous est acquise.

Je ne suis coupable d'aucune des monstruosités qui me sont reprochées, et Clément l'est encore moins. Si je connais l'origine de la machination qui risque de me faire périr, j'ai le sentiment diffus qu'elle a échappé à son concepteur.

Quoi qu'il en soit, soyez assuré, monsieur, que votre venue à Souarcy m'a laissé le meilleur souvenir depuis mon veuvage. Pour être franche et si j'ose, j'avoue n'avoir pas connu de moments plus plaisants depuis que madame Clémence de Larnay me fut ravie par la mort. Qu'elle repose en très grande paix.

Que Dieu vous protège, qu'Il protège Clément.

Votre très sincère et très obéissante vassale,

Agnès de Souarcy.

Un maelström d'émotions contradictoires prenait le comte d'assaut, l'empêchant d'adresser la parole à ce garçon trop fluet, trop poussé en graine qui se tenait raide en face de lui, tête levée, regard droit, en dépit de la peur qui le secouait.

Mais pourquoi n'était-elle pas venue lui demander protection ? Il aurait pu intervenir, faire rentrer dans la gorge de cet inquisiteur ses accusations. Certes, ils avaient tant de puissance, mais pas au point de mécontenter le roi de France, et Artus se serait abaissé à quémander son intervention pour elle. Pour elle. Philippe l'aurait compris. C'était un grand roi et un homme d'honneur et de parole lorsque les affaires de l'État n'étaient pas en jeu. De surcroît, il n'avait pas une passion pour l'Église et l'Inquisition, même s'il en usait au gré des besoins.

Cette femme le bouleversait, l'exaspérait, le rendait humble, le touchait comme personne n'y était jamais parvenu. Son courage n'avait d'égal que son fol aveuglement.

Quoi ? Elle comptait se battre seule contre un grand inquisiteur ? Avec quelles armes ?

Non, elle n'était pas aveugle. Elle était un lynx, ainsi que l'avait décrite Monge. Elle était en train de feinter. Elle mettait à l'abri ses petits, exposant sa gorge pour occuper un moment l'adversaire.

Croyait-elle vraiment avoir la possibilité de se retourner contre lui, de planter ses crocs dans la chair honnie ? Elle n'était pas de taille contre eux. Ils avaient tous pouvoirs, la totale immunité puisqu'ils se relevaient l'un l'autre de leurs fautes, quelles qu'elles fussent.

Et si elle le savait ? Et s'il s'agissait en fait d'un suicide programmé ? Les femelles lynx font cela, il était assez chasseur pour le savoir, aussi rompait-il le combat, laissant la fauve fuir. Un jour, l'une d'elles s'était retournée à quelques mètres, le scrutant de ses prunelles jaunes avant de disparaître comme un spectre dans les fourrés. Une déroutante conviction avait saisi Artus : elle lui adressait un salut, peut-être un remerciement.

Ce prédateur-là, tel que le lui avait décrit Clément, ne desserrerait pas les griffes de sur sa proie. Agnès n'avait aucune chance.

Son poing s'abattit sur la table et il hurla :

– Non !

Clément ne bougea pas.

– Il faut trouver une parade, marmonna Artus. Mais laquelle ? Nous sommes sans pape. Une requête, même royale, se perdrait dans les méandres du Vatican, et chacun prendrait à son tour prétexte de l'absence d'un souverain pontife pour ne rien faire.

Clément attendait immobile, attendait il ne savait quoi de cet homme. Un miracle, peut-être. Il suggéra :

– Monsieur Charles de Valois, frère du roi, n'a-t-il pas reçu le comté d'Alençon en apanage l'année dernière ?

– Si fait.

– La maison d'Inquisition à laquelle appartient ce Nicolas Florin est celle d'Alençon, insista l'enfant.

– Si une intervention de la maison royale pouvait nous servir, mon choix se porterait sur Philippe, pas sur notre bon Charles, dont la finesse politique n'est pas la qualité majeure. Mon garçon... Tout comte d'Alençon qu'il est, Charles ne peut rien. L'Inquisition ne prend ordre de personne, si ce n'est du pape lui-même.

– Or nous n'avons pas de pape, répéta Clément.

Sa voix se cassa. Il serra les lèvres, taisant la suite, pourtant Artus dut lire dans son esprit puisqu'il rugit :

– Et non, ôte-toi cela de la tête ! Elle n'est pas perdue ! Je ne suis pas au bout de ma réflexion. Laisse-moi. J'ai besoin de paix et ton silence est si bruyant qu'il m'empêche de penser.

Clément l'abandonna sans bruit.

Réfléchir.

Le constat qu'il venait de faire tout en parlant au jeune garçon qui le dévisageait le stupéfiait par sa sincérité, sa brutalité. Il était capable de tout pour la sauver. S'y ajoutaient la lucidité, voire le cynisme, qu'il avait développés vis-à-vis de l'appareil religieux dans sa presque totalité. La foi était bien vite remisée lorsque pointaient l'argent et le pouvoir. Artus le savait : nombre d'inquisiteurs s'achetaient, et celui-là ne faisait pas exception à la règle puisque Eudes avait de toute évidence rétribué ses services. Il suffisait alors de proposer davantage.

Il partait demain pour Alençon.

Maison de l'Inquisition, Alençon,
Perche, août 1304

La parfaite beauté du jeune homme étonna Artus. Le portrait qu'Agnès en avait brossé à Clément n'était pas excessif. L'onctuosité de l'inquisiteur était si prévisible qu'elle aurait pu faire sourire le comte en d'autres circonstances.

– Quel honneur que cette visite, monsieur le comte, pour l'humble moine que je suis.

– Un humble moine ? Vous vous jugez trop sévèrement, monsieur.

Nicolas Florin tiqua à ce titre qui le mettait sur un plan civil et le dépossédait de son aura religieuse, d'autant que la formule de politesse, telle qu'elle était tournée, avait évité au comte de lui renvoyer l'honneur. Il ne douta pas que ce choix avait été volontaire.

Artus avait réfléchi tout le voyage à la façon d'aborder l'inquisiteur. Fallait-il progresser à pas comptés, ou foncer droit au cœur du sujet ? Parce que l'inquiétude le rongeait et parce qu'il ne voulait surtout pas donner à penser à l'autre qu'il tergiversait, il avait opté pour la seconde stratégie.

– Vous êtes allé, il y a peu, signifier à une dame de mes amies son temps de grâce, n'est-il pas ?

– Madame de Souarcy ?

Artus acquiesça d'un mouvement de tête. Il perçut le flottement de l'inquisiteur. Nicolas maudissait cet abruti de Larnay qui lui avait affirmé que le comte d'Authon n'interviendrait pas en faveur de la femme. Le souvenir de la silhouette revêtue de bure sombre, de ses mots, de ses promesses, s'imposa dans son esprit, et il s'apaisa aussitôt. Que pouvait un comte, même ami du roi, contre tant de puissance ? Il répondit d'une voix douce :

– J'ignorais que madame de Souarcy fut de vos amies, monsieur.

Artus songea que si Agnès – par l'intermédiaire de Clément – ne l'avait pas dessillé au sujet de Nicolas Florin, il aurait probablement juré de l'innocence de celui-ci. Après tout, si le mal n'était pas follement séduisant, il n'aurait pas tant d'adeptes.

– Elle l'est. (Artus parut hésiter, puis reprit :) Je ne doute pas, monsieur, que vous soyez homme de foi...

Un battement de paupières lui répondit.

– ... et de finesse. Les raisons de l'ire de monsieur de Larnay contre sa demi-sœur ne sont pas de celles auquel un homme de piété et d'honneur souhaiterait s'associer. Elles sont d'ordre personnel et... comment dire, fort blâmables.

– Que me dites-vous là ? s'offusqua Florin, qui se distrayait de ses duperies.

– Il vous aura tu cet aspect, et les véritables raisons de sa rancœur.

– Certes ! approuva Nicolas, qui avait parfaitement senti que la ferveur et la défense de la pureté de l'Église n'étaient pas les mobiles qui poussaient Eudes.

– En bref, il vous aura fait perdre un temps précieux, continua Artus, pour lequel je tiens à vous dédommager. Nul ne connaît encore la procédure engagée contre madame de Souarcy. Vous pouvez donc y mettre un terme.

Nicolas s'amusait comme un fou. Le pouvoir... enfin, le pouvoir. Le pouvoir de claquer le bec d'un comte, de l'envoyer paître. Le pouvoir de lui être supérieur. Il feignit une indignation douloureuse, avec assez de maladresse pour que l'autre n'ait aucun doute sur le fait qu'il se gaussait de lui.

– Monsieur... Je n'ose croire que vous me proposez de l'argent pour... Pensez-vous que je me serais rapproché de madame de Souarcy si je n'avais été convaincu par la légitimité des soupçons que son demi-frère avait formés à son endroit ? Je suis homme de Dieu. Je Lui offre et mon service et ma vie.

– Combien ?

– Allons, monsieur, je dois vous prier de sortir et de ne plus revenir jamais. Vous m'offensez et vous offensez l'Église. Par respect pour votre nom, je vous le demande : restons-en là.

La menace était implicite, et Artus ne s'y méprit pas. Si elle ne l'inquiéta pas outre mesure, autre chose l'alarma bien davantage : quelle puissance occulte veillait sur Nicolas Florin pour qu'il se sente si inatteignable, pour qu'il s'offre le luxe de railler un seigneur ? Certainement pas ce fantoche d'Eudes de Larnay.

L'intuition d'Agnès lui revint : quelque chose de beaucoup plus obscur, de beaucoup plus redoutable avait œuvré à son accusation.

Lorsqu'il reprit la route d'Authon, la décision d'Artus était arrêtée.

S'il fallait en arriver là, Nicolas Florin mourrait. Une mort discrète ayant les apparences d'un accident. En toute conscience, il n'y avait selon lui nul crime à écraser une vermine malfaisante. Un pli mauvais ferma ses lèvres : d'autant qu'ensuite, il retournerait leurs armes contre les adversaires d'Agnès. Il clamerait bien haut que le jugement de Dieu avait tranché. Dieu avait puni Nicolas pour son inclémence et son injustice. Dans Son infinie sagesse et Sa magnifique bonté, Il avait sauvé l'innocence : Agnès. Si la plupart des gens avaient maintenant quelques réserves sur ces interventions divines – que l'on n'avait jamais constatées lors des innombrables ordalies[1] individuelles passées –, nul n'aurait la témérité de le contredire.

Artus se détendit, et Ogier secoua la crinière pour accompagner son changement d'humeur.

S'il fallait en arriver là, il était prêt. Il espérait cependant un retournement de situation qui lui éviterait de souiller ses mains de sang hors un combat loyal.

1. Jugement de Dieu. Épreuve physique (application du fer rouge, du bain dans l'eau glacée voire du duel judiciaire) destinée à démontrer l'innocence ou la culpabilité. La plupart sortiront d'usage au XIe siècle. Il convient de ne pas confondre le duel judiciaire et le duel d'honneur qui se répandra à partir du XVe siècle.

Palais du Louvre, Paris, août 1304

Le cierge projetait des ombres inquiétantes sur les murs déplaisants du bureau encombré de registres. Monsieur de Nogaret avait du confort une idée bien austère. Peu de tapisseries protégeaient les occupants du froid et de l'humidité. Bien peu, une seule qui couvrait les pierres larges situées derrière la table de travail. Francesco de Leone s'en voulut de ne pas y avoir pensé plutôt. Il avait fouillé des heures entières, profitant des absences du conseiller du roi, sans rien trouver qui l'intéresse. Puis, hier soir, alors qu'il se couchait après le dîner frugal que lui avait fait porter Giotto Capella, une meute de chiens aux flancs creusés d'efforts, gueules ouvertes soulignées de laine rouge, tissée sur fond indigo, lui était revenue en mémoire.

Il souleva la tapisserie. Un petit panneau de métal affleurait de la roche. Un coffre creusé, fermé d'un cadenas. Leone le détailla. Il avait ouvert tant de portes de cachots, tant de cachettes que leurs inventeurs espéraient secrètes que ce mécanisme-là ne lui résisterait pas longtemps. Il tira une fine tige de métal de ses chausses et le força habilement en quelques secondes. En admettant que l'on découvre son intervention, ce dont il doutait, il aurait disparu dans quelques heures, et Capella se débrouillerait avec les gens de monsieur de Nogaret. Des lettres enroulées, un sac renflé de ce qui devait être des pièces d'or s'entassaient dans le petit espace. Un mince carnet recouvert de veau noir attira son regard. Les lettres nerveuses et minces du conseiller noircissaient ses pages. Francesco les parcourut. Tant de secrets d'État étaient résumés dans ces lignes que si elles venaient à être découvertes, l'Occident tout entier vacillerait. Ainsi, la sainte croisade contre les Albigeois n'avait été que prétexte à mater Raymond VI de Toulouse, à récupérer le Languedoc et à permettre aux seigneurs du Nord de se tailler des fiefs sur mesure dans le Sud. Ainsi, malgré la cuisante défaite de l'année passée à Courtrai, l'armée du roi Philippe se préparait à en découdre dans quelques jours en Flandre. Son cœur marqua une pause douloureuse lorsqu'il découvrit les colonnes de chiffres qui s'étalaient sur les pages suivantes : une évaluation de la fortune du Temple et de celle de l'ordre des hospitaliers. Leur disparition était donc déjà programmée. Le Temple, plus riche et plus fragilisé, serait abattu en premier. Le tour de l'Hôpital viendrait ensuite.

Un bruit de pas, tout proche. Francesco rabattit précipitamment la tapisserie et tira sa dague du fourreau. Le bruit longea la porte puis diminua le long du couloir. Il fallait faire vite.

Sous les colonnes, quelques courtes phrases assorties de points d'interrogation :

> *Levée d'impôts concédée au Temple ? On peut en espérer un surcroît d'ire de la part du peuple et l'aggravation de sa rancune.*
>
> *Commerce avec les hérétiques ou les démons ? Intelligence avec les infidèles ? Sodomie ? Parjures, blasphèmes, ou adoration d'idoles ? Sacrifices humains, d'enfants ?*

Ainsi, le prieur, Arnaud de Viancourt, avait eu raison. Le privilège de lever des impôts n'avait été accordé au Temple que pour mieux préparer sa perte. Quant au reste, de quoi s'agissait-il ? De soupçons ou d'une liste d'accusations imaginaires et interchangeables que le roi Philippe brandirait le moment venu pour justifier la nécessité d'une enquête et d'un procès ? Le sort des deux grands ordres guerriers était scellé. Arnaud de Viancourt et le grand maître avaient vu juste. Quand tomberait la sentence ?

Leone lutta contre la fureur et le chagrin qui l'étouffaient, et poursuivit sa lecture.

D'autres chiffres, une méticuleuse comptabilité qui recensait même des dépenses de quelques deniers distribués à des serviteurs espions et expliquait une partie des ponctions effectuées par monsieur Philippe de Marigny dans le Trésor. On apprenait de la sorte qu'un certain Thierry, damoiseau, avait perçu cent deniers tournois pour inspecter le contenu des lettres d'un cardinal. Une Ninon, buandière de son état, avait coûté quatre-vingts deniers afin de rendre compte de l'état du linge de nuit d'un prélat dont on voulait s'assurer, avant de miser sur lui, qu'il n'était pas malade. Monsieur de Nogaret était homme de rigueur et de prudence. Enfin, deux noms, soulignés d'un trait dans une liste qui en comportait quatre autres biffés. Renaud de Cherlieu, cardinal de Troyes, et Bertrand de Got, archevêque de Bordeaux.

Le chevalier replaça le carnet et referma le cadenas.

Il regretta de ne pas avoir disposé d'assez de temps pour parcourir les autres documents. Après tout, quelle importance ? Un seul royaume lui importait, celui de Dieu. Les hommes pouvaient continuer de se déchirer pour des peccadilles montées en épingle, et ils n'y manqueraient pas. Bientôt, la vérité s'imposerait à tous, et nul ne pourrait plus fermer les yeux et prétendre l'ignorer.

Francesco de Leone sortit du Louvre. La nuit était dense et propice. La puanteur des rues épaissie par la chaleur de la saison ne l'importunait pas plus que les miasmes de toute cette humanité concentrée dans des taudis.

Encore quelques minutes, le temps de rédiger un message codé à Arnaud de Viancourt. Il devrait ensuite le confier à un prêtre ami de l'église Saint-Germain-l'Auxerrois, qui veillerait à son acheminement jusqu'à Chypre. Le texte en était lapidaire et n'avait pas grand sens pour le non-initié.

> *Bien cher cousin,*
>
> *Mes recherches d'angélologie progressent moins vite que je ne l'avais cru, que vous l'aviez souhaité, en dépit de l'aide inestimable que m'apportent les écrits d'Augustin, dont surtout la saisissante* Cité de Dieu. *Le deuxième ordre*[1] *des Dominations, des Vertus et des Puissances est bien ardu à embrasser dans son ensemble, non que le troisième des Principautés, des Archanges et des Anges se livre plus volontiers à ma compréhension. Pourtant, je persiste avec un bel enthousiasme et espère que ma prochaine missive vous annoncera des avancées majeures dans mon travail.*
>
> *Votre humble et reconnaissant Guillaume.*

Arnaud de Viancourt comprendrait que Leone avait débusqué six noms de prélats français susceptibles d'être élus pape grâce à l'aide du roi de France, mais qu'il tâtonnait encore en ce qui concernait l'identité des plus vraisemblables et avait besoin de temps. Le chevalier ne mentionnerait pas ses autres catastrophiques découvertes concernant la fin

1. L'univers angélique était structuré en trois ordres.

annoncée du Temple et de l'Hôpital. Il devait encore réfléchir à la meilleure contre-attaque.

Il ressortit de la petite église[1] qui s'élevait non loin de la Seine moins d'une heure plus tard. La monture qu'il avait retenue chez un loueur l'attendait avec son maigre bagage à quelques pas d'ici.

Au sud, en Perche, la commanderie d'Arville et l'abbaye des Clairets. Au sud, le Signe.

1. Fondée sur un baptistère du VIe siècle, la construction de Saint-Germain-l'Auxerrois remonte aux XIIe et XIIIe siècles. De taille modeste à cette époque, elle sera ensuite considérablement agrandie.

Abbaye de femmes des Clairets,
Perche, août 1304

La haute silhouette escalada la muraille d'enceinte qui protégeait l'abbaye. Elle posa ses pieds avec précision dans les anfractuosités propices, comme si les pierres irrégulières, l'usure du mortier, lui étaient familières. Elle longea l'église Notre-Dame, aussi discrète qu'un fantôme, puis obliqua sans hésitation en direction du long bâtiment qui abritait les appartements de l'abbesse et les dortoirs des moniales.

Éleusie de Beaufort se réveilla en sursaut. Le sommeil la fuyait depuis l'arrivée de cet être qu'elle redoutait et exécrait, depuis cette hallucination qui lui en avait révélé la vraie nature. Nicolas Florin était, à n'en pas douter, une émanation des Ténèbres. L'abbesse venait juste de s'assoupir, sombrant dans un coma perturbé de cauchemars incompréhensibles, lorsque le grattement répété à la fenêtre du bureau attenant à sa chambre l'avait tirée du sommeil. Elle se leva et tituba jusqu'à l'autre pièce. La crainte la fit hésiter. Qui était cet homme grimpé sur le rebord de pierre ? Comment était-il parvenu jusqu'ici ? Elle vit sa main se lever et rabattre la capuche qui dissimulait son visage.

– Jésus, merci...

Elle se précipita et ouvrit la fenêtre. La silhouette sauta lestement dans la pièce et la serra dans ses bras.

– Ma tante, je suis si heureux de vous retrouver enfin ! Passons à côté, laissez-moi vous regarder mieux.

– Francesco, quelle peur vous m'avez causée ! Nul ne vous a aperçu, j'espère. La plupart de mes filles sont soumises à la clôture non stricte.

Le bonheur de le voir, de l'embrasser, fut plus puissant et elle gémit :

– Quelle joie... Il me semble que vous avez encore grandi. Oh... J'ai tant de choses à vous conter, tant d'effrois, de questions, que je ne sais par où commencer.

– La nuit est encore jeune, ma tante.

– Mon Dieu... Cet émissaire retrouvé carbonisé sans la moindre trace de feu... Ma missive disparue... Le pape empoisonné... Agnès de Souarcy objet d'une procédure inquisitoire dont on se demande qui la commandite, car elle n'est pas fondée, j'en suis certaine... Les visions qui me reprennent et me rendent folle... Cet inquisiteur, Nicolas Florin, qui se transforme pendant qu'il me parle en répugnant insecte nécrophage... Il s'est imposé dans l'abbaye... Vous ne devez surtout pas le croiser, pas plus que mes moniales, aucune... La petite Mathilde de Souarcy entre nos murs... Son oncle qui exige de la récupérer... (Un sanglot sec la fit tousser.) Oh, Francesco, Francesco, j'ai cru ne jamais vous revoir, que tout était perdu. Mon neveu... Mon cher et doux neveu...

Un éphémère contentement éclaira le beau visage d'Éleusie, qui commenta :

– Vous ressemblez de plus en plus à votre mère, ma sœur. Saviez-vous qu'elle était la plus jolie de nous toutes ? Pieuse et charmante Claire, nom ne fut jamais si parfaitement porté.

Francesco s'était tendu à l'annonce d'un nom. Il conduisit la mère abbesse vers sa chambre. Les fenêtres du bureau ouvraient sur les jardins, et on risquait de les apercevoir.

– Agnès de Souarcy serait menacée d'une procédure inquisitoire, dites-vous ?

– Ce vil Florin a refusé de me confier son nom lorsqu'il est arrivé. C'est madame de Souarcy elle-même qui me l'a confirmé lorsqu'elle m'a supplié de veiller sur sa fille, il y a maintenant plus de deux semaines. Notre sœur hôtelière, Thibaude de Gartempe, l'a prise sous son aile, mais Mathilde s'avère difficile.

– Que vous a expliqué d'autre madame de Souarcy ?

Éleusie se laissa aller sur le rebord de son lit et joignit les mains. Elle frissonnait. En dépit de la chaleur des derniers jours, un froid mortifère s'était insinué dans ses veines. Elle y voyait le présage de sa mort prochaine. Cette fin annoncée ne l'inquiétait pas, puisqu'il n'existait nulle fin. Elle craignait en revanche de manquer de temps afin d'aider son neveu.

– Elle a été fort brève. Elle n'ignorait pas que l'inquisiteur résidait chez nous, et craignait de me mettre en délicatesse avec lui. L'odeur méphitique de ce Nicolas Florin traîne partout, elle empoisonne l'atmosphère, elle nous suffoque... enfin, du moins certaines d'entre nous. Jeanne, notre sœur tourière n'a jamais autant prolongé ses tournées, elle rentre ainsi le moins possible à l'abbaye. Annelette Beaupré, notre apothicaire, ne sort presque plus de son herbarium. La gentille Adélaïde se cramponne à ses pots et à ses broches comme si sa vie en dépendait. Quant à ma bonne Blanche, son âge lui donne prétexte à des rêveries muettes qui semblent s'allonger de jour en jour. Tant d'autres se laissent gruger par les apparences de perfection de cette créature pernicieuse. Il est si beau, si suave et si dévot que j'en viens même parfois à me demander si je ne perds pas la raison en le soupçonnant du pire. Une figure d'ange. Je n'ose m'en ouvrir à mes amies de crainte de les embarrasser. Après tout, la plupart de celles que je sens de mon bord ont sans doute choisi la meilleure parade : la fuite. En revanche, quelques-unes de mes filles m'étonnent et m'inquiètent. Berthe de Marchiennes, notre cellérière... j'aurais dû m'en défaire lorsque je suis arrivée aux Clairets. Quant à Emma de Pathus, la maîtresse des enfants, son frère est dominicain et inquisiteur à Toulouse. Je me méfie comme de la peste de ces prétendues pures qui n'ont jamais eu à douter.

Éleusie soupira, le regard perdu il ne savait où avant de reprendre :

– Je vous épargne l'énumération de celles dont je ne sais que penser : Thibaude de Gartempe et même cette délicieuse Yolande de Fleury... Fallait-il que cet être pénètre dans nos murs pour que je réalise soudain que je ne connaissais de certaines qu'un visage et un sourire ? J'avance à tâtons vers leurs cœurs que je découvre.

Elle s'égarait mais Francesco, sentant comme ces confidences la soulageaient, patienta.

Elle sursauta, demandant soudain :

– Je manque à tous mes devoirs de seconde mère, mon doux chéri. Avez-vous faim ?

L'espace d'un instant, le poids immense qui écrasait le chevalier depuis des années s'évanouit. Une horde de souvenirs minuscules, tendres et charmants le submergea. Les années d'Éleusie, ainsi qu'il les nommait. Celles qui avaient suivi l'horreur.

Éleusie, la tendre Éleusie et son époux Henri de Beaufort l'avaient recueilli après la mort de son père et le massacre de sa mère et de sa sœur à Acre. Éleusie l'avait élevé, avec amour et vigilance, remplaçant Claire, qu'elle ne passait pas une journée sans évoquer afin que l'enfant gardât vivace le souvenir de sa mère. Éleusie dont l'aimante ténacité était parvenue à soulager un peu les douleurs rongeantes de l'enfant qu'il était encore. Il s'était accroché à elle, et sans doute l'avait-elle sauvé du besoin de vengeance. Il lui devait son âme. Il lui devait plus que la vie, et comme il était précieux de tant lui devoir.

– Je meurs de faim, n'ayant rien mangé depuis mon départ de Paris hier à la nuit... Mon estomac attendra. Parlez-moi d'Agnès de Souarcy, de ces meurtres de messagers.

Éleusie lui raconta ce qu'elle tenait d'Agnès, ce qu'elle avait cru comprendre de ses silences, n'omettant ni Eudes de Larnay et ses passions délétères, ni Mathilde, ni Sybille et son passé d'hérétique, ni le rôle répugnant joué par Mabile, ni surtout Clément et la dévotion qui le liait à sa dame, avant de conclure :

– Quant aux messagers, je n'en ai reçu qu'un seul. Ainsi que je l'ai expliqué au grand bailli Monge de Brineux, les autres ne se sont jamais présentés en l'abbaye. Pensez-vous qu'ils aient rencontré leur meurtrier avant de parvenir jusqu'à moi ? Cette inquiétude me taraude. Car alors que sont devenues les missives de Benoît qu'ils me portaient ? Sont-elles tombées aux mains de nos ennemis ? Existerait-il un lien entre leur contenu et l'empoisonnement récent du pape ? Quel était ce contenu ? Nous n'avons maintenant nul moyen de l'apprendre puisque le doux saint-père est mort sous leurs coups. Tant de questions tournent dans mon esprit, jour et nuit, sans qu'aucune explication ne me vienne.

Le jour teintait timidement l'obscurité lorsqu'elle le conduisit dans la bibliothèque secrète. Tous deux avaient approuvé cette cachette qui le dissimulerait aux regards de l'inquisiteur et des moniales, et lui permettrait de consulter les manuscrits rares qu'il avait achetés à ce voleur de Gachelin Humeau.

Éleusie de Beaufort profita du calme de l'avant-aube

pour foncer en cuisines et en rapporter de quoi sustenter son neveu.

Elle s'endormit ensuite pour une courte heure d'un sommeil préservé de cauchemars, et se réveilla juste avant laudes. L'apaisement qu'elle ressentait l'émerveilla comme un signe. La mort pouvait venir, elle avait accompli sa tâche. Francesco était revenu.

Ce qui devait être serait.

Le jour déclinait lorsque Leone se réveilla. Il s'étira en grimaçant, endolori par la dureté des dalles, à peine atténuée par les deux tapis qu'il avait superposés pour les transformer en couche.

Il s'étonna de la présence d'une jarre d'eau et d'une cuvette de bois. Sa tante avait pensé à sa toilette avant de vaquer à ses multiples occupations.

Leone le repéra tout de suite au creux des étagères lourdes d'ouvrages : le grand carnet du chevalier Eustache de Rioux. Eustache, son parrain de l'ordre qui avait guidé ses premiers pas de chevalier, Eustache, l'un des sept hospitaliers survivants du siège d'Acre.

Une série de coïncidences comme il n'en existe qu'au cours des événements les plus terribles avait permis au chevalier de Rioux de recevoir les révélations qu'il avait consignées dans ces pages. Lors de l'assaut titanesque qui devait saper les bases du donjon du Temple, Eustache – déjà blessé deux fois – avait pressenti qu'ils étaient tous perdus, et que le carnage commencerait sous peu. Mourir au combat lui importait peu, si c'était pour défendre les « agneaux », ainsi qu'il les nommait, et sa foi. Mourir ne signifiait rien puisqu'il avait déjà offert sa vie en rejoignant l'ordre de l'Hôpital. Que des soldats ennemis, qu'ils fussent ou non moines, s'entre-tuent, faisait selon lui partie du cycle de ce monde. Pas toutes ces femmes, pas tous ces enfants... S'il parvenait à en sauver ne serait-ce qu'une poignée, sa vie n'aurait pas été vaine, et il l'offrait en échange de la leur. Accompagné de deux chevaliers de l'ordre du Temple, il avait tenté une ultime sortie, poussant un troupeau humain affolé dans les souterrains qui débouchaient non loin de la plage, non loin des navires francs qui mouillaient au large tant la mer avait été mauvaise, interdisant leur approche. Le donjon du Temple – véritable bastion à cinq tours que l'on espérait inexpugnable puisqu'il avait résisté plus longtemps que la Neuve Tour de madame de Blois – s'était effondré à ce moment-là, les éboulis de pierres hautes comme un homme bouchant toute issue. Eustache de Rioux avait tenté de calmer la vingtaine de femmes et la trentaine de jeunes enfants qui l'avaient suivi. En vain. Ses admonestations, ses prières, étaient noyées sous les cris des petits accrochés aux robes de leurs mères, les larmes des femmes, et parfois leurs crises de nerfs. Il existe, dans toutes les foules humaines, un ou une fort en gueule dont l'incompétence et la stupidité n'ont d'égal que l'aplomb. Ce sont eux qui poussent la harde et la font s'écraser en bas de la falaise. Ce fut le cas. Toute sa vie, Eustache de Rioux devait revoir cette grande haridelle péremptoire dont il n'avait jamais connu le nom. Elle avait exhorté les femmes à se rendre, se faisant fort, affirmait-elle, de convaincre les fantassins infidèles de leur laisser la vie sauve. Il avait hurlé, manquant la frapper. Elles l'avaient toutes suivie, remorquant derrière elles leurs enfants. Eustache, fou de rage contre cette femme stupide, avait déclaré qu'il ne les escorterait pas jusqu'à l'abattoir. En revanche, les deux templiers leur avaient emboîté le pas, en dépit de leur absolue certitude que nul de leur petite troupe n'en réchapperait. Pour preuve, le plus âgé d'entre eux, qui s'était retourné vers Eustache en lui tendant le carnet taché de son sang qu'il portait sous sa cotte, à même la peau. D'un ton défait mais brave, il avait murmuré :

– Mon frère... la fin est proche. J'ai couché dans ces pages la recherche de toute ma vie. Elle fut grandement facilitée par les efforts obstinés de quelques autres templiers. Elle est née, il y a fort longtemps, dans les souks de Jérusalem, d'une rencontre avec un Bédouin auquel j'ai racheté un rouleau de papyrus rédigé en araméen. Il ne m'a pas fallu très longtemps pour comprendre qu'il s'agissait d'un des textes les plus sacrés de l'humanité. Je l'ai caché en lieu sûr, dans l'une de nos commanderies. D'autres coïncidences ont suivi, si improbables qu'il ne pouvait s'agir de simples coïncidences. Toutes ont concouru à me convaincre que je, que nous n'étions pas victimes d'un mirage ou d'une folie. Le temps nous presse... Cette quête me dépasse tant qu'elle ne doit pas mourir ici, avec moi. Vous êtes homme de Dieu, de guerre et d'honneur. Vous saurez qu'en faire. Ma vie fut menée par une force supérieure et j'en viens à croire qu'il me fallait vous tendre ce carnet, aujourd'hui et en ce lieu, que rien de tout cela n'est fortuit. Vivez, mon frère, je vous en conjure, vivez pour l'amour de Dieu et poursuivez cette sublime enquête. Priez pour nous qui allons mourir.

Ils avaient disparu après un coude du souterrain éventré. En haut, la bataille faisait rage. Les hurlements se mêlaient aux cinglements des boulets projetés par les catapultes, aux chocs des lames, aux grêles de flèches qui s'abattaient de toute part.

Dans le boyau maintenant désert, Eustache s'était laissé glisser vers le sol de terre humide, sanglotant comme un bébé, serrant contre lui l'épais carnet recouvert de cuir fatigué. Que n'était-il là-haut, avec eux, luttant pied à pied contre l'inéluctable ? Que n'offrait-il vainement sa vie pour un vain combat ?

Le chevalier de lumière et de grâce Eustache de Rioux

avait survécu et rejoint Chypre. Dépassé par l'ampleur de la quête, par sa complexité aussi, Rioux avait, dès son arrivée sur l'île refuge, cherché celui qui devrait reprendre avec et après lui ce pesant flambeau. Un tout jeune homme, presque encore un adolescent, avait croisé son chemin, à la suite d'un bien étrange détour. Francesco de Leone. Étrange puisque les hommes de la famille du jeune novice rejoignaient par tradition l'ordre du Temple depuis sa fondation. Il était donc presque inévitable qu'il les y suivît. Pourtant, il avait requis l'entrée à l'Hôpital. Lorsque Eustache lui en avait demandé les raisons, le jeune garçon s'était trouvé dans l'incapacité de lui répondre, arguant que, certes, le soin aux pauvres et aux malades avait pesé dans son choix, mais qu'à la vérité, il s'était laissé guider par une impulsion. Rioux y avait vu le signe qu'ils devaient poursuivre leur route ensemble.

Ils avaient recopié le carnet du templier mort à Acre, cherchant à en percer les arcanes, fouillant les bibliothèques de la terre entière pour en expliquer les nombreuses énigmes. Peu à peu, certains des mystères s'étaient révélés, d'autres, la plupart, se refusant à eux.

Le chevalier de Rioux avait consacré les sept années qui lui demeuraient à vivre à regretter de n'avoir pas suivi ses deux frères, pour aussitôt songer que le carnet devait être sauvé et qu'une impénétrable décision divine avait voulu qu'il en soit chargé. Il devait subir jusqu'au bout, comme une épreuve, le fardeau de sa vie épargnée à Saint-Jean-d'Acre.

Lorsqu'il s'était éteint dans la citadelle chypriote, Leone lui avait juré de poursuivre la Lumière, et de se taire jusqu'à ce qu'elle jaillisse enfin.

En dépit du colossal travail qu'il avait fourni, Francesco de Leone avait parfois le sentiment de n'avoir guère avancé depuis le décès de son parrain. Ah si, peut-être... ces runes qu'un Varègue rencontré à Constantinople lui avait expliquées.

Eustache et lui s'étaient fourvoyés à leur sujet, pensant qu'il s'agissait de lettres araméennes. Il n'en était rien. Cet alphabet se nommait Futhark, et les Scandinaves l'avaient sans doute adapté de l'étrusque. Ces lettres antiques se transcendaient elles-mêmes, devenant des symboles, des divinations. Un soir, des années plus tôt, Leone avait posé l'étrange croix sur la table de cette échoppe où l'on buvait d'âcres décoctions tonifiantes de feuilles d'un arbuste nommé tchaï, devant le gobelet du marin marchand. Le sourire du Viking s'était évanoui. Il avait hoché la tête en crispant les lèvres. Leone l'avait pressé de répondre, lui proposant quelques pièces. L'autre avait refusé et marmonné :

– Pas bon. Sorcellerie. Interdit[1].

– Je dois apprendre la signification de ces symboles, je vous en prie, aidez-moi.

– Je connais pas tout. Mais ça, c'est croix Freya.

– Freya ?

– Freya est sœur jumelle de Frey. Dieu-femme.

– Une déesse ?

L'autre avait acquiescé d'un signe de tête et lâché :

– Elle est dieu-femme beauté et amour... amour de chair. Elle est dieu-femme de guerre comme Tyr, lui dieu-homme. Elle guide les soldats. Frère jumeau, Frey. Autre dieu-homme richesse, fertilité, terre. Tu fais croix Freya pour savoir si tu gagneras la guerre.

Le marin n'avait qu'une hâte : quitter l'échoppe, disparaître. Leone l'avait retenu par la manche, insistant :

– Mais les autres signes, que signifient-ils ?

1. L'Église avait interdit l'utilisation de l'alphabet runique à des fins divinatoires, le jugeant païen.

– Pas savoir. Tout ça interdit !

Il s'était dégagé d'un geste brusque pour disparaître dans le labyrinthe coloré du grand bazar.

Il avait fallu plus d'une année à Leone pour percer l'énigme des amandes. Il lui avait fallu attendre l'une de ces coïncidences improbables, l'une de ces rencontres incompréhensibles qu'avait évoquées le templier dans le souterrain d'Acre.

Ce matin-là, Francesco de Leone sortait d'ambassade auprès d'Henri II de Lusignan. Leur espoir ténu d'arracher au roi de Chypre l'autorisation d'augmenter leur effectif sur l'île venait d'être à nouveau déçu. Une fillette menue, en haillons, aux longs cheveux bruns bouclés si emmêlés qu'ils semblaient une gerbe de foin, s'était approchée de lui. La tête baissée, elle lui avait tendu sans une parole une menotte crasseuse, paume vers le ciel. Il y avait déposé en souriant quelques piécettes, peu de chose, assez pour acheter du pain et un peu de fromage. Elle avait enfin levé le visage vers lui et l'ambre très pâle, presque jaune, de ses iris avait surpris Leone. Elle avait un regard si profond, si ancien qu'il s'était demandé si elle n'était pas plus âgée qu'elle ne paraissait. D'une voix étonnamment grave, elle avait commenté :

– Tu es bon. Ainsi devait-il être. Je te cherchais. Tu possèdes, m'a-t-on dit, une croix de papier dont tu ignores la signification. Je peux t'aider.

L'espace d'un fugace instant, le chevalier s'était demandé s'il ne rêvait pas. Comment se faisait-il que cette petite mendiante, comme il en existait tant sur l'île, soit au courant de ce mystère, s'adresse à lui comme si elle avait mille ans ? Comment une gamine chypriote pouvait-elle déchiffrer les symboles d'un antique alphabet que seuls quelques Vikings et Varègues maniaient encore ?

Elle l'avait entraîné, ou plus exactement il l'avait suivie quelques ruelles plus loin. Derrière une cahute montée de blocs de boue mêlée de paille, elle s'était assise en tailleur sur le sol de terre desséchée. Il l'avait imitée.

Elle avait à nouveau tendu la main sans un mot. Il avait tiré de son surcot la feuille pliée qui ne le quittait jamais. La fillette l'avait étalée par terre et s'était penchée au-dessus afin de l'étudier.

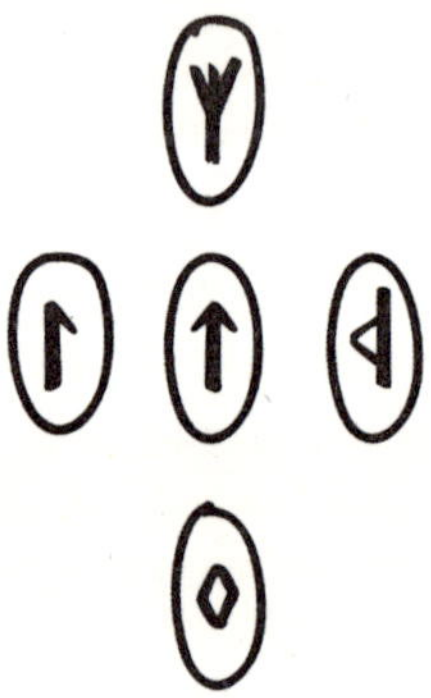

Une interminable minute s'était écoulée avant qu'elle ne lève son regard jaune et le dévisage. Elle avait soupiré puis déclaré :

– Tout est inscrit dans cette croix, mon frère. Il s'agit de la croix de Freya, mais tu le savais déjà. Elle n'est utilisée que pour prévoir l'issue d'un combat. Car il s'agit d'un combat. La branche de gauche indique ce qui est, ce dont tu hérites. C'est Lagu, l'eau. L'eau est inerte, mais elle est sensible et intuitive. Lagu est droit dans ta croix. Tu es égaré, la réalité te semble insurmontable. Écoute ton âme et tes rêves. De grands voyages se préparent. N'oublie jamais que si tu as été choisi, tu n'es qu'un outil.

Leone avait pris une inspiration, mais la fillette l'avait coupé d'un ton sans appel.

– Ne parle pas. Inutile de me poser des questions. Je te dis ce que tu dois savoir. Le reste viendra de toi. La branche de droite figure les obstacles que tu devras surmonter. Elle est négative. Ce signe, c'est Thorn. Thorn est le dieu guerrier de l'orage et de la pluie. Il est fort et dépourvu de bassesse. Mais la rune est renversée. Garde-toi de la colère et de la vengeance, elles te seraient fatales. Méfie-toi des conseils, la plupart seront trompeurs. Tes ennemis sont puissants et secrets. Ils se parent de la beauté des anges et ourdissent leur plan depuis longtemps, très longtemps. La branche la plus haute symbolise l'aide qui te sera offerte et que tu dois accepter. (Elle marqua une courte pose avant de reprendre :) Savais-tu, mon frère, que ceci n'est pas la quête d'un seul homme. Il s'agit d'une chaîne tenace. La rune est Eolh, elle est droite...

Un ravissant sourire éclaira le visage de la très jeune fille, qui murmura :

– Je suis heureuse. Eolh est la plus puissante protection dont tu pouvais bénéficier. Elle est magique. Elle est si imprévisible que tu ne la reconnaîtras pas lorsqu'elle se présentera. Ne crains pas de te laisser porter par des influences que tu ne comprends pas. La branche basse résume ce qui arrivera sous peu. C'est Ing et elle est renversée. Ing est le dieu de la fertilité, de ses cycles. Une tâche va se terminer... en ta défaveur. C'est l'échec. Tu t'es fourvoyé, tu dois reprendre le chemin au début...

Elle l'avait fixé de ses yeux de fauve avant de demander :

– Quelle erreur as-tu commise mon frère, quand, où ? Tu dois le comprendre très vite, le temps nous presse. Il nous presse depuis des siècles. (Elle avait levé la main, faisait taire la question qui brûlait les lèvres du chevalier :) Tais-toi. Je ne connais pas la nature de l'erreur, mais si tu ne la corriges pas bien vite, la quête s'éteindra dans une impasse. Je ne connais pas, non plus, l'essence de cette quête. Je ne suis, comme toi, qu'un outil, ma besogne se termine bientôt. La tienne n'aura peut-être jamais de fin. Ing renversé donc... La période est défavorable. Écarte-toi un peu. Donne-toi le temps de rectifier les fautes de jugement, qu'il s'agisse des tiennes ou de celles de tes prédécesseurs. La rune située au centre de la croix indique l'issue à long terme. Tyr droit. Tyr est la lance sacrée, c'est le combat juste. C'est l'audace, l'honneur et le sacrifice. Tyr a abandonné sa main en gage dans la gueule du loup Fenrir, qui menaçait le monde de destruction. La lutte sera âpre et longue mais couronnée de succès. Il te faudra être fidèle, juste et parfois sans pitié. Garde à l'esprit que la pitié, comme le reste, se mérite. Ne la disperse pas au profit de ceux qui en sont dépourvus. J'ignore si tu connaîtras cette victoire ou si elle se réserve pour celui qui te suivra. La lutte est déjà millénaire. Elle se dissimule dans le secret de plus de douze siècles.

Leone oscillait depuis quelques minutes entre le soulagement que lui apportait cette lecture de divination et le désespoir d'y comprendre encore moins qu'avant sa rencontre avec la petite mendiante. Il avait balbutié :

– Parle-moi de cette lutte, je t'en supplie !

– N'as-tu pas encore saisi ce que je t'expliquais ? Je ne sais pas. Je t'ai révélé tout ce que je connaissais. Ma tâche consistait à interpréter cette croix.

– Qui te l'a confiée ? avait tempêté Leone que la panique gagnait.

Le regard jaune de la gamine s'était soudain dirigé vers un point situé derrière son dos, et il avait tourné la tête, prêt à bondir. Rien d'autre qu'une colline plantée d'oliviers, nulle ombre menaçante. Lorsqu'il s'était retourné, elle avait disparu et seule l'empreinte de sa robe en guenilles sur la poudre de terre et les quelques piécettes qu'il lui avait tendues plus tôt attestaient qu'il n'avait pas rêvé.

Il l'avait ensuite cherchée durant une semaine, parcourant les ruelles, fouillant du regard l'intérieur des échoppes ou des églises, sans jamais apercevoir sa frêle silhouette.

Des efforts tenaces avaient peu à peu permis à Francesco de Leone de comprendre l'erreur qu'ils avaient commise, tous depuis l'origine de cette chaîne, ainsi que l'avait nommée la mendiante chypriote. Les deux thèmes astraux qui figuraient dans le carnet du chevalier du Temple étaient erronés. L'équatoire qui avait permis de les interpréter était une aberration déduite d'une théorie astronomique obsolète.

Le moine mathématicien d'un monastère italien, le monastère de Vallombroso[1], avait découvert la vérité pour la remiser bien vite, de peur des conséquences. Il était mort peu après de façon mystérieuse, se fracassant le crâne contre un pilier de cave, et son carnet de travail n'avait jamais été retrouvé. Jusqu'au jour où Humeau le voleur avait dressé un petit inventaire des ouvrages de la bibliothèque privée du pape qu'il pouvait fournir à ses commanditaires. Leone s'était porté acquéreur, renchérissant contre un autre acheteur inconnu. Gachelin Humeau avait joué les belles, tentant, se dérobant, et surtout faisant monter les enchères. Mon Dieu, qui devait-il favoriser ? atermoyait-il. Il voulait faire plaisir à tous, mais les affaires étaient les affaires. En un seul geste, si rapide que le vendeur scélérat avait à peine eu le temps de cligner des paupières, Leone avait tiré sa dague, saisi l'autre au

1. Monastère dans lequel Galilée étudia avant de partir à Pise pour y suivre ses études de médecine.

cou et appuyé la lame aiguë contre sa gorge en énonçant d'un ton calme :

– À combien évalues-tu ta vie ? Vite, un prix, que tu ajouteras à la somme que je viens de t'offrir. La proposition des autres enchérisseurs est-elle toujours supérieure ?

Il ne s'agissait pas de menaces en l'air, et Humeau l'avait senti. Il lui avait cédé l'ouvrage subtilisé de mauvaise grâce, contre une somme exorbitante, toutefois.

Réserve ta pitié à ceux qui en sont capables, avait prévenu la fillette.

La lecture du traité avait stupéfait Leone. Il existait d'autres planètes, plus lointaines, que l'on ne pouvait apercevoir mais dont des calculs avaient révélé la réalité. Il s'agissait de deux étoiles géantes[1], baptisées GE1 et GE2 par leur découvreur, et d'un astéroïde sans doute moins gros que la Lune mais d'énorme densité[2], qu'il avait nommé As. S'ajoutait à cette révélation, une autre stupeur : la Terre n'était pas immobile, plantée au milieu du firmament. Elle tournait autour du Soleil.

De laborieux et complexes calculs avaient ensuite occupé le chevalier durant des semaines. Il lui fallait repartir de la position des planètes dans les signes et dans les maisons du zodiaque pour retrouver les dates de naissance des deux êtres, ou de survenue des deux événements dont les cartes de ciel étaient si voisines. Ses déductions étaient encore partielles, puisqu'il lui manquait des données sur la révolution de GE2. Pourtant, il avait franchi une nouvelle étape dans leur élucidation et déduit une première date : premier décan du Capricorne, 25 décembre. Le jour de la Noël. Le jour de naissance d'Agnès de Souarcy.

1. Uranus et Neptune.
2. Pluton.

La rune Ing, celle de l'erreur, était dépassée. Leone attendait le signe qui lui permettrait de compléter ces thèmes astraux, et surtout de comprendre leur cruciale importance. Il attendait également que se révèlent ses « si puissants et si secrets ennemis ». Il les sentait, tapis dans l'ombre, prêts à frapper. Leur terrible riposte avait déjà commencé : Benoît XI était tombé sous leurs coups, Leone n'en doutait pas.

Il se dirigea vers l'un des meubles de bibliothèque et le poussa d'un élan brusque. La haute étagère glissa sur ses rails invisibles, découvrant une dalle plus large et plus claire que les autres. Une sorte de coffre avait été creusé en dessous. Le manuscrit de Vallombroso patientait, soigneusement enveloppé dans un lin badigeonné de cire d'abeille qui le protégeait de l'humidité et des insectes. Dessous gisait l'autre volume, le deuxième, qu'il n'avait parcouru qu'une fois, une salive de nausée lui remontant dans la gorge. Il ne l'avait acheté à Humeau que pour le détruire, et puis, quelque chose l'en avait dissuadé. Un ouvrage de nécromancie, rédigé par un certain Justus. D'odieuses recettes s'y succédaient. Leur but n'était pas d'établir de simples conversations avec l'au-delà, mais de harceler les morts, de les soumettre en esclavage afin qu'ils vous servent. Un frisson de dégoût hérissait Leone à chaque fois que son regard se posait sur la couverture de l'ouvrage, mais il remettait toujours à plus tard le brasier qui devait le réduire en cendres.

Il relut pour la millième fois le traité d'astronomie de Vallombroso puis étudia, pour la millième fois, les notes qu'Eustache et lui avaient consignées dans le grand carnet. C'est alors qu'un détail, presque imperceptible, attira son attention. Il s'approcha du mur dans lequel ouvraient les hautes meurtrières horizontales pour profiter d'un peu plus de clarté et se figea.

Quelle était cette fine empreinte d'encre, évoquant celle d'un doigt taché ?

Un froissement derrière lui, élégant et féminin. L'espace d'un instant, son cœur s'arrêta. Il ne s'agissait pas de la femme inconnue de l'église, du rêve, mais de sa tante. Il se tourna d'un bloc.

– Vous m'avez surpris, ma tante. Auriez-vous consulté ce carnet de notes durant mon absence ?

– Vous savez bien comme ces hiéroglyphes me remplissent d'appréhension.

– Il ne s'agit pas de hiéroglyphes, mais de runes secrètes.

– Elles ont été interdites par l'Église.

– À l'instar de tant d'autres choses.

– Blasphémeriez-vous, mon neveu ?

– On ne blasphème que contre Dieu, et je préférerais mourir que de m'y résoudre. Que pensez-vous qu'il adviendrait de nous, si l'on venait à connaître notre quête ?

– Je ne sais... Sa pureté devrait les convaincre et les combler.

– Vraiment ?

– Qu'est ce sarcasme, mon neveu ?

Il la considéra un instant, et inclina la tête avant de répondre :

– Croyez-vous, madame, que ceux qui détiennent tant de puissance et de richesses les laisseront filer entre leurs doigts de gaîté de cœur ?

– J'espère toujours que la Lumière s'imposera d'elle-même, Francesco.

– Comme je vous envie.

– Benoît est mort pour cette Lumière, Francesco... Tant d'autres avant lui..., lui rappela-t-elle d'un ton triste.

– Vous avez raison. Votre pardon, ma tante.

– Vous savez bien que je suis incapable de vous en vouloir, mon chéri.

Il marqua une courte pause avant de s'enquérir :

– Vous êtes bien certaine que madame de Souarcy est née un 25 décembre ?

Elle réprima un petit rire avant de rétorquer :

– Me croiriez-vous vieille et sans plus de cervelle, mon doux chéri ? Je vous l'ai dit et répété, elle est née le jour de la Noël. Il s'agit là d'une date assez significative, bien qu'à l'origine païenne[1], pour qu'on la mentionne et que l'on s'en souvienne... Je passais afin de m'assurer que vous alliez bien. Je dois vous abandonner... tant de choses requièrent mon attention. À tout à l'heure, mon neveu.

– À vous revoir, ma tante.

L'abbesse partie, Leone parcourut les notes dont Eustache et lui avaient noirci les feuillets. Soudain, son sang se glaça, et un vertige le déséquilibra durant un fugace instant.

On avait arraché l'avant-dernière page du carnet !

Une seconde de pure panique lui obscurcit l'esprit. Quelqu'un avait consulté ce carnet. Qui ? Il était certain que sa tante, ainsi qu'elle le lui avait affirmé, ne l'avait pas ouvert durant son absence, alors qui ? Une autre sœur ? Nulle ne connaissait l'existence de la bibliothèque.

Il s'était trompé. Ing, la rune de l'erreur, ne désignait pas l'interprétation fautive des thèmes astraux, mais son impardonnable bêtise.

1. À l'origine, le 25 décembre était réservé à la fête païenne et plurimillénaire des saturnales, qui célébraient le solstice d'hiver. L'Église décida vers 336 de la choisir pour célébrer la naissance du Christ.

Sur ces deux dernières pages, faussement vierges, s'étalaient les calculs, les diagrammes, les notes les plus secrètes.

Le voleur le savait-il ?

Depuis l'arrivée de Nicolas Florin, Éleusie de Beaufort se contraignait à s'acquitter de ses tâches habituelles, convaincue que son assiduité rassurait ses filles. Sans cette volonté de continuer comme si rien de leur vie n'avait changé, elle serait restée enfermée dans ses appartements et se serait détestée de son manque de courage.

Elle avança d'un pas lent vers les étuves lorsque deux silhouettes rapprochées alertèrent son attention. Sans trop savoir ce qui motivait sa réaction, l'abbesse se colla contre le mur, protégée par un des piliers qui soutenaient la voûte, et détailla la scène qui se déroulait vingt mètres plus loin. Son cœur s'emballa et elle plaqua la main devant sa bouche, certaine que sa respiration précipitée se percevait à l'autre bout de l'abbaye.

Florin. Florin était penché vers une sœur et murmurait à son oreille. Le dos de l'inquisiteur lui masquait l'identité de celle qui l'écoutait. Quelques secondes s'écoulèrent, si interminables qu'elles lui parurent une éternité. Enfin les deux silhouettes se séparèrent et l'inquisiteur disparut d'un pas vif dans le couloir qui partait à droite pour rejoindre la salle des reliques.

Celle avec qui il s'entretenait hésita, demeurant immobile quelques instants. Puis, elle sembla se décider et sortit vers les jardins.

Emma de Pathus, la maîtresse des enfants.

Hôtel d'Estouville, rue de la Harpe,
Paris, août 1304

Esquive d'Estouville reposa le phénix qu'elle avait entrepris de broder de longs mois plus tôt. La toile de lin s'effilochait par endroits, malmenée par des points maladroits et trop souvent défaits. Les travaux d'aiguille l'avaient toujours ennuyée, mais ils procuraient une contenance.

La très jeune femme soupira, et son charmant visage se tendit d'exaspération. Quelle interminable attente, quelle terrible impatience avant de rejoindre son bel archange hospitalier. Une étrange délectation se mêlait à son agacement. Souffrir chaque jour un peu pour lui qui allait tant souffrir. Il l'ignorait, c'était bien ainsi.

Quand le reverrait-elle enfin, quand s'y autoriserait-elle ?

Sa demoiselle frappa avec douceur à la porte du petit salon de l'hôtel particulier dans lequel Esquive passait la majeure partie de ses jours, l'autre étant consacrée au maniement des armes.

Une robe somptueuse, d'un blanc crémeux, reposait sur son bras.

– Elle est enfin prête, madame. J'ai pensé que vous aimeriez la contempler aussitôt.

– Vous avez bien fait, Hermione. Voyons cette merveille que l'on me promet depuis trois semaines.

Hermione s'approcha, évitant comme toujours le regard de la jeune comtesse, qui la mettait fort mal à l'aise. Un immense regard ambre clair, presque jaune. Le regard d'un petit fauve.

Abbaye de femmes des Clairets,
Perche, septembre 1304

Prime s'annonçait, mais il n'y assisterait pas. Nicolas Florin était de trop bonne humeur pour risquer de la gâcher en s'infligeant un office. Trente et un jours, exactement trente et un. Elle n'avait pas avoué, ni fait amende honorable, Dieu merci. Elle était toute à lui et rien, ni personne, ne la sauverait plus.

L'escorte armée était arrivée la veille, et n'attendait qu'un ordre de lui. Agnès de Souarcy serait conduite dans quelques heures en chariot jusqu'à la maison d'Inquisition d'Alençon. Une fois entre ses murs, elle pourrait supplier ou hurler à pleins poumons, nul ne l'entendrait.

Il s'étira de satisfaction sur sa couche en imaginant la déconfiture du comte Artus. Bientôt, tous redouteraient le pouvoir du nouvel inquisiteur.

Une ombre passagère tempéra sa jovialité. L'abbesse lui paraissait changée, depuis quelque temps. On eut cru qu'une sorte de certitude inattendue avait soudain allégé son angoisse. Bah, toute mère abbesse qu'elle était, il ne s'agissait que d'une femelle, une autre.

Il gloussa de bonheur : sa femelle, celle qu'il convoitait

depuis un interminable mois, était si jolie. Il l'imaginait lorsqu'elle le recevrait tout à l'heure, se tordant les mains, tamponnant ses larmes, le visage blême et défait de peur. Pourtant, elle ignorait à quel point elle avait raison d'être terrorisée.

Une vague de volupté l'envahit, le faisant haleter de plaisir.

Longtemps. Il jouerait très longtemps. Il ferma les yeux sous l'explosion de jouissance qui tendait son ventre.

Manoir de Souarcy-en-Perche, septembre 1304

Agnès relut une dernière fois le court message de Clément que le comte Artus lui avait fait porter par l'un de ses gens d'armes, puis le jeta à contrecœur dans la cheminée. Elle aurait tant aimé l'emporter avec elle.

La jeune femme ne s'y était pas méprise : Clément avait pris grand soin de ses mots, dans l'éventualité où sa missive tomberait entre de mauvaises mains.

Ma chère dame,

Vous me manquez tant. Chaque jour ajoute à mon angoisse. Le comte est fort bon pour moi et m'a offert l'accès à sa stupéfiante bibliothèque. Son médecin, un juif de Bologne, qui n'est pas simple mire mais grand savant, m'enseigne la médecine et tant d'autres choses.

Je suis si inquiet, madame. Que ne me permettez-vous de vous rejoindre enfin. Je vous conjure de prendre le plus grand soin de vous, par tous les moyens.

Votre vie est la mienne.

Votre Clément.

Le comte avait ensuite tracé quelques lignes, elles aussi assez cryptiques pour n'être comprises que de leur destinataire :

> *Tout ce qui peut être entrepris pour déjouer cette effroyable mascarade sera tenté. Tout. Courage, madame, vous nous êtes précieuse.*
>
> *Votre respectueux, Artus, comte d'Authon.*

Adeline fonça dans la grande salle sans prendre la peine de s'annoncer. Elle pleurait et bafouilla :

– Il est là... Il est là, le moine en noir, le mauvais.

Puis elle s'enfuit comme si sa vie était menacée, elle aussi.

– Madame ?

– Je vous attendais, monsieur.

Agnès se tourna, dos à la cheminée, et lui fit face. La bonne humeur de Florin vacilla. Elle ne pleurait pas. Elle ne se tordait pas les mains de peur.

– Je suis prête. Conduisez-moi.

– N'avez-vous rien...

Elle l'interrompit d'un ton péremptoire :

– Je n'ai rien à avouer. Je n'ai commis nulle faute et j'entends le prouver. Allons, monsieur. La route est longue jusqu'à Alençon.

BRÈVE ANNEXE HISTORIQUE

Abu-Bakr-Mohammed-ibn-Zakariya al-Razi, 865-932, connu sous le nom de Razès. Philosophe, alchimiste, mathématicien et prodigieux médecin perse, auquel on doit, entre autres, la découverte et la première description de l'asthme allergique et du « rhume des foins ». Il démontre la relation de ce dernier avec certaines fleurs. Il est considéré comme le père de la médecine expérimentale et pratiqua avec succès des opérations de la cataracte.

Anagni (attentat d'), septembre 1303. Boniface VIII, qui résiste à l'autorité de Philippe le Bel, est « retenu » à Anagni. Guillaume de Nogaret se trouve par hasard sur les lieux, venu notifier au pape un appel devant le concile qui doit se réunir à Lyon. À l'origine de ce bras de fer, la dîme que Philippe tente d'imposer au clergé français dans le but de soutenir son effort de guerre contre les Anglais. (Quelques historiens pensent, au contraire, que Guillaume de Nogaret a orchestré sur ordre de Philippe le Bel la séquestration de Boniface dans ses appartements, grâce à l'aide des frères Colonna, lesquels vouaient une haine personnelle au souverain pontife.)

Archimède, 287-212 avant J.-C. Génial mathématicien et « inventeur » grec. On lui doit de très nombreuses avancées en mathématiques, dont le fameux principe qui porte son nom (l'hydrostatique). Il offre aussi la première évaluation très fine du nombre pi et se fait le chantre de l'expérimentation et de la démonstration. On lui attribue la paternité de plusieurs inventions dont les catapultes, la vis sans fin, la poulie et l'engrenage.
Un palimpseste a récemment été attribué aux enchères pour deux millions de dollars. Il relaterait les avancées d'Archimède dans le calcul des nombres infinis. Le document avait été réutilisé pour y copier un texte biblique. Ce n'est que près de deux mille ans plus tard que nous sommes parvenus à maîtriser le calcul différentiel ! Pour l'anecdote, la rumeur court que Bill Gates serait l'heureux enchérisseur. Le document a été confié au Walters Art Museum de Baltimore, où il fait l'objet d'analyses sophistiquées.

Benoît XI, Nicolas Boccasini, 1240-1304, pape. On sait relativement peu de chose de lui. Issu d'une famille très pauvre, ce dominicain reste humble toute sa vie. Une des rares anecdotes qui nous soit parvenue le démontre : lorsque sa mère lui rend visite après son élection, elle se fait belle pour voir son fils. Il lui explique gentiment que sa mise est trop riche et qu'il la préfère en femme simple. Réputé pour son tempérament conciliant, cet ancien évêque d'Ostie tente d'apaiser les querelles qui opposent l'Église et Philippe le Bel, tout en se montrant sévère vis-à-vis de Guillaume de Nogaret et des frères Colonna. Il décède après huit mois de pontificat, le 7 juillet 1304, empoisonné par des figues ou des dattes.

Boniface VIII, Benedetto Caetani, vers 1235-1303, pape. Cardinal et légat en France, puis pape. Il est le virulent défenseur de la théocratie pontificale, laquelle s'oppose au droit moderne de l'État. L'hostilité ouverte qui l'opposera à Philippe le Bel commence dès 1296. L'escalade ne faiblira pas, même après sa mort, la France tentant de faire ouvrir un procès contre sa mémoire.

Carcassonne. En août 1303, lors de la visite du roi Philippe le Bel, la population de la ville se rebelle contre l'Inquisition, aidée en cela par la campagne de Bernard Délicieux, un franciscain adversaire farouche des dominicains et de leur Inquisition. Il va jusqu'à participer à un complot destiné à soulever le Languedoc contre Philippe le Bel. Arrêté à plusieurs reprises, il finit ses jours en prison en 1320.

Catharisme, de *katharos*, « pur » en grec. Né en Bulgarie, vers la fin du xe siècle, ce mouvement religieux se répand grâce aux prédications du prêtre Bogomile. « Hérésie » majeure, elle est poursuivie par l'Inquisition. Très schématiquement, le catharisme est une forme de dualisme. S'opposent le Mal irréversible (la matière, le monde) et Dieu et le Bien (la perfection). Il condamne la société, la famille, le clergé, mais également l'eucharistie et la communion des saints. Bien qu'incertains sur ce sujet, les premiers cathares nient la réalité humaine du Christ, voyant en lui un ange envoyé sur terre. Le catharisme se traduit par une exigence de pureté qui englobe aussi bien le refus de viande que l'abstinence sexuelle, et séduit surtout les couches aisées et cultivées de la société, plongées dans un malaise spirituel. L'Église catholique entre en lutte contre le catharisme dès 1200, après l'avoir condamné en 1119 à Toulouse. Les « croisades » contre les Albigeois se succèdent. Simon de Montfort mène les « croisés » de 1209 à 1215. Cette guerre sanglante, épaulée par l'Inquisition, ne s'achèvera qu'avec la reddition des dernières places fortes cathares, notamment Montségur en 1244. L'Église cathare ne s'en relèvera pas, d'autant que l'attrait qu'exerçait son idéal de pureté se reporte sur les ordres mendiants. Elle s'éteindra vers 1270.

Clairets (abbaye de femmes des), Orne. Située en bordure de la forêt des Clairets, sur le territoire de la paroisse de Masle, sa construction, décidée par charte en juillet 1204 par Geoffroy III, comte du Perche, et son épouse Mathilde de Brunswick, sœur de l'empereur Othon IV, dure sept ans, pour se terminer en 1212. Sa dédicace est cosignée par un commandeur templier, Guillaume d'Arville, dont on ne sait pas grand-chose. L'abbaye est réservée aux moniales de l'ordre de Cîteaux, les bernardines, qui ont droit de haute, moyenne et basse justice.

Galien (Claude), 131-201. Grec né en Asie Mineure, l'un des plus grands scientifiques de l'Antiquité. Médecin de l'école des gladiateurs, il dispose de « volontaires » pour parfaire ses connaissances en chirurgie. Il devient le médecin de l'empereur Marc-Aurèle et soigne ses deux fils, Commodus et Sextus. Entre autres découvertes, Galien décrit le parcours de l'influx nerveux et son rôle dans l'activité musculaire, la circulation du sang dans les veines et les artères, prouvant que ces dernières transportent du sang et non de l'air comme on le croyait, et démontre que c'est le cerveau qui contrôle la voix.

Inquisition médiévale. Il convient de distinguer l'Inquisition médiévale de la Sainte Inquisition espagnole. Dans ce dernier cas, la répression et l'intolérance furent d'une violence qui n'a rien de comparable avec ce que connut la France. Ainsi, plus de deux mille morts sont recensés en Espagne durant le seul mandat de Tomas de Torquemada.

L'Inquisition médiévale est d'abord exercée par l'évêque. Le pape Innocent III (1160-1216) pose les règles de la procédure inquisitoire par la bulle *Vergentis in senium* en 1199. Son projet n'est pas l'extermination d'individus. Pour preuve le concile de Latran IV, un an avant sa mort, soulignant l'interdiction que l'on applique l'ordalie aux dissidents. Le souverain pontife vise l'éradication des hérésies qui menacent les fondements de l'Église en brandissant, entre autres, la pauvreté du Christ comme modèle de vie – modèle peu prisé si l'on en juge par l'extrême richesse foncière de la plupart des monastères. Elle devient ensuite une Inquisition pontificale

sous Grégoire IX, qui la confie en 1232 aux dominicains et, dans une moindre mesure, aux franciscains. Les mobiles de ce pape sont encore plus politiques lorsqu'il renforce les pouvoirs de l'institution pour la placer sous sa seule autorité. Il lui faut éviter à tout prix que l'empereur Frédéric II ne s'engage lui-même dans cette voie pour des motifs qui dépassent largement le cadre spirituel. C'est Innocent IV qui franchit l'étape ultime en autorisant le recours à la torture dans sa bulle *ad Extirpanda*, le 15 mai 1252. La sorcellerie sera ensuite assimilée à la chasse contre les hérétiques.
On a exagéré l'impact réel de l'Inquisition, qui, étant entendu le faible nombre d'inquisiteurs sur le territoire du royaume de France, n'aurait eu que peu de poids si elle n'avait reçu l'aide des puissants laïcs et bénéficié de nombreuses délations. Cela étant, grâce à leur possibilité de se relever entre eux de leurs fautes, quelles qu'elles fussent, certains inquisiteurs se révélèrent coupables d'effarantes monstruosités qui provoquèrent parfois des émeutes ou des réactions scandalisées de plusieurs prélats.
En mars 2000, soit environ huit siècles après les débuts de l'Inquisition, Jean-Paul II demandera pardon à Dieu pour les crimes et les horreurs qu'elle a commis.

Lais de Marie de France. Douze lais attribués le plus généralement à une certaine Marie, originaire de France mais vivant à la cour d'Angleterre. Certains historiens pensent qu'il s'agit de la fille de Louis VII ou de celle du comte de Meulan. Les lais sont écrits avant 1167 et les fables vers 1180. Marie de France est également l'auteur d'un roman, *Le Purgatoire Saint-Patrice.*

Mendiants (ordres religieux de). Ils naissent entre le XIIe et le XIIIe siècle et se distinguent – entre autres – par le refus de la possession foncière, prônant le retour à la pauvreté évangélique. Ils rencontrent très vite un succès colossal auprès de la société. Il s'ensuivra une rivalité avec le clergé séculier, qui se considère lésé d'une part importante des dons des fidèles. Ces querelles conduisent à la suppression en 1274 (concile de Lyon) des ordres mendiants, à l'exception des carmes, ermites de Saint-Augustin, des dominicains et des franciscains. Les célestins les rejoindront en 1294.

Nogaret (Guillaume de), vers 1270-1313. Docteur en droit civil, il enseigne à Montpellier puis rejoint le Conseil de Philippe le Bel en 1295. Ses responsabilités prennent vite de l'ampleur. Il participe, d'abord de façon plus ou moins occulte, aux grandes affaires religieuses qui agitent la France, comme le procès de Bernard Saisset. Nogaret sort ensuite de l'ombre et joue un rôle déterminant dans l'affaire des templiers et dans la lutte du roi contre Boniface VIII. Nogaret est un homme d'une vaste intelligence et d'une foi inébranlable. Son but est de sauver à la fois la France et l'Église. Il deviendra chancelier du roi pour être ensuite écarté au profit d'Enguerran de Marigny, avant de reprendre le sceau en 1311.

Philippe IV le Bel, 1268-1314, fils de Philippe III le Hardi et d'Isabelle d'Aragon. Il a trois fils de Jeanne de Navarre, les futurs rois : Louis X le Hutin, Philippe V le Long et Charles IV le Bel, ainsi qu'une fille, Isabelle, mariée à Édouard II d'Angleterre. Courageux, excellent chef de guerre, il est également inflexible et dur. Il convient de tempérer ce portrait puisque des témoignages contemporains de Philippe le Bel le décrivent comme manipulé par ses conseillers qui « le flattaient et le chambraient ».
L'histoire retiendra surtout de lui son rôle majeur dans l'affaire des templiers, mais Philippe le Bel est avant tout un roi réformateur dont l'un des objectifs est de se débarrasser de l'ingérence pontificale dans la politique du royaume.

Robert le Bougre, encore surnommé le Petit, bulgare d'origine. Il embrasse le catharisme à sa source et accède au grade de parfait et de docteur de cette foi. Il se convertit ensuite au catholicisme et revêt la robe dominicaine. Grégoire IX (1227-1241) voit en lui un providentiel « révélateur » d'hérétiques. De fait, il semble capable de piéger les plus habiles d'entre eux. Les sévices, les tortures épouvantables dont il se rend coupable commencent à la Charité-sur-Loire, dès sa nomination en tant qu'inquisiteur général en 1235, après l'assassinat de son prédécesseur Conrad de Marbourg. Scandalisés par les narrations qui leur viennent aux oreilles, les archevêques de Sens et de Reims, ainsi que quelques autres, protestent. Le premier rapport révélant ses exactions vaut à Robert le Bougre une mise à l'écart et la suspension de ses pouvoirs en février 1234. Pourtant, il revient en grâce dès août de l'année suivante, pour reprendre aussitôt ses « amusements ». Il faudra encore attendre quelques années pour qu'il soit démis définitivement de ses fonctions puis emprisonné à vie en 1241.

Roman de la rose. Long poème allégorique écrit par deux auteurs, Guillaume de Lorris en 1230 et Jean de Meung entre 1270 et 1280. La première partie est un chant d'amour courtois. En revanche, la partie due à Jean de Meung est beaucoup plus ironique, pour ne pas dire cynique, misogyne avec quelques grivoiseries à peine déguisées. Jean de Meung n'hésite pas à attaquer les ordres mendiants en créant un personnage de moine baptisé Faux-Semblant.

Saint-Jean de Jérusalem (*ordre hospitalier de*), reconnu en 1113 par le pape Pascal II. Contrairement aux autres ordres soldats, la fonction initiale de l'ordre de l'Hôpital est charitable. Il n'assume que plus tard une fonction militaire. Après la chute d'Acre, l'Hôpital se replie sur Chypre puis sur Rhodes, et enfin Malte. L'ordre est gouverné par le grand maître, élu par le chapitre général constitué des dignitaires. Il est subdivisé en « langues » ou provinces gouvernées à leur tour par des grands prieurs. Contrairement au Temple et en dépit de sa grande richesse, l'Hôpital jouira toujours d'une réputation très favorable, sans doute en raison du rôle charitable qu'il n'abandonnera jamais et de l'humilité de ses membres.

Saisset (Bernard), ?-1311. Premier évêque de Pamiers. Il a le peu de bon sens de mettre en doute la légitimité de Philippe le Bel au trône de France, et va jusqu'à ourdir un complot et proposer au comte de Foix d'établir sa souveraineté sur le Languedoc. Saisset refuse de comparaître devant le roi et compte se rendre auprès de Boniface VIII pour se plaindre. Philippe le Bel finit par exiler Saisset, qui décède à Rome.

Temple (ordre du). Créé à Jérusalem, vers 1118, par le chevalier Hugues de Payns et quelques chevaliers de Champagne et de Bourgogne. Il est définitivement organisé par le concile de Troyes en 1128, sa règle étant inspirée – voire rédigée – par saint Bernard. L'ordre est dirigé par le grand maître, dont l'autorité est encadrée par les dignitaires. Les possessions de l'ordre sont considérables (3 450 châteaux, forteresses et maisons en 1257). Avec son système de transfert d'argent jusqu'en Terre sainte, l'ordre figure au XIIIe siècle comme l'un des principaux banquiers de la chrétienté. Après la chute d'Acre – qui, au fond, lui est fatale – le Temple se replie majoritairement vers l'Occident. L'opinion publique finit par considérer ses membres comme des profiteurs et des paresseux. Diverses expressions de l'époque en témoignent. Ainsi, « on va au Temple » lorsqu'on va au bordel. Jacques de Molay, grand maître, ayant refusé la fusion de son ordre avec celui de l'Hôpital, les templiers sont arrêtés le 13 octobre 1307. Suivent des enquêtes, des aveux (dans le cas de Jacques de Molay, certains historiens pensent qu'ils n'ont pas été obtenus sous la torture), des rétractations. Clément V, qui redoute Philippe le Bel pour d'autres motifs, décrète la suppression de l'ordre le 22 mars 1312. Jacques de Molay revient à nouveau sur ses aveux et est envoyé au bûcher, avec d'autres, le 18 mars 1314. Il semble acquis que les enquêtes sur les templiers, la saisie de leurs biens et leur redistribution aux hospitaliers coûtèrent davantage d'argent à Philippe le Bel qu'elles ne lui en rapportèrent.

Valois (Charles de), 1270-1325. Seul frère germain de Philippe le Bel. Le roi lui montre toute sa vie une affection un peu aveugle et lui confie des missions sans doute au-dessus de ses possibilités. Charles de Valois, père, fils, frère, beau-frère, oncle et gendre de rois et de reines, rêvera toute sa vie d'une couronne qu'il n'obtiendra jamais.

Vaudois ou *Pauvres de Lyon*. L'une des « hérésies » les plus importantes de l'époque, par son ampleur mais aussi son impact sur la population. Le mouvement, qui prône le dénuement et la pureté évangélique et l'égalité de tous, est fondé vers 1170 par Pierre Valdès, riche marchand lyonnais qui fait don de tous ses biens. Comme pour le catharisme, le succès des Vaudois tient beaucoup au malaise religieux ambiant. Il traduit d'abord l'appétit des couches aisées de la société pour un surcroît de pureté. Les femmes peuvent être ordonnées. Rejetant tout ce qui diverge d'une lecture stricte des Évangiles, les fidèles sont très vite persécutés par l'Inquisition. Certains rejoindront les Pauvres catholiques, d'autres essaimeront en Europe, expliquant le maintien jusqu'à nos jours de communautés.

Villeneuve (Arnaud de), ou Arnoldus de Villanova, vers 1230-1311, né à Montpellier. Probablement un des scientifiques les plus prestigieux des XIIIe et XIVe siècles. Il aurait été élevé en Espagne par des frères dominicains. Ce médecin, astrologue, alchimiste et juriste, au caractère très marqué, suscite des polémiques, n'hésitant pas à attaquer de front les ordres mendiants. Il n'échappe aux griffes de l'Inquisition que parce qu'il guérit Boniface VIII, qui lui pardonne ses « erreurs ». Il reste le médecin du souverain pontife jusqu'à sa mort puis devient celui de Benoît XI, puis de Clément V, tout en accomplissant des missions assez secrètes pour le roi d'Aragon.

GLOSSAIRE

Offices liturgiques

Outre la messe – et bien qu'elle n'en fasse pas partie au sens strict – l'office divin, constitué au VIe siècle par la règle de Saint-Benoît, comprend plusieurs offices quotidiens. Ils règlent le rythme de la journée. Ainsi, les moines et les moniales ne peuvent-ils souper avant que la nuit ne soit tombée, c'est-à-dire après vêpres. Si l'office divin est largement célébré jusqu'au XIe siècle, il sera ensuite réduit afin de permettre aux moines et aux moniales de consacrer davantage de temps à la lecture et au travail manuel.

Vigiles ou matines : vers 2 h 30 ou 3 heures.

Laudes : avant l'aube, entre 5 et 6 heures.

Prime : vers 7 h 30, premier office de la journée, sitôt après le lever du Soleil, juste avant la messe.

Tierce : vers 9 heures.

Sexte : vers midi.

None : entre 14 et 15 heures.

Vêpres : à la fin de l'après-midi, vers 16h30-17 heures, au couchant.

Complies : après vêpres, dernier office du soir, vers 18-20 heures.

Mesures

La traduction en mesures actuelles est un peu ardue puisqu'elles variaient souvent en fonction des régions.

Lieue : 4 kilomètres environ.

Toise : de 4,5 m à 7 mètres.

Aune : de 1,2 m à Paris à 0,7 m à Arras.

Pied : équivaut environ à 34-35 centimètres.

Monnaies

Il s'agit d'un véritable casse-tête puisqu'elles diffèrent souvent selon les règnes, voire les régions. En fonction des époques, elles sont – ou non – évaluées en fonction de leur poids réel en or ou en argent et surévaluées ou dévaluées.

Livre : unité de compte. Une livre vaut 20 sous ou 240 deniers d'argent ou encore 2 petits royal d'or (monnaie royale sous Philippe le Bel).

Denier tournois (de Tours) : il remplace progressivement le denier parisis de la capitale. Douze deniers tournois représentent un sou.

BIBLIOGRAPHIE

Ouvrages le plus souvent consultés

BLOND Georges et Germaine, *Histoire pittoresque de notre alimentation*, Paris, Fayard, 1960.

BURGUIÈRE André, KLAPISCH-ZUBER Christiane, SEGALEN Martine, ZONABEND Françoise, *Histoire de la famille*, tome II, *Les Temps médiévaux, Orient et Occident*, Paris, Le Livre de poche, 1994.

CAHEN Claude, *Orient et Occident au temps des croisades*, Paris, Aubier, 1983.

DELORT Robert, *La Vie au Moyen Âge*, Paris, Seuil, 1982.

DEMURGER Alain, *Vie et Mort de l'ordre du Temple*, Paris, Seuil, 1989.

–, *Chevaliers du Christ, les ordres religieux au Moyen Âge, XIe-XVIe siècle*, Paris, Seuil, 2002.

DUBY Georges, *Le Moyen Âge*, Paris, Hachette Littératures, 1998

ECO Umberto, *Art et Beauté dans l'esthétique médiévale*, Paris, Grasset, 1997.

FAVIER Jean, *Histoire de France*, tome II : *Le Temps des principautés*, Paris, le Livre de poche, 1992.

FLORI Jean, *Les Croisades*, Paris, Jean-Paul Gisserot, 2001.

FOURNIER Sylvie, *Brève histoire du parchemin et de l'enluminure*, Gavaudin, Fragile, 1995.

GAUVARD Claude, LIBERA Alain de, ZINK Michel (sous la direction de), *Dictionnaire du Moyen Âge*, Paris, PUF, 2002.

GAUVARD Claude, *La France au Moyen Âge du* V[e] *au* XVe *siècle*, Paris, PUF, 2004.

JERPHAGNON Lucien, *Histoire de la pensée; Antiquité et Moyen Âge*, Paris, Le Livre de poche, 1993.

LIBERA Alain de, *Penser au Moyen Âge*, Paris, Seuil, 1991.

PERNOUD Régine, *La Femme au temps des cathédrales*, Paris, Stock, 2001.

–, *Pour en finir avec le Moyen Âge*, Paris, Seuil, 1979.

PERNOUD Régine, GIMPEL Jean, DELATOUCHE Raymond, *Le Moyen Âge pour quoi faire ?*, Paris, Stock, 1986.

REDON Odile, SABBAN Françoise, SERVENTI Silvano, *La Gastronomie au Moyen Âge*, Paris, Stock, 1991.

RICHARD Jean, *Histoire des croisades*, Paris, Fayard, 1996.

SIGURET Philippe, *Histoire du Perche*, Céton, éd. Fédération des amis du Perche, 2000.

VINCENT Catherine, *Introduction à l'histoire de l'Occident médiéval*, Paris, le Livre de poche, 1995.

Photocomposition CMB Graphic
44800 Saint-Herblain

Achevé d'imprimer en février 2006
par Firmin-Didot
pour le compte des éditions Calmann-Lévy
31, rue de Fleurus 75006 Paris

N° d'éditeur : 14057/01
N° d'imprimeur : 78251
Dépôt légal : mars 2006

Imprimé en France